# 파이게임

# PIE GAME

1

게임 3부작

배진수 만화

**일러두기** 만화적 표현을 재미있게 살리기 위해 저자가 일부러 틀리게 사용한 맞춤법 및 띄어쓰기가 있습니다.

# PIE GAME 1

PIE GAME

PIE GAME

# 파이게임

# PIE GAME

## #1

"처음부터 알고 있었다"

지이이잉-

인간이 불행한 첫 번째 이유는.

비교하기 때문이다.

그 비교의 시선이
언제나 위를 향해 있기 때문이다.

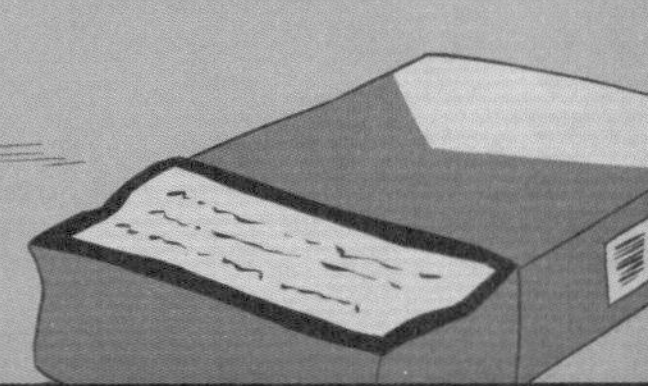

부지런히 일하면 생계가 유지된다.
가끔은 작은 사치도 부릴 수 있다.
최저한의 삶을 지켜주는
사회안전망도 있다.
제3빈국의 누군가가 본다면,
우리의 삶은 그야말로 천상계,
심지어 판타지 같은 삶이지만.
럴 테지만, 굳이 빈국의 누군가와
를 비교해 위안하는 사람은 없다.
지이잉-
우리는 항상 나보다 더 좋은 차,
더 좋은 집, 더 잘난 파트너를
가진 사람과 나를 비교한다.

인간은 그렇게 행하도록 설계됐고
그래서 인간은
불행하다.

지이잉-

지이잉-

시x 소름돋네……
저게 어떻게
가능한 거지?

지이이잉—
계속 울리고 있어.
끊어지지도 않고
한 시간째……

인간이 불행한 두 번째 이유는.

7:52
개업기념

늘 쟁취와 포기 중간 즈음,
애매한 지점에서 맴돌기 때문이다.

지이이잉—

큰 차와 넓은 집과 기깔나는
파트너를 원한다면 쟁취하면 된다.
힘들지만 불가능은 아니다.

지이이잉—
시X……

하루 서너 시간 자며
파트타임 잡을 돌리고
최저생계비 아래의 생활비로
버텨내다 보면

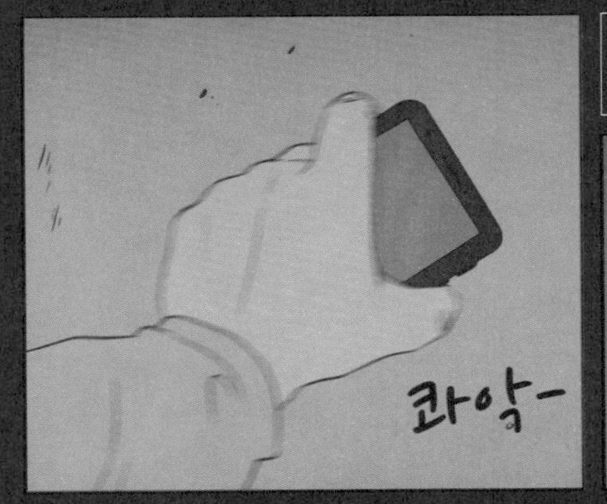


언젠간 다가설 수 있다. 수십 년이 걸릴지언정 언젠가 어느 정도는 쟁취할 수 있다.

하지 못하겠다면, 포기하면 된다. 비교를 멈추고 그들과 나의 차이를 인정하면 된다.

하지만 인간은 그렇게 행하지 못하도록 설계됐고 그래서 인간은 불행하다.

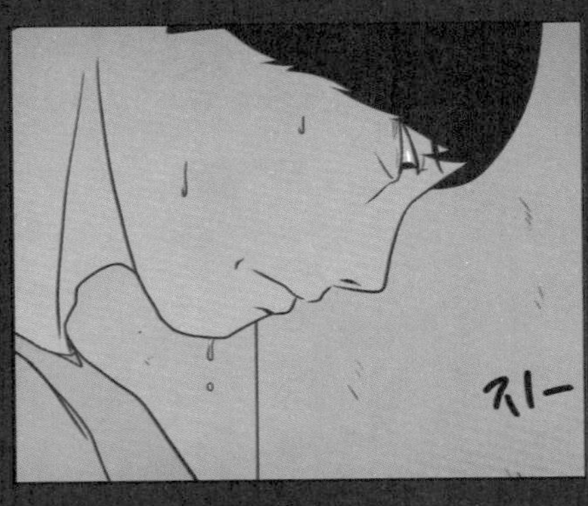


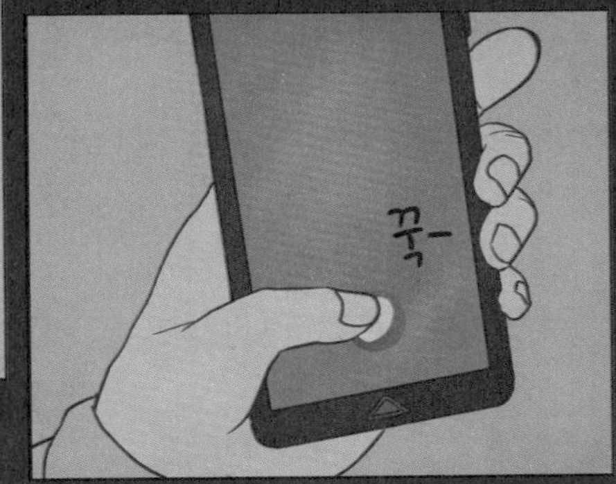

듣고 있습니다.

인간이 불행한 세 번째 이유는.

합리적인 선택을
하지 않기 때문이다.

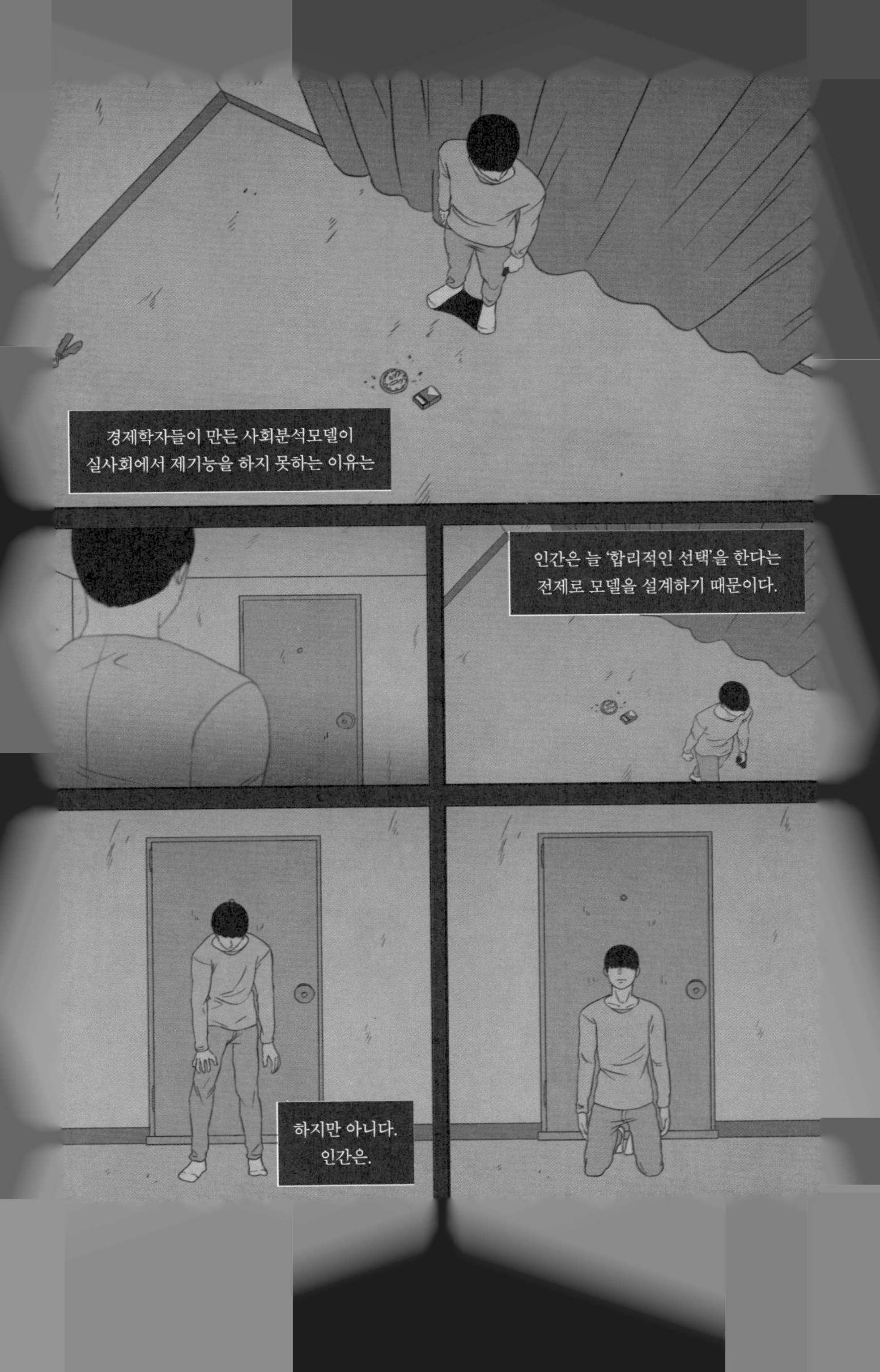
경제학자들이 만든 사회분석모델이
실사회에서 제기능을 하지 못하는 이유는
인간은 늘 '합리적인 선택'을 한다는
전제로 모델을 설계하기 때문이다.
하지만 아니다.
인간은.

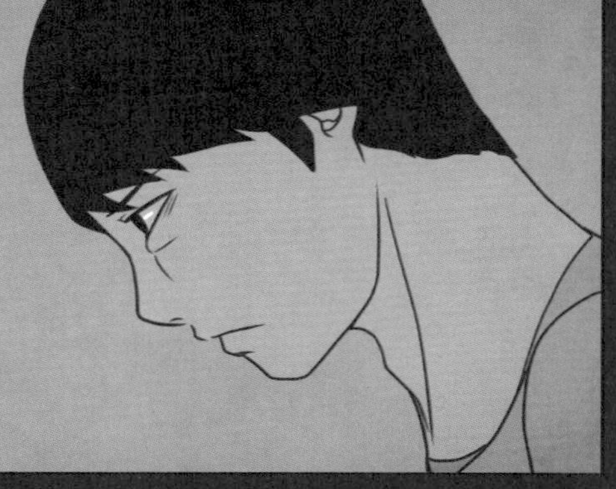

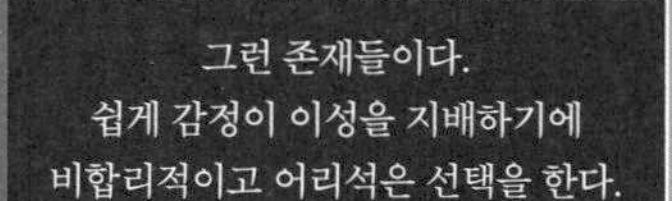
그런 존재들이다.
쉽게 감정이 이성을 지배하기에
비합리적이고 어리석은 선택을 한다.

8:00

끼이이익~
하지만 인간은 그럴 수밖에 없도록
설계됐고 그래서 인간은

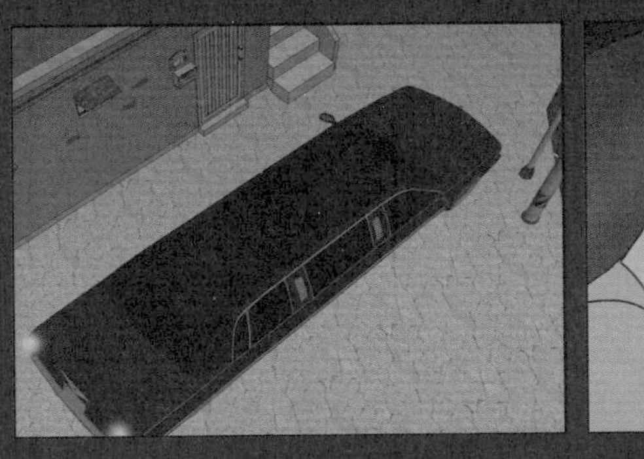

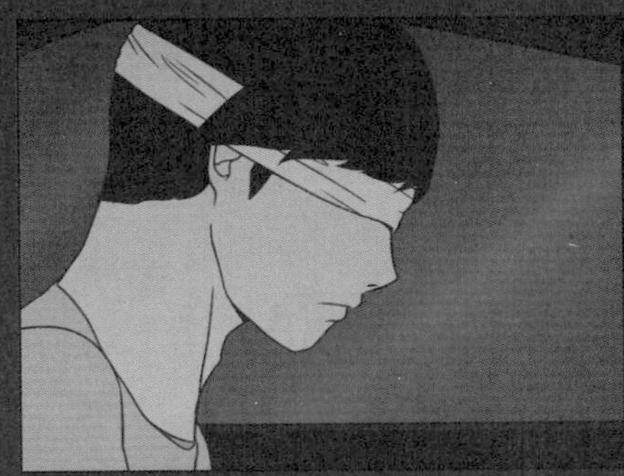

불행하다.

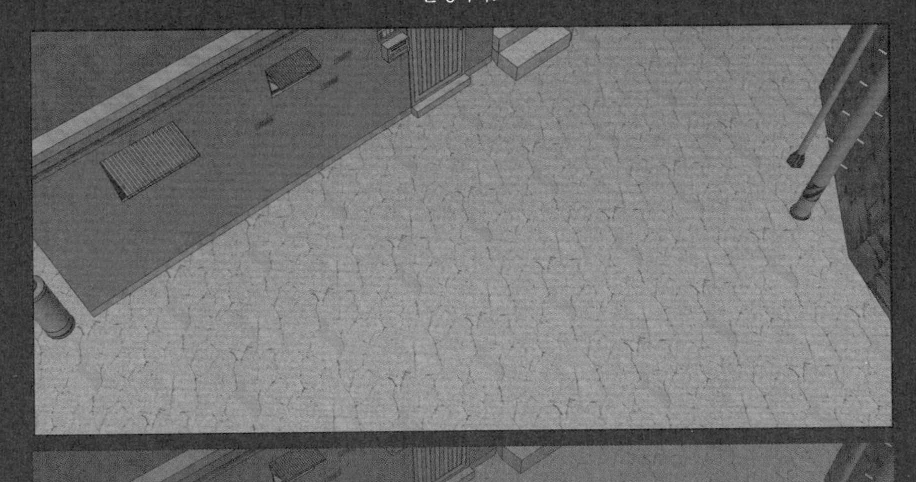

깨달으니 비로소
자유로워질 수 있었다.

비교하지 않는다.
깨끗하게 인정한다.
합리적인 판단을 한다.

이 다짐들을. 다짐이 각오가,
각오가 신앙이 될 정도로
무한히 되뇌이니

삶을 대하는 태도는 건전해지고
그리하여 불행의 덫에
빠지지 않게 되었다.

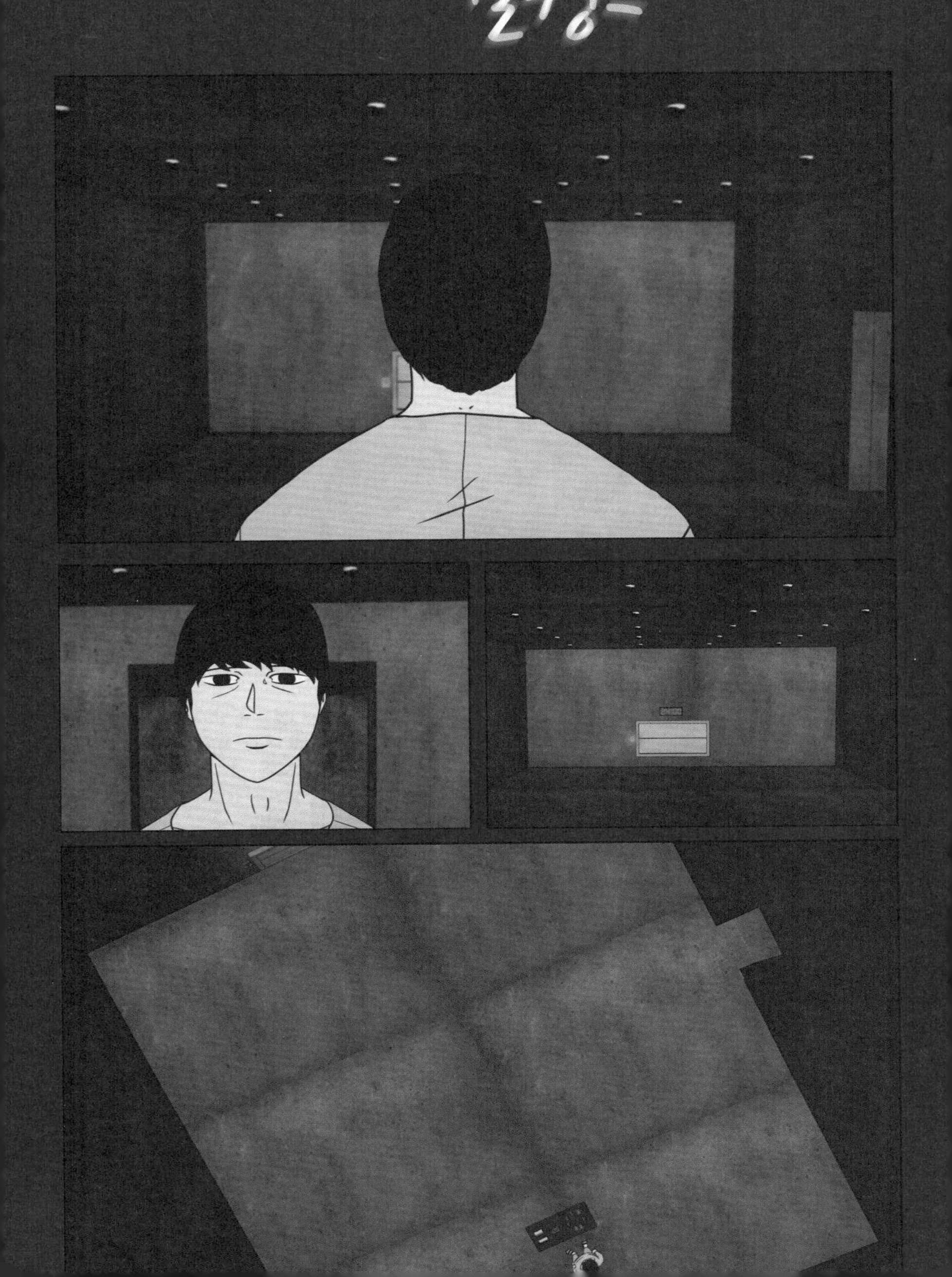
끼이이이이이이이이익—
철컹—

비슷하다.

첫 번째 게임의
무대와.
낯익은.
하지만 또한 낯선.

이번엔
돈창고도 개인실도
안 보인다.
있는 건 배송구
하나와 시계

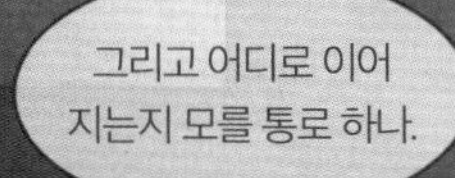
그리고 어디로 이어
지는지 모를 통로 하나.

그리고……

아니. 더이상 생각할 필요 없다. 내가 여기 온 이유는 단지.

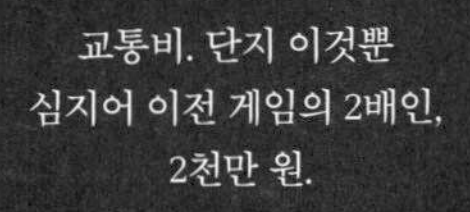
교통비. 단지 이것뿐
심지어 이전 게임의 2배인,
2천만 원.

아냐.
그래도.

이번엔 또 어떤
엿같은 걸 준비했는지
한번 보기나……

꽤나 고액(위험)수당이 주어지는 내 직업은 삶을 영위해 나가기에 모자람이 없다.

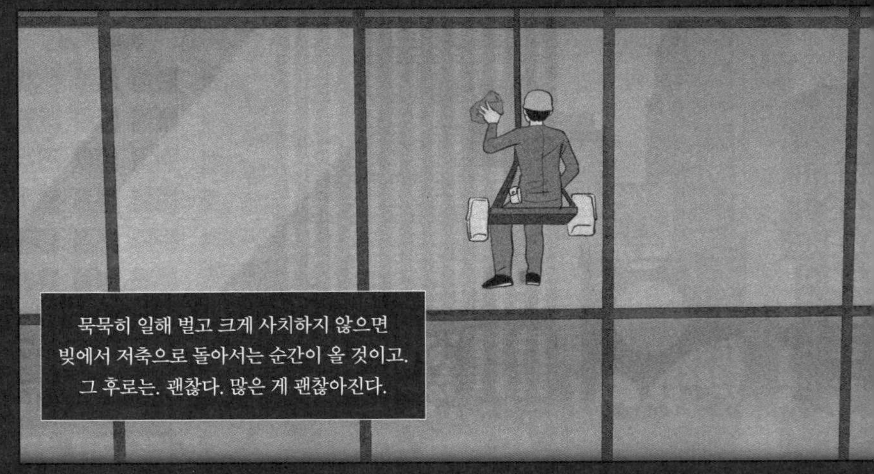
묵묵히 일해 벌고 크게 사치하지 않으면
빚에서 저축으로 돌아서는 순간이 올 것이고.
그 후로는. 괜찮다. 많은 게 괜찮아진다.

가끔 맛있는 걸 먹고,
소소한 취미를 즐기고,
파트너를 만나기도 하고,
미래를 대비한 보험도 들고.

그렇게 살아낼 수 있다. 그걸로 족할 수 있다.
그게 정상적이며 일반적이며 평범한. 삶이다.

생방송 〈파이게임〉에 참가해 주셔서
진심으로 감사 드립니다. 〈파이게임〉이란 본
스튜디오에서 생방송으로 진행되는 리얼
버라이어티 쇼의 이름이며 시청자는 다국적의
회원들로 구성되어 있습니다.

-파이게임? 먹는 파이 그거 말하는 건가?

[ 본 게임의 진행 룰은 아래와 같습니다. ]

- 상금은 시간 경과에 따라 자동으로 적립됩니다.

- 메인 스튜디오에 있는 인터폰을 통해 식음료를
제외한 어떤 물건이든 구매 가능합니다.

- 식음료는 매일 무상으로 지급됩니다.

[ 본 게임의 패널티 룰은 아래와 같습니다. ]

- 참가자들은 자정부터 오전 8시까지
본인의 룸 안에 상주해야 합니다.

- CCTV를 장기간 의도적으로 가리면 안 됩니다.

- 프라이빗 룸에서 받거나 생성한 어떤 것이라도
방 밖으로 가져나가선 안 됩니다.
메인 홀을 깨끗이 사용해 주세요.

- 위 패널티 룰을 어길 시
잔여 시간의 절반이 차감됩니다.

상금 규모가 정해져 있지 않다는 건…무한정 쌓을 수 있다는 건가?

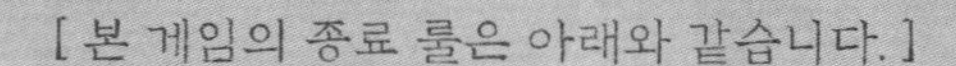


- 잔여 시간이 0이 되었을 경우.

- 참가자가 사망하였을 경우.

놀랐다. '무엇이든 구매 가능' 이라는 룰은
틀림없이 [무기구매 - 살육전] 으로의 유인을 위한 기획이라 생각했었지만.

한명이라도 죽으면
게임 종료! 니까 서로 지키고
아끼고 핥아주세요♥

오히려 반대다. 그때와는 다르다.
이 룰이 뜻하는 건 완전한 목숨의 보장.

지금까지, 〈파이게임〉의 룰을 소개해 드렸습니다.

참가를 결정하셨다면 원하시는 층의 카드를 취득해
주세요. 카드에 적힌 숫자가 본인의 방이 됩니다.

불참을 결정하셨다면 마련된 소정의 교통비
를 받으신 후 집으로 귀가하시면 됩니다.

부디 충분한 시간을 가지고
참가/불참 여부를 결정해 주시기 바랍니다.

식음료의 제공, 제한 없는 구매.
상호 상해 불가. 언뜻 관대해
보이는 게임이다.

24:00

하지만 이젠 안다. 경험으로 체득했다. 이게 바로 그들의 전략…아니, 계략이란 걸.

쉽고 빠른 일확천금 획득의 찬스를 제공.
하는 듯 보이지만 이게 덫이라는 걸. 안다.

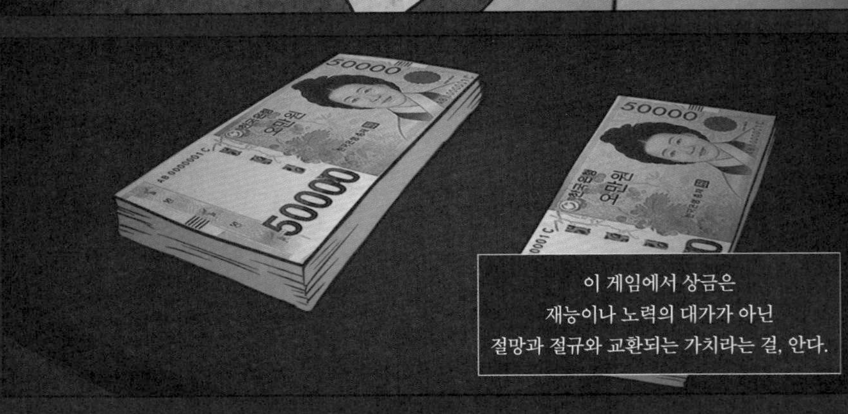
50000
50000
이 게임에서 상금은
재능이나 노력의 대가가 아닌
절망과 절규와 교환되는 가치라는 걸, 안다.

시간 경과에 따라
상금 적립된다고 해놓고
주어진 시간은
겨우 24시간.
24:00

그럼 분명 시간을
연장하는 방법이
있을……

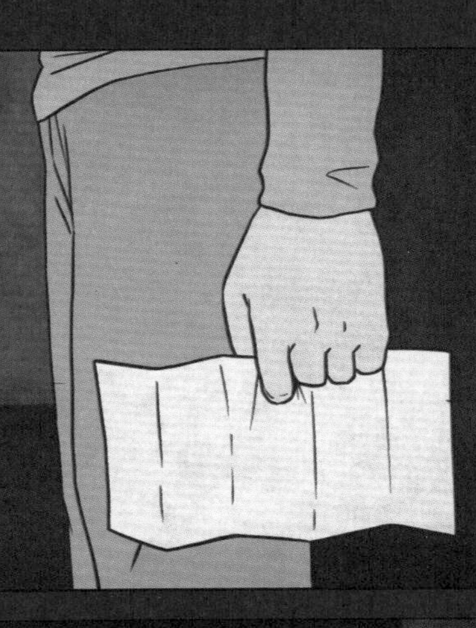

한번의 실수는 말 그대로 실수지만
반복된다면 동정도 못할
멍청한 짓거리일 뿐.

아니 시X. 집어치워.
이딴 고민을 왜 처하고 있어.

그걸 알기에
미련 없이 떠날 수 있다.
나는 같은 실수를
반복하는 병X이 아니다.

덥-

교통비 2천만 원을 챙기고,
미련 없이 뒤돌아 나갈 것이다.

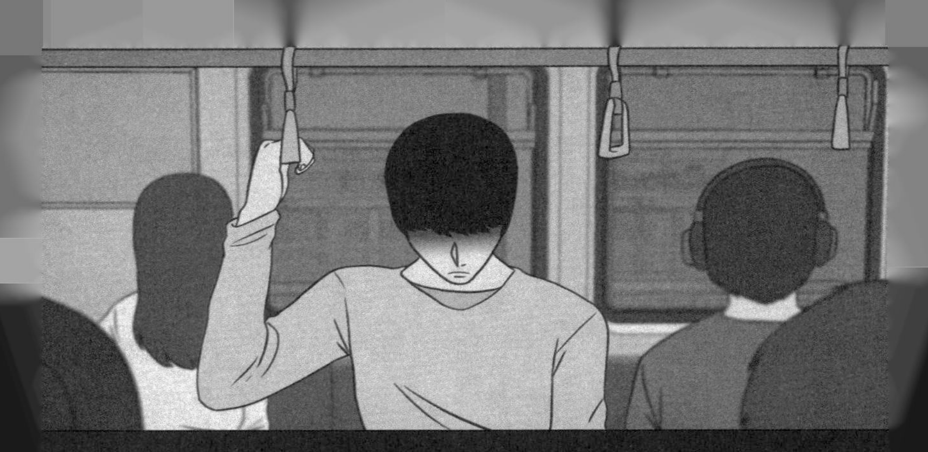

그리고 다시. 보통의 삶. 정상적이며 일반적이며 평범한 삶으로.

가끔 맛있는 걸 먹고 소소한 취미를 즐기고 담백한 연애를 하고 미래를 위한 보험도 드는. 그런 삶으로.

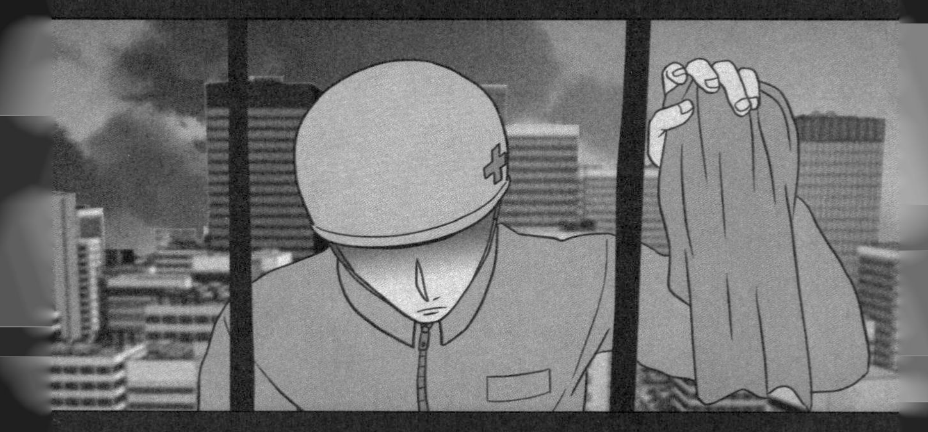

돌아가겠다고. 그렇게 하겠다고. 그렇게 해야만 한다고.

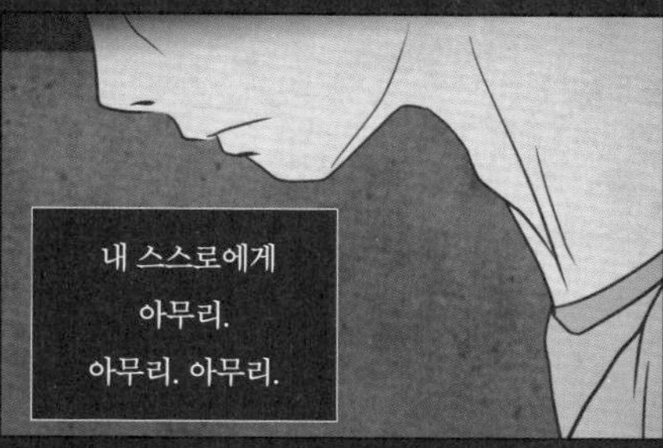


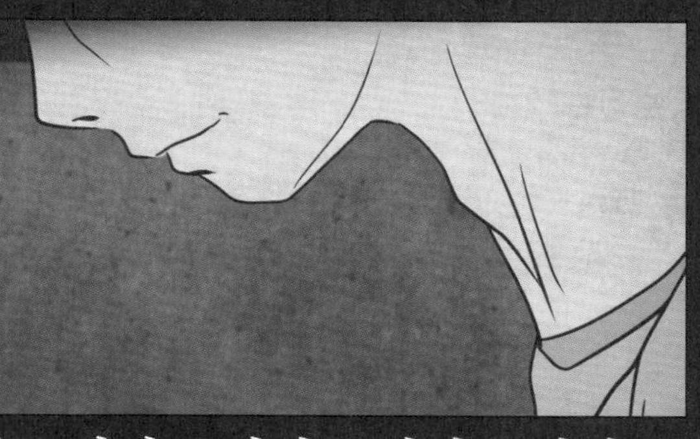

아무리아무리아무리아무리아무리아무리아무리아

리아무리아무리아무리아무리아무리아무리아무

리아무리아무리아무리아무리아무리아무

리아무리아무리아무리아무리아무리아무

거짓말을 해봐도.

알고 있다.
처음부터 알고 있었다.

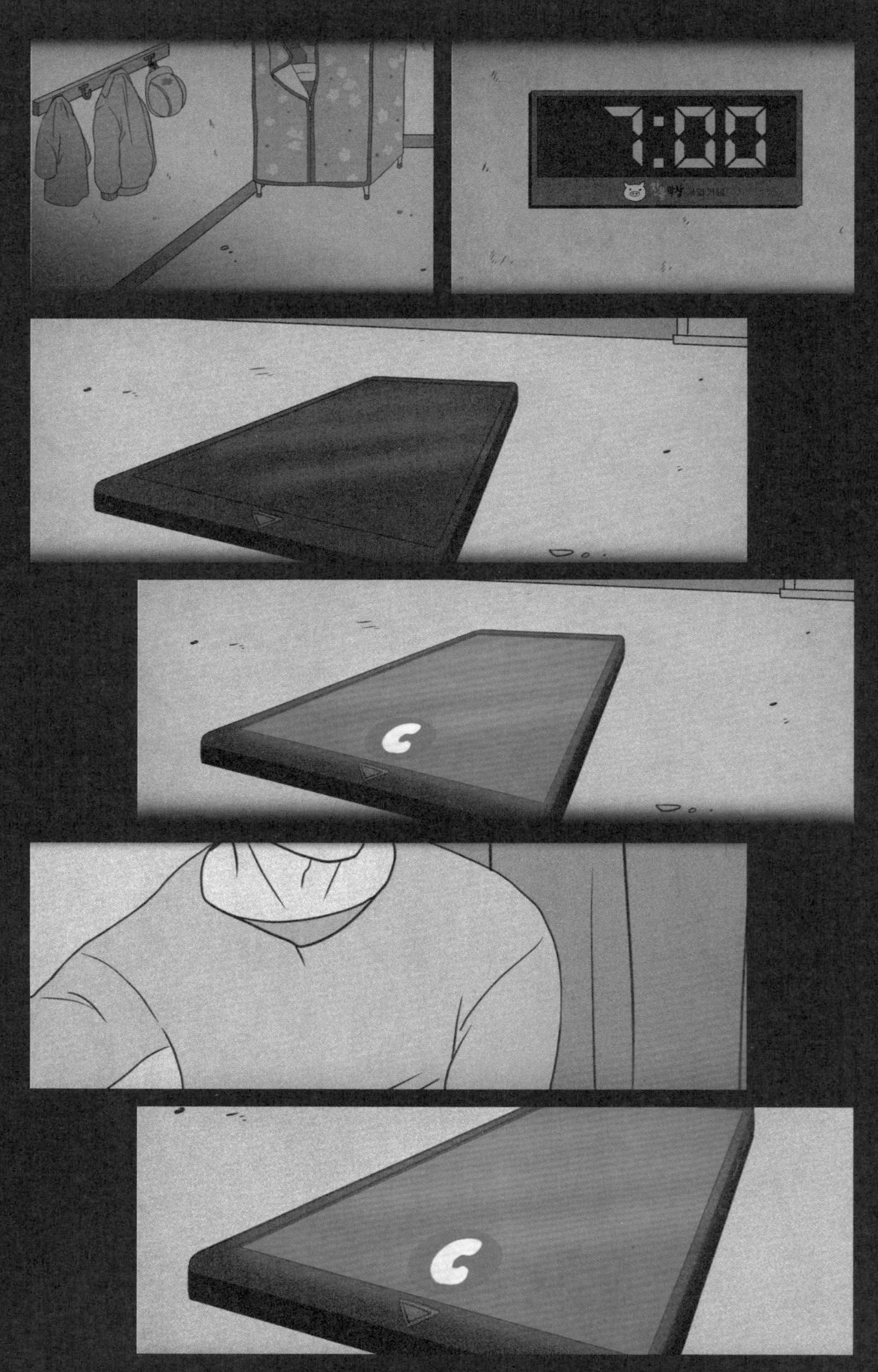
7:00

또다시. 그. 거액의. 돈을.
거머쥘 기회가 주어졌다는 것에.
다시 없으리라 체념했던 기회가
다시 한번 왔다는 것에.

미칠듯이
흥분하고 있었다는 것을.

처음부터 알고 있었다.

# 파이게임
## PIE GAME

### #2

"시간이 돈이다"

어릴 때는
그게 당연한 줄 알았다.

인간은, 생명은, 모두 차등 없이
소중하다는 그 말을.
의심 없이 믿고 있었다.

하지만 대가리가 커져가며,
진짜 세상에 대해
보고 듣고 알아갈수록.

네! 다음은

교통사고 사망 건으로
문의주신 시청자분
사연입니다.

그렇지 않단 걸 알았다.
같은 가치일 수 없다는 걸
깨달았다.

심지어 인간의 가치가
인간마다 다름을,
법에서도 인정한다는 것이
큰 충격이었다.

네, 시청자분 말씀
잘 들었구요
SBC
그 경우 교통사고 피해자,
즉 고인에게 지급되는 장례비와
위자료는 동일하지만

SBC
상실수익은 고인이 앞으로
경제활동을 하며 벌어들일 예상
수입을 바탕으로 산정하기에,
더욱 많이 주장하실 수 있을 것 같네요.

?

도움이 되셨나요
시청자님?

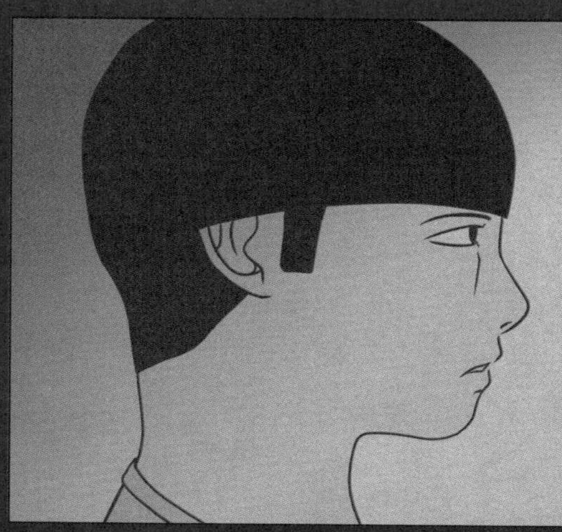
그 말은……

실수로 교통사고 내도,
가난한 사람 치여 죽이는 게
더 낫다는 말이잖아.

인간의 가치는
동일할 리도
동일할 수도 없다.

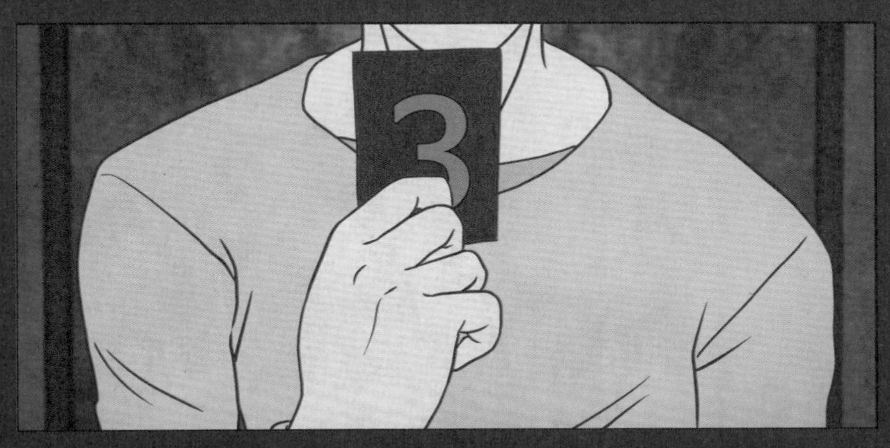

아마 그게 나일 테지.
누군가 실수로
날 치어 죽였다면.

'다행이다. 그나마 가난한 놈 죽여서.'
라고 남몰래 안도의 한숨을
내쉴 만한 사람. 그게 나일 테지.

……

……1층으로
할걸 그랬나

싫다. 소름끼치게 싫다. 그런 취급. 그런 삶은.

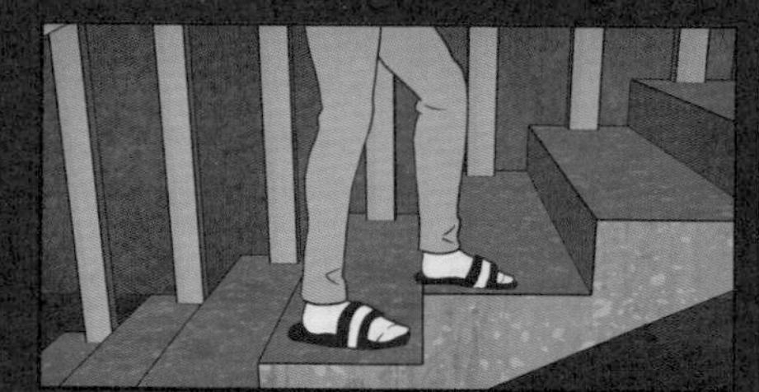

하지만 또한 안다. 홀로 악쓰며 부정해봤자
세상이 채점한 내 점수는 바뀌지 않을 것이란 걸.
가진 것도, 내세울 것도 없는. 뻔한 인생.

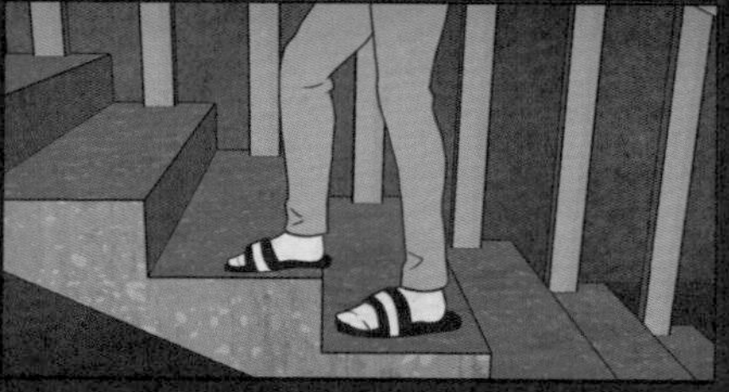

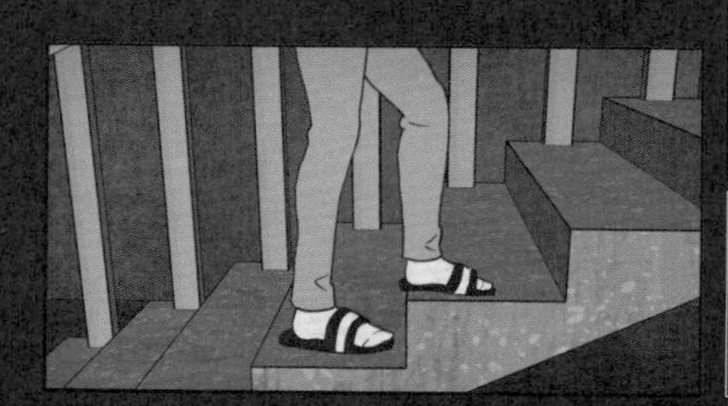

여긴 다르다. 저들은 인정해줬다.
나를. 이 무가치한 몸뚱아리를.
투자가치가 있는 상품으로 인정해줬다.

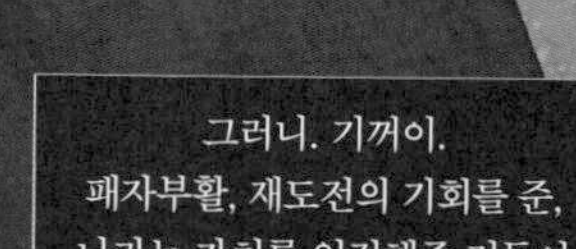
그러니. 기꺼이.
패자부활, 재도전의 기회를 준,
나라는 가치를 인정해준 저들이

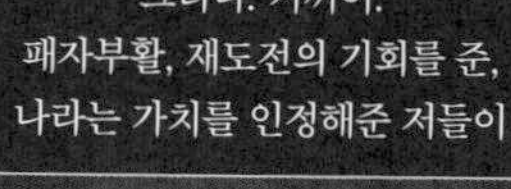

3F
지금으로선 고마울 뿐.
뭐야 이건.
지문인식??
……
설마……
삐리리리릭-
철컥-

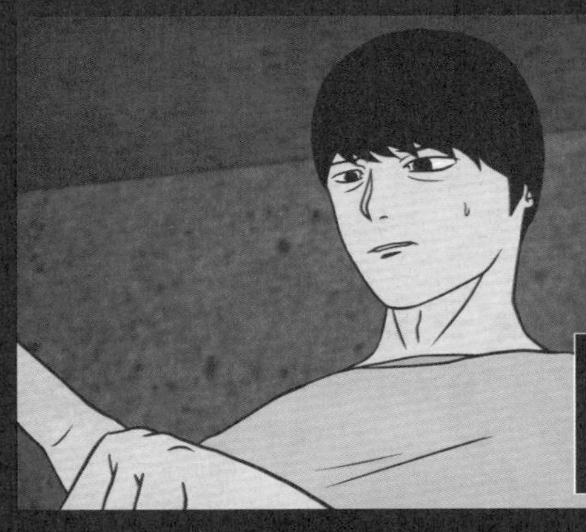
미친. 지문은 대체
언제 딴 거야……
살짝 소름이 돋았지만, 좋은 면을 보
내 방은 오직 나만이 출입할 수 있다
이로써 더 안전해졌고, 이에 더 안도감

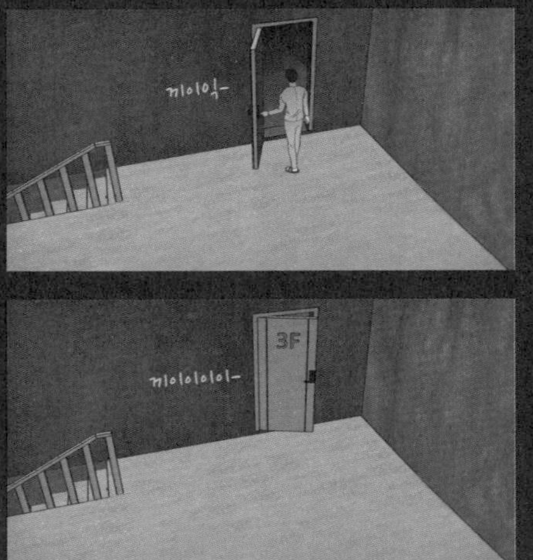
끼이익-
끼이이이이-

3F
철

하지만 방심했단 건 아니다. 근처에도 안 갔다.
이 게임은 동정이나 호혜로 기획된 게 아니니. 베풂이나 구제를 목적으로 하지도 않

이 게임은 오직. 주최 측의
즐거움을 위해 기획된 것.

또한 그들이 추구하는 즐거움은
일반인의 상식과는 결도 역치도 다르단 걸
100일에 걸친 경험을 통해 배웠으니.

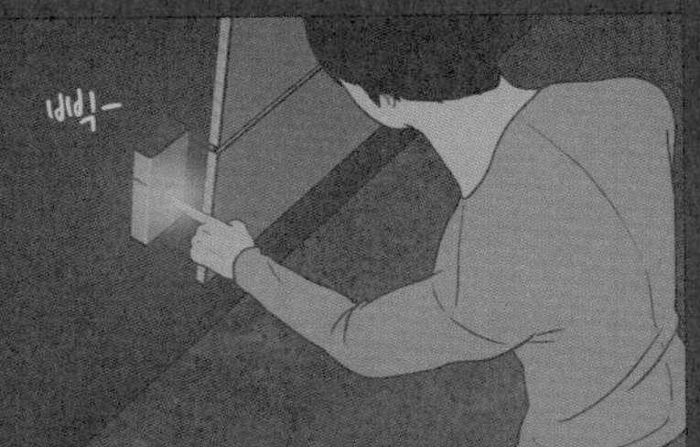


기이이잉-

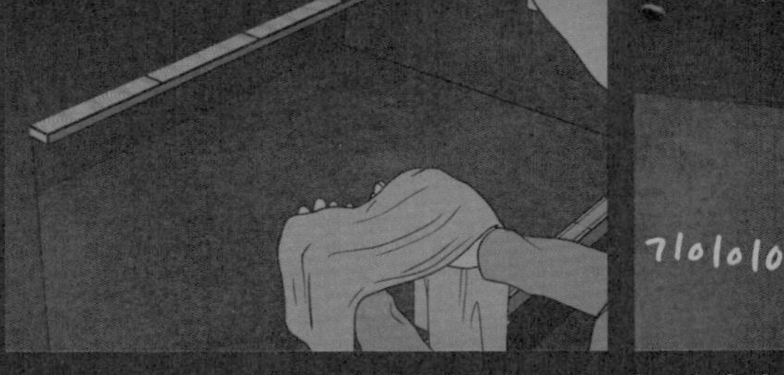

기이이잉-

전광판 하나. 배송구 하나. 눈 씻고 봐도 방 안 설치물은 이 두 개가 끝.
이때 필요한 건.

응?

안 보인다. 룰북 같은 건. 2회 차 대우. 튜토리얼 따윈 스킵하잔 제스처.
그럼 1회 차의 기억과 비교해 유추하는 수밖에

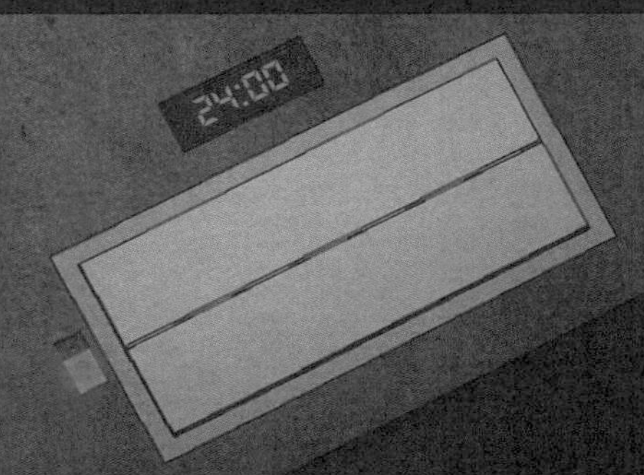
24:00
잔여 시간 카운터는
광장에 있었으니까

방 안에 이건 당연히
상금 전광판이겠고

버튼에 구입 금액창이
없으니 이 배송구는 단순
식음료 배급용일 테고

그리고…
시X.

얼추 확인을 끝냈으니
이제 해야 할 일은

만인의 만인에 대한 투쟁에 대비한
분석과 전략 수립.

빠직-

빠직-

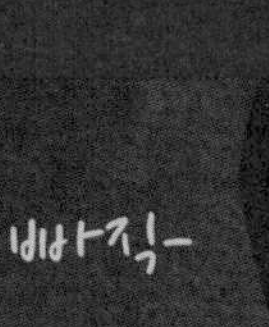

첫 번째. 매일 음식을 제공한다 했으니
기아에 허덕일 걱정은 없다.
음식은
이런
물론
안준다규
내 대사도 남겨놔라

두 번째. 참가자가 죽는 순간
게임 종료라 했으니, 누군가에게
살해당할 위협도 없다.
마! 니 자신!
을 소중히!

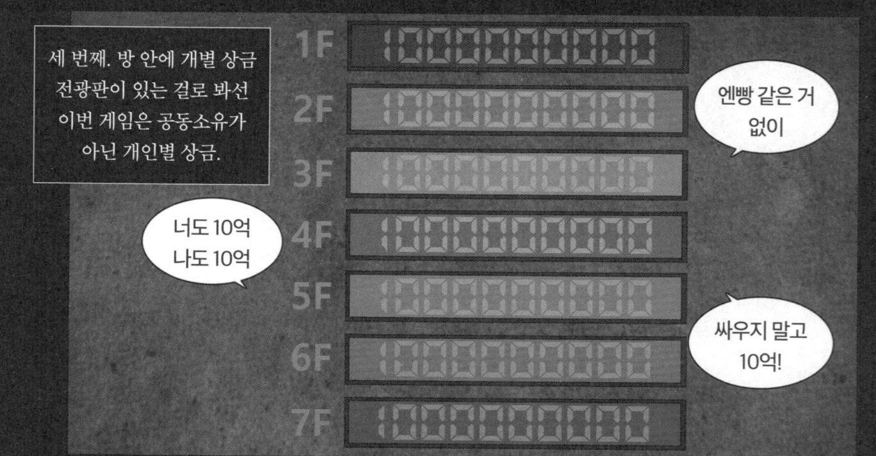
세 번째. 방 안에 개별 상금
전광판이 있는 걸로 봐선
이번 게임은 공동소유가
아닌 개인별 상금.
1F 1000000000
2F 1000000000
3F 1000000000
4F 1000000000
5F 1000000000
6F 1000000000
7F 1000000000
엔빵 같은 거 없이
너도 10억 나도 10억
싸우지 말고 10억!

네 번째, 층 선택 카드가 총 7장
(먼저 온 사람이 3장 선점)이었으니
이번 게임 참가자는 총 7인.
1
7
6
3
뭔지 모르겠으면 대충 가운데 거 선택해라 쫄보야.
다섯 번째. 시간 경과에 따라 상금이 적립된다 했으니, 오래 버틸수록 상금이 늘어나는 구조.
시간은 금이라구 친구!
GOLD
99.99%
어 그럼 난 시간인가.
인데……
삐리릭-
시작됐다.
자정.
DAY 1

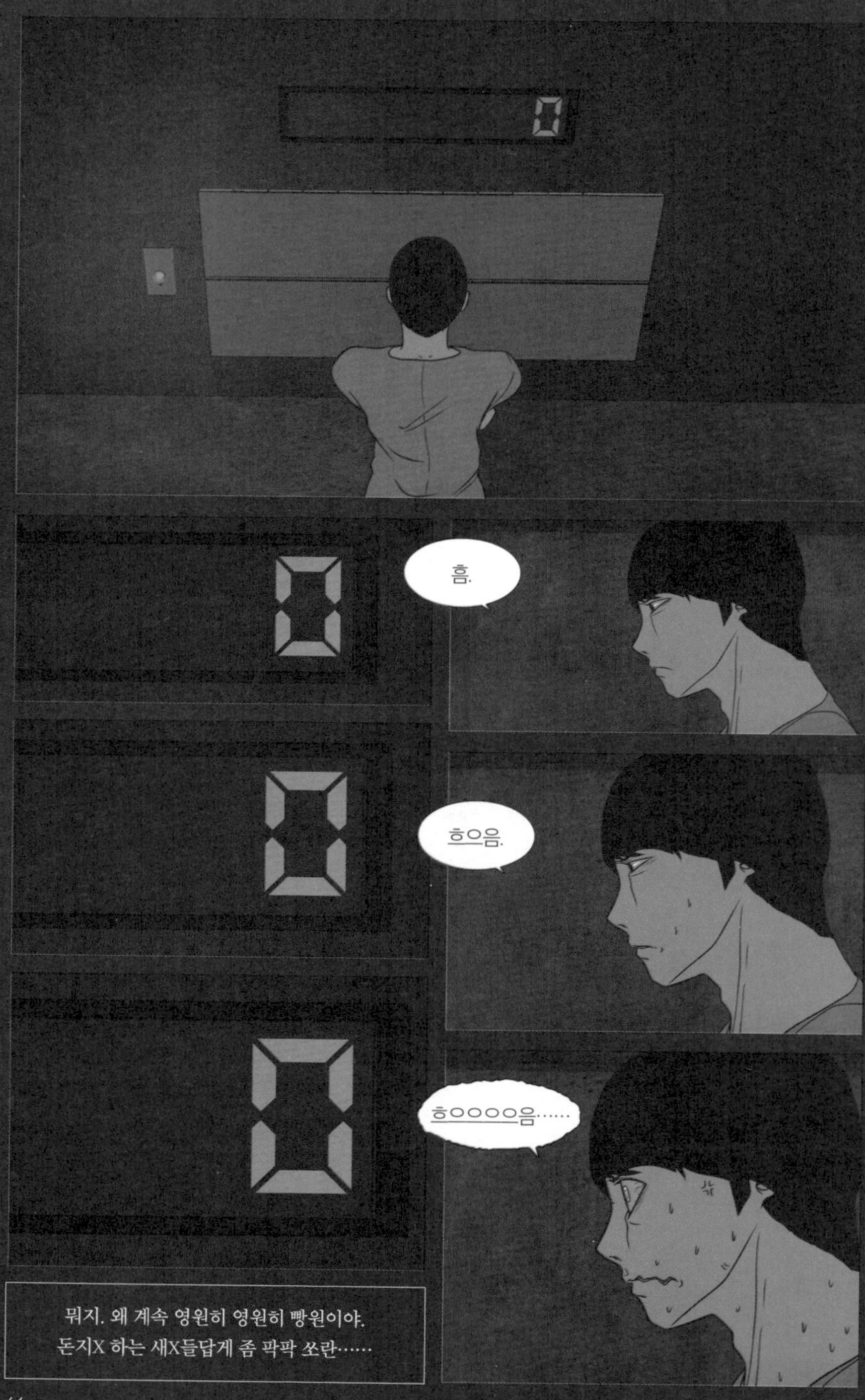
흠.
흐으음.
흐ㅇㅇㅇㅇ음……
뭐지. 왜 계속 영원히 영원히 빵원이야.
돈지X 하는 새X들답게 좀 팍팍 쏘란……

적립됐다. 드디어. 만 원이다.
축하합니다 머니…아니,
파이게임 첫 소득 만 원.

10000

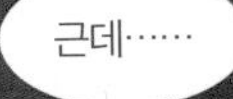

겨우 만 원? 이란 생각이 먼저 스쳐 지나갔지만.
아니다. 이 대목에선 곱하기가 중요하다.
이 만 원이 얼마의 시간 단위로 쌓이는지를 봐야 한다.

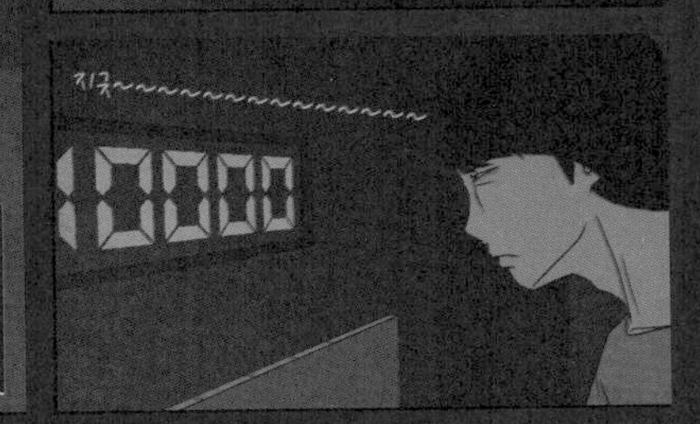


A FEW MINUTES LATER...

띠릭-

드디어 올라갔다.
이번에도 만 원.

상금은 만 원 단위로
적립되는 걸 확인.

그리고.

내장에 내장된 생체시계로
가늠해봤을 때 적립 주기는 5분.
5분에 만 원. 즉, 하루에.

하루에, 무려! 288만 원.

직장인 월급이 단 하루 만에! 심지어 세후… 아니, 자금 추적조차 불가한 돈!

100일만 버텨도 약 3억!

1년을 버티면…… 10억.

역시. 이번에도 기대를 저버리지 않으셨다. 주최 측님들의 스케일님은 늠름하시다.
그들이 인정해주신 내 가치는, 무려 연봉 10억.

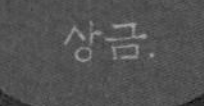


플렉스
해버렸지 뭐야.

좋다. 매우 좋다. 싹 다 좋다.
아니 딱 하나 빼고 다 좋다.

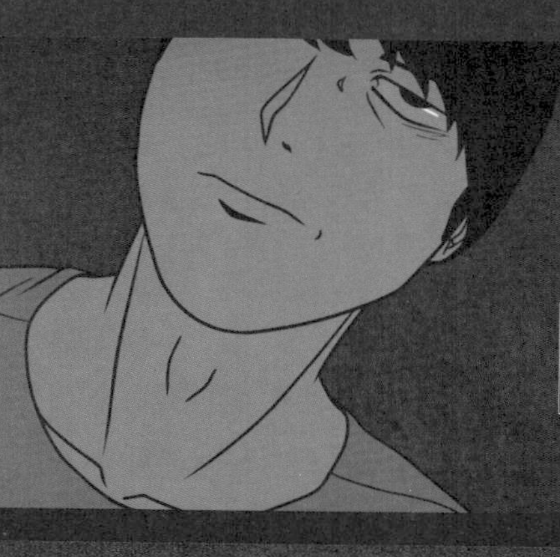
시간.
24:00

표기된 잔여 시간은 24시간 뿐이었다.
8시간 후 출입문이 열리니,
내일 아침엔 16시간이 남아 있을 것이다.

네. 그게 다예요.
24시간 후 게임 종료.
수고하셨습니닭ㅋ

……라는 농담 같은 전개일 리는 없을 테고, 확인해봐야 한다.

내일 아침 문이 열리면.
튀어나가 알아내야 한다.
시간……

970000

자는 둥 마는 둥
다음 날.

새아침이 밝…진 않았고
여전히 이곳은
어둡고 탁하지만.

기대와 두려움과 흥분과 긴장이
막도날드 막플러리처럼 뒤섞인
혼란스런 설렘을 안고, 광장으로.

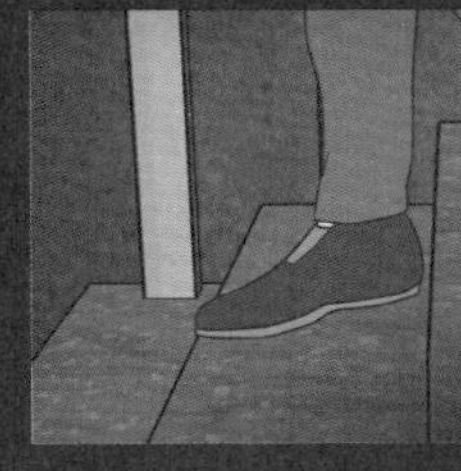

다ㅓJ다ㅓJ다ㅓJ-
나도 모르게 웃음이 새어나온다. 평생을, '시간을 소중히 해라', '시간은 금이다' 라는 꼰대들의 잔소릴 듣고 살았지만.
내게 그딴 잔소릴 해대던 인간들이 경험해본 적이나 있을까 싶다.
진짜로, 정말로, 실제로 또 실재로, 시간이 곧 돈이 되는 상황
을………

응?

뭐야 이게.

뭐가 어떻게 된 거야?

어째서.
오히려.

32:47
시간이
늘어나 있…

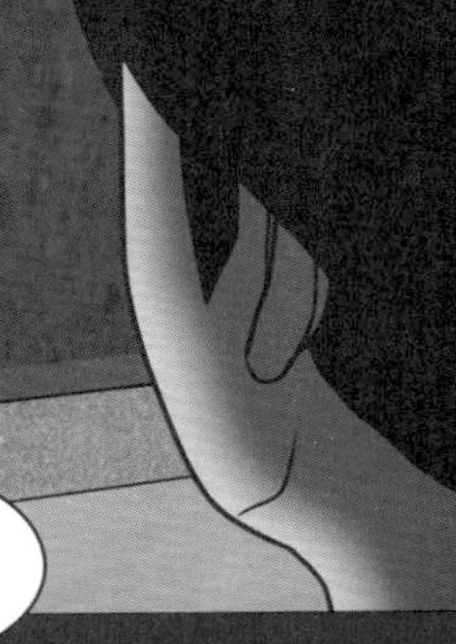
이상하다?
늘어나 있네?

?
32:47
32:46
저렇게 이유 없이 계속
시간 늘어나면 우리.

평생 못 나가는 거
아녜요? 여기서?

# 파이게임
# PIE GAME

## #3

"먹을 거는 언제 주나"

32:46
저렇게 이유 없이 시간 계속 늘어나면
평생 못 나가는 거 아녜요? 여기서?

첫 조우.
참가자 7인 중 한 명.

32:45

안녕. 인사해야 하나? 그건 아닌가? 굳이 먼저 나서서 친한 척할 필요가

아저씨는 몇 층이에요? 난 7층인데.

………삼

층이요. 근데 나
아저씨 아닙니다.

잘 지내봐요. 아저씨,
괜찮게 생겼네요.

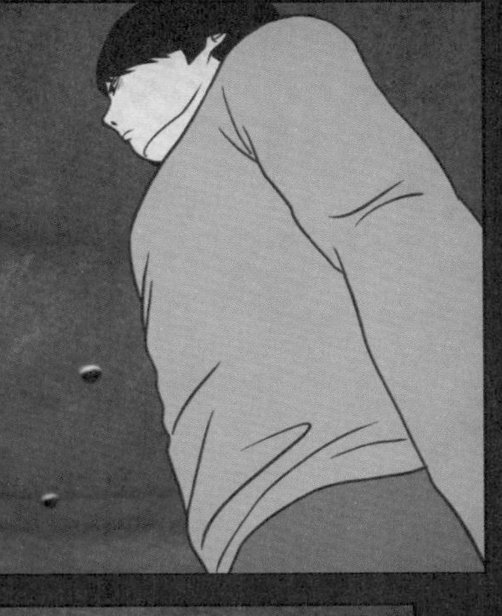

아저…
아니라니까……
묘한 첫인상.
그런 느낌의 사람이다.

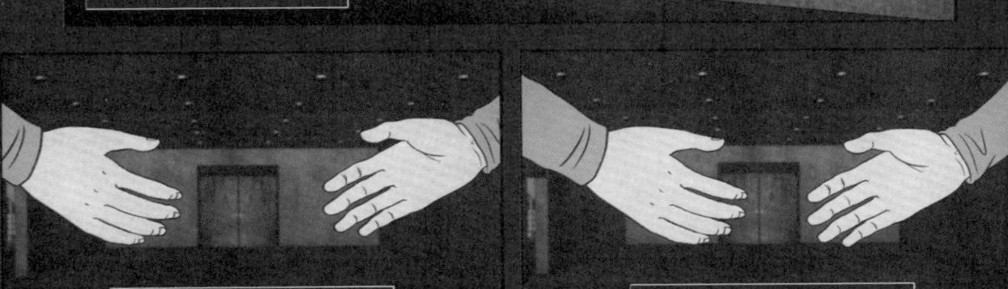
천진난만하다고 해야 하나
순수하다고 해야 하나

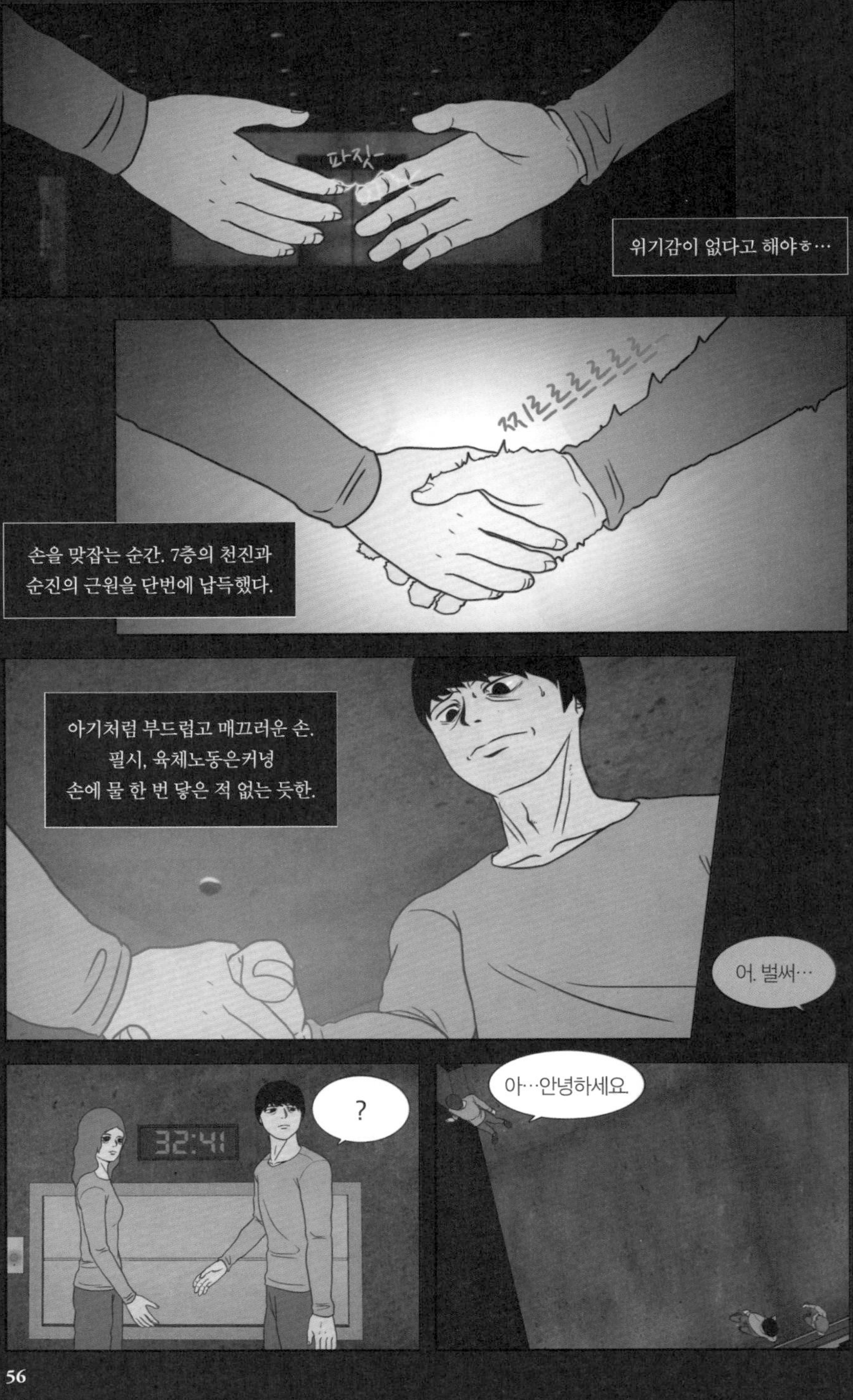

파짓-

위기감이 없다고 해야ㅎ…

찌르르르르르르-

손을 맞잡는 순간. 7층의 천진과
순진의 근원을 단번에 납득했다.

아기처럼 부드럽고 매끄러운 손.
필시, 육체노동은커녕
손에 물 한 번 닿은 적 없는 듯한.

어. 벌써…

?

아…안녕하세요.

저, 저는 1층에 있습니다.
안녕하세요.
뭘 인사를 듀얼로 하고 그래.
사람 죽었나.
7층이요.
네 안녕하세요…
3층입니다.
자, 잘 부탁
드립니다.
그리고
1층이 왜 1층을 선택했는지는
한눈에 알 수 있었다.
절뚝-
1층은.
장애가 있었다.

얼마 후, 당연한 수순으로.
참가자 7인 모두 광장으로 집합.

7F
6F
5F
4F
3F
2F
1F
광장

계단계단계단계단끝없는계단

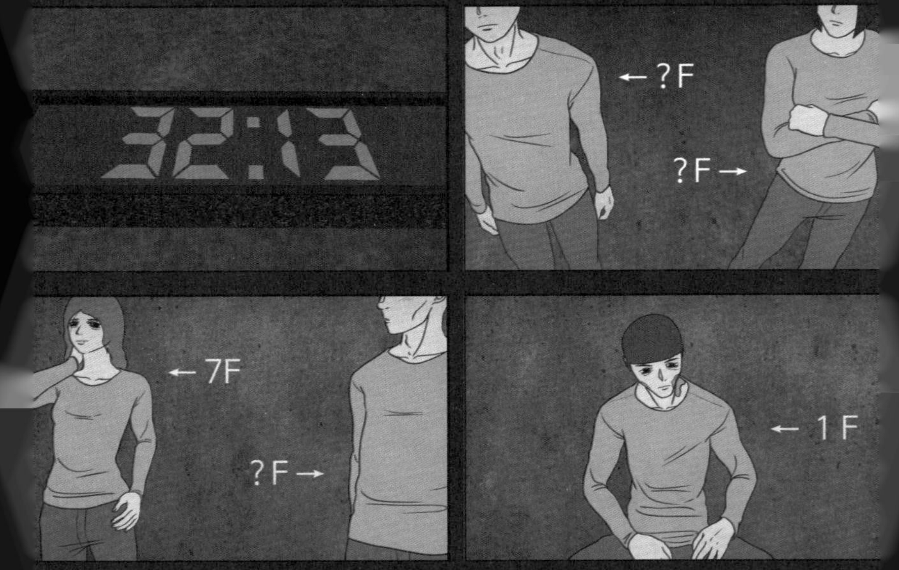


이 게임과 서로의 정체에 대해 너무나 궁금한 게 많겠지만,
짐짓 거리를 두고 차분히 서로를 관찰하는 모습에서 2회 차의 노련함이 엿보인다.

……
3F
섣불리 나설 수 없는 거겠지.
초반부터 나대다 어그로 끌고
타겟팅 당해서 이로울 거 없단 걸
이전 게임에서 경험해봤을 테니.

라고 생각했었는데.
한 명. 예외가.
안녕하세요옷!!!

반갑습니다! 아래층 이웃님!
저 4층입니다! 한가운데!
4층! 이웃사촌이네요!
4F
제가 좀 흥이 많아서! 좀!
층간소음 같은 거 일으키면…
참지 말고 말씀주세요!
공주. 다음은 장애인.
그 다음은 조증 환자.
이번 조합도
어떤 의미로든 대단하다.

아 네, 저도 반갑습···
그런데 님! 아래층 님 만나 보셨어요? 2층! 이뻐요! 3층 님 밑에······아니! 말이 좀 이상한데! 아래층! 여튼! 이뻐요!
짜증이 난다. 이 거리감 못 재는 대쉬와 쉴 새 없는 아X리가. 못내 거북하다.

7층이 어쩌고 6층이 어떻고 5층이 그렇고 4층이 나고 3층이 님이고 2층이 렌잇고 1층이이이이이~~~~
덕분에 다른 참가자들의 정보를 주워 담아 정리할 수 있게 됐으니. 조금 용서.

하아품~
대로 공주.
포스.
것도 아닌데
가했을까.

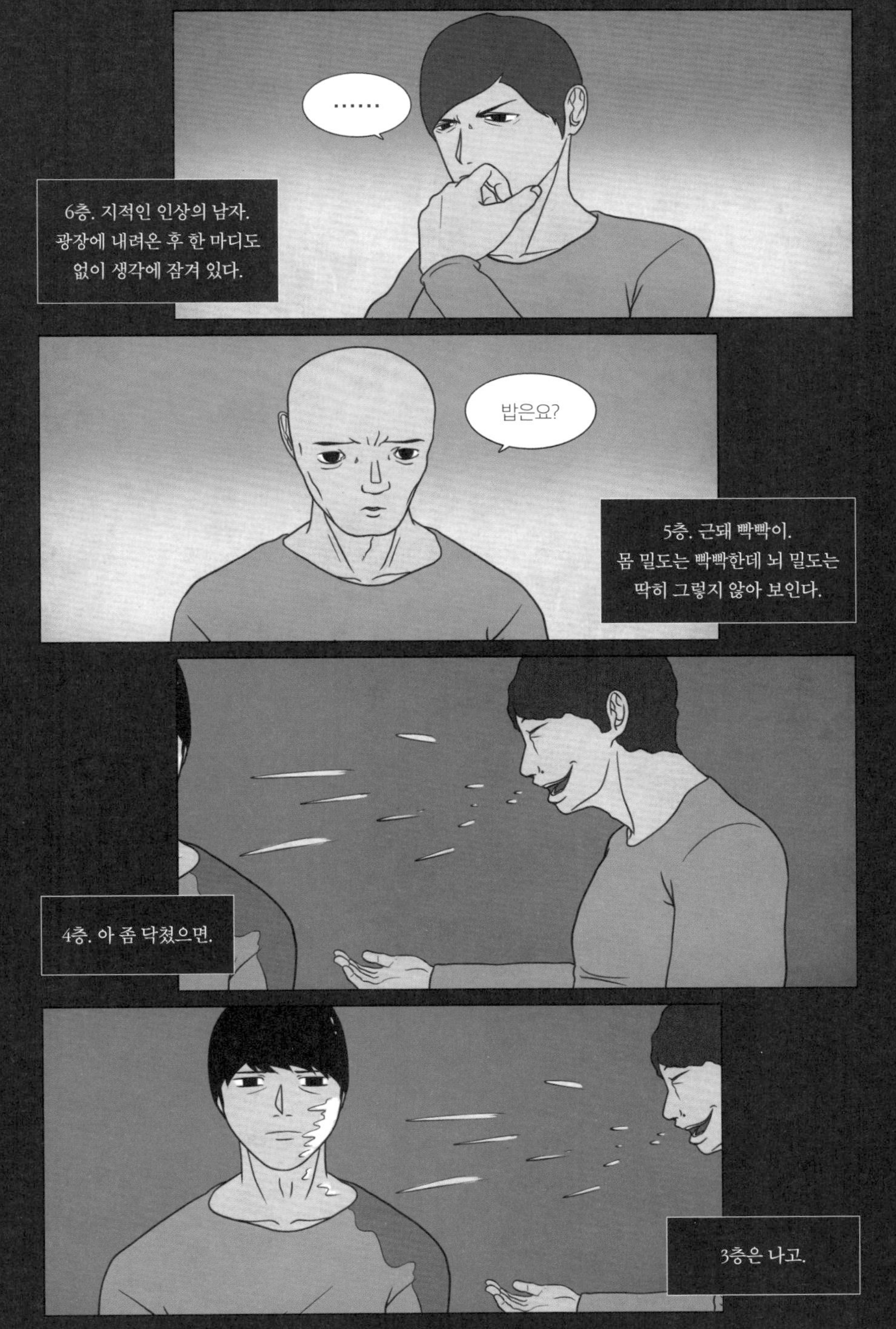
……
6층. 지적인 인상의 남자.
광장에 내려온 후 한 마디도
없이 생각에 잠겨 있다.
밥은요?
5층. 근돼 빡빡이.
몸 밀도는 빡빡한데 뇌 밀도는
딱히 그렇지 않아 보인다.
4층. 아 좀 닥쳤으면.
3층은 나고.

2층. 저런 스타일을 뭐라고 하지?
시크? 쿨? 쿨시크?
여튼 냉랭해 보인다. 사려야지.

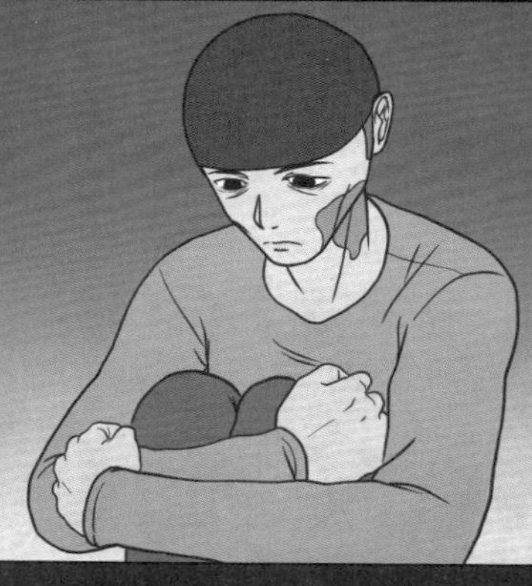

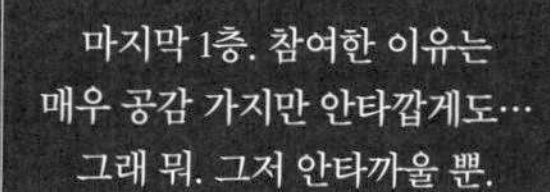

마지막 1층. 참여한 이유는
매우 공감 가지만 안타깝게도…
그래 뭐. 그저 안타까울 뿐.

파이게임 참가자는 대충 이런 조합.
다행히 아직은, 대놓고
이빨 드러내는 인간은 없지만

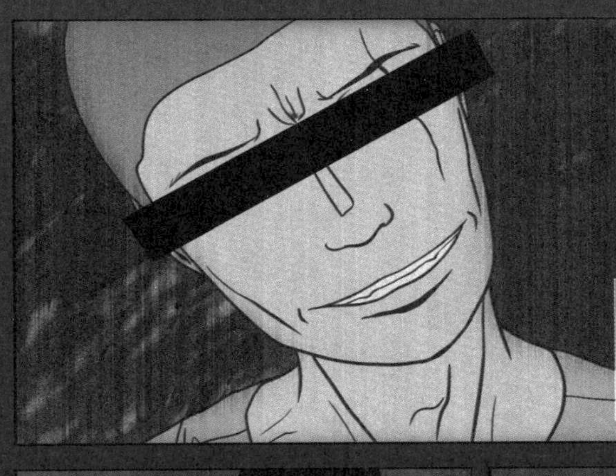

방심하진 않는다.
속에 든 내용물이 뭔지는
껍데기만 봐선 알 수 없으니.

30:47
그리고 여전히
남아있는 의문.


30:46

잔여 시간이 0 이 되면 타임아웃으로 게임오버.
그리고 그때까지 적립된 상금을 가지고 바이바이 까지는 알겠는데.

간밤에 어떤 이유에선가 시간이 늘어났고,
그 이유가 뭔지는 짐작조차 가지 않는다.

무의미한 대치는
이 정도로 하고

우선 결정해야 할 건들
부터 함께 논의해봅시다.

식음료는 구매 불가니
제하더라도, 당장 필요한 생필품
들은 구비해야 하잖습니까.
상금 지급은 개별이고 구매 장치는
이것 하나뿐이니, 공동 소유인 시간을
지급해 물건을 사는 구조로 추정됩니다.
첫인상이 맞(은것같)다.
6층은, 똑똑한(듯한) 사람이다.
이 가정이 맞다면
구매 금액 대비 시간 차감 비율을
확인해봐야 하니

첫 구매품은 용변 처리용 휴지,
쓰레기봉투, 플라스틱 버킷 정도로
해볼까 합니다. 어떠십니까.
정정.
똑똑한(듯)이 아니라,
똑똑한(진) 사람으로.
제가! 제요! 아니! 저요!
제가 눌러도 됩니까? 제발 저요!
네. 그렇게 하시죠.

다른 참가자들 역시. 나와 같은 이유로 긴장하고 있을 것이다.

그럼.
누릅니다아아아아아아아
주최 측의 농간을 처음으로
대면할지도 모르는 순간.

에~ 휴지 7롤,
빠게쓰 7개, 검스…아니,
검쓰봉 70장 ①이니까…

네, 54시간 차감됐네요!
게임 끝! 수고하셨습니다

물론 이딴 촌스러운 설계는 아닐 거라 믿지만 믿음이 성공을 보증해주진 않는다.

그럼! ①번 사겠습니다!!

자 과연.
얼마나 차감이……
꿀꺽-

30:26

삐빅-

삐리릭-
30: 14

응?
뭐야. 겨우.
12분 까졌는데요?
긴장했던 게 머쓱해질 정도로 혜자로운 환율.
……잠시만요.
같은 품목으로 한 번 더 구매해 보죠.
구매를 반복할수록 차감률이 높아지는 설계일 수도 있으니.

역시 똑똑함…을 넘어 철두철미한 사람이다. 저 든든함에 기대고 싶어질 정도로.

30:01

재구매 역시 장난질 없이 칼 같은 12분 차감.

한고비 넘겼다는 안도감으로
참가자들의 얼굴에
생기가 돌기 시작했다.
그럼 또 뭐가 필요한지
논의해봅시다.

이전 게임에서 배운 교훈. 장기 레이스 완주에 가장 중요한 요소는
체력 보존과 건강 유지.

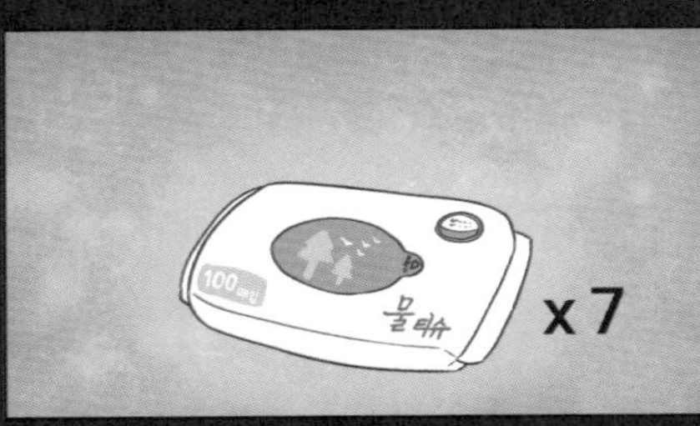
물티슈
x 7

x 7

필요한 물건을, 갖출 수 있을 때, 갖춰야 한다.
상황과 환경은 언제든 적대적으로 돌아설 수 있으니.

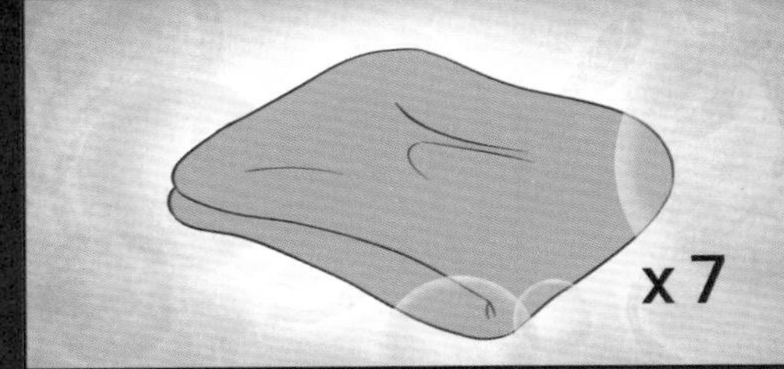
x 7
이렇게 사댔는데도
지불한 시간은 겨우
두 시간 삼십 분 정도.

두 시간 삼십 분 차감…
조금 비싼 감이 있군요.

그래도 전 게임에 비하면
납득 가능한 가격입니다.

Cho hyeja price!

먹을 건요?

이번 구매를 기준으로 대략이나마
'시간대 구매 금액' 환율 계산을 해보자면

이불이 3만 원
정도 했었으니까……

CALCULATING

물티슈 7개 대충 1만 원

+ 워터리스샴푸 7개 얼추 7만 원

+ 이불 7채 대략 21만 원

---------------------

합계 : 두루뭉술 30만 원

구매에 쓴 시간은 2시간 30분.
이 게임의 시간당 상금은 12만 원이니
2시간 30분은 정확히 30만 원

없어. 장난질 없이 걍
권장소비자가격!

다르다. 끝없는 결여와 결핍으로
고사시키던 전 게임과는,
분명 다른 양상이다.

물론 이 설계가 주최 측의 순수한 선의라고
생각하는 참가자는 없겠지만, 당장 닥친
불편을 해소할 수 있음엔 틀림없으니

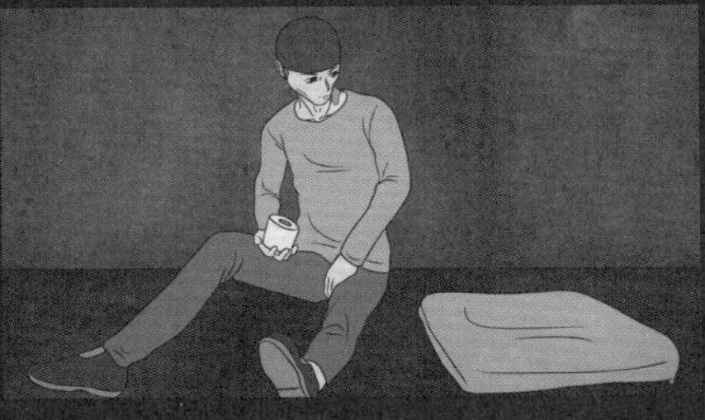

기뻐하지 않을 이유가……

왜 안 사줘요?

우유랑 빵……
팥빵 먹고 싶은데.

간식도 식음료니까요.
식음료 구매는 불가능해요.

목마른데…
배도 고프고……

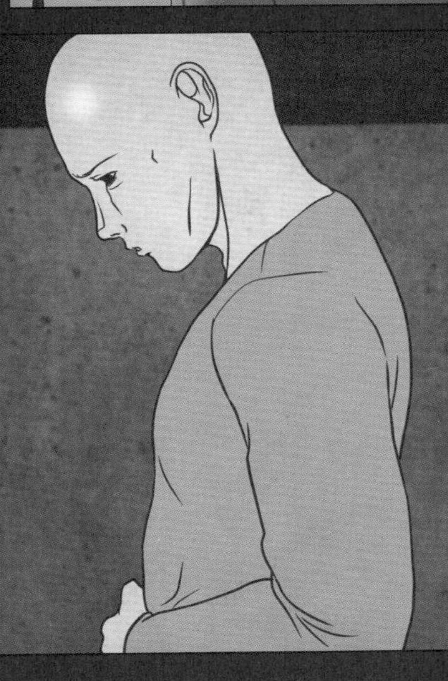

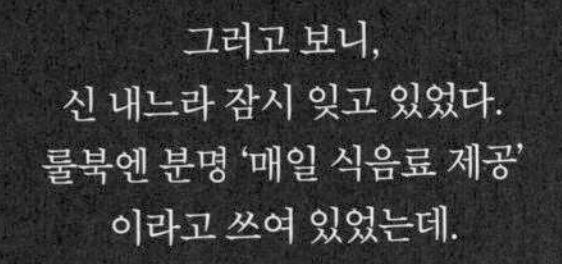

신 내느라 잠시 잊고 있었다.
룰북엔 분명 '매일 식음료 제공'
이라고 쓰여 있었는데.

26:44

대체 언제 준단 거야.
점심시간도 한참 지났는데.

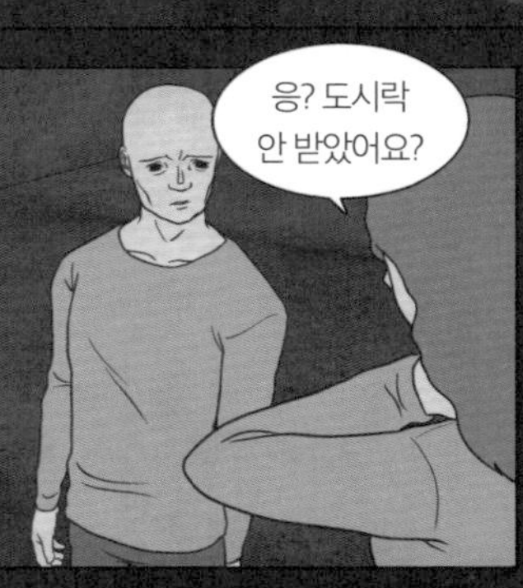
응? 도시락
안 받았어요?

?

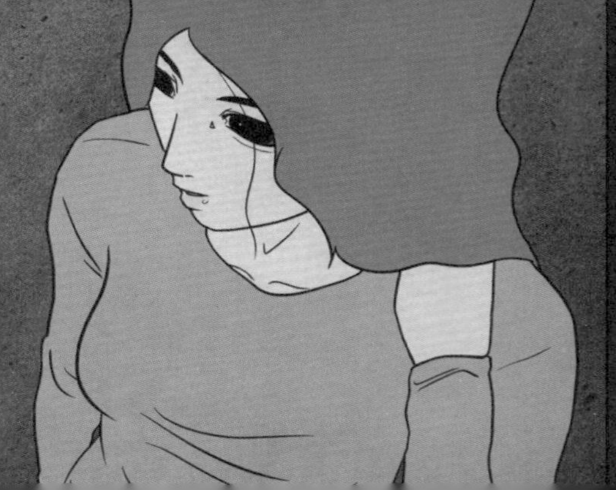
왜요?
난 엄청 받았는데.

응?

불길한 배송 형식과 불길한 배송 개수에. 들떴던 분위기가 급속히 가라앉는다.

그래. 역시……

이번 게임 역시
기대를 저버리지 않았다.

여지없이 X같을 거란

# 파이게임
# PIE GAME

## #4

"선한 영향력의 대가"

상식적으로.
본인의 방에 물과 도시락이 무려 11세트나 배송됐다면.
응? 많네?
아. 나눠 주란 말이구나.
…라는 사고로 귀결되는 게 정상 아닌가?

그런 생각 안 들었냐구요.
흐응……

듣고 보니 그런 듯도?
아니. 그런 듯도…가 아니라!
그렇게 생각하는 게 당연한 거잖아!!!!

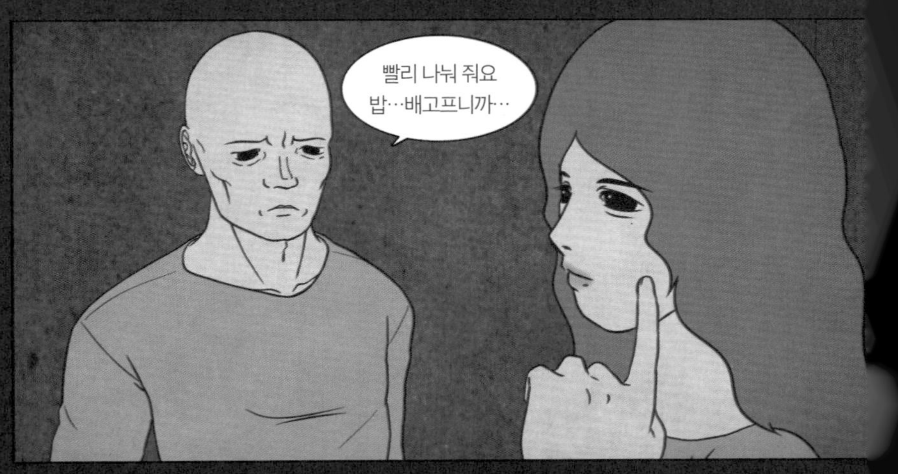
빨리 나눠 줘요
밥…배고프니까…

……

생각 좀
해볼게요

아니!! 생각해볼게요!!!! 가 아니라!!!!!!!! 안 나눠 주면 누구 하나 굶어 뒈져서 게임 끝……

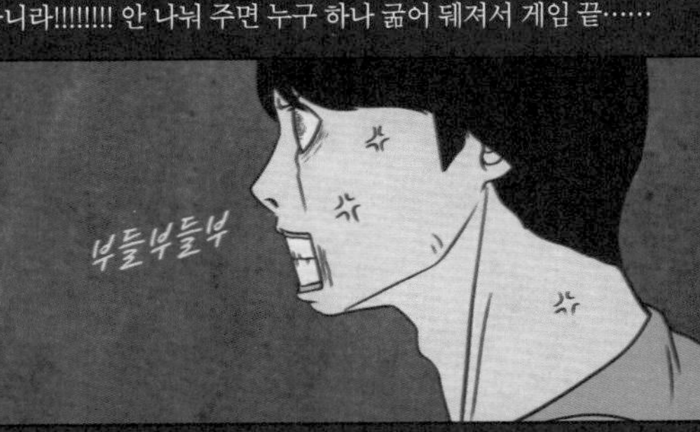
부들부들부
아니. 아니다.
아니. 그렇다.

후우-
치사하고 더럽지만
저 반응이 당연하긴 하다.

식음료 배급 권한이라는 끝발 나는 패가 떨어졌는데,
어떻게 누려야 할지 대가리 잘 굴려봐야지.

말 잘들으면 도시락 두개
살짝 들으면 도시락 한개
개기면 하나도 안줄거예요
불만있음 굶&다이.
주최 측이 장만한 첫 번째 함정.
비대칭 권력 부여로 인한 내분 유발.
조
아
림
재수없게도, 하필 그 권력을 7층이 쥐었다는 게 킬포.
마음 먹으면 세상 누구보다 화려하고 유려하게 멍청이짓 가능할 듯한. 참가자가.
$$$$$$$$
룰에 그렇게 쓰여 있었죠.

방 안 물건은 방 밖
으로 반출 불가…라고.
그럼 7층에 배달된 도시락을
나눠 줄 수 있는 방법은…

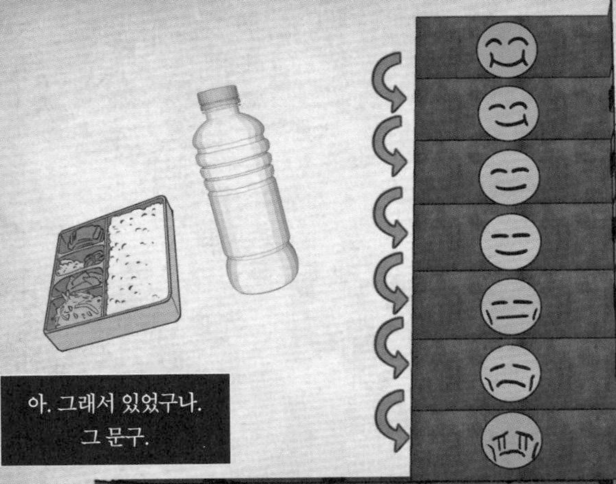
배송구를 이용해
위에서 아래로 한 층씩
내려보내는 구조겠군요.
아. 그래서 있었구나.
그 문구.

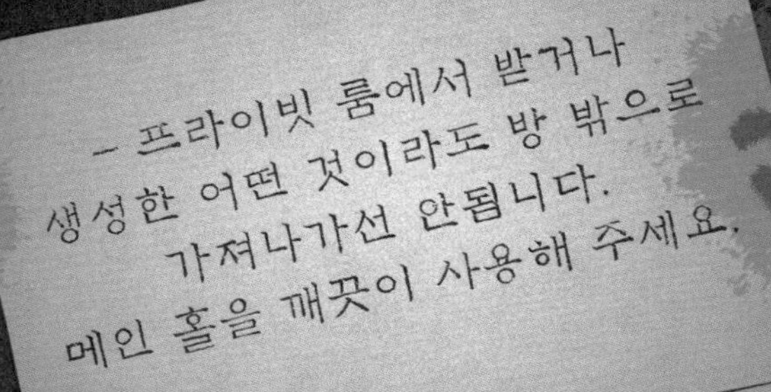
- 프라이빗 룸에서 받거나
생성한 어떤 것이라도 방 밖으로
가져나가선 안됩니다.
메인 홀을 깨끗이 사용해 주세요.

단순히, 광장의 화장실화를 막는 룰이라 생각했는데 아니었다.
함정 밑에 또 함정이다.

이 게임의 식음료 배분 권력 구조는

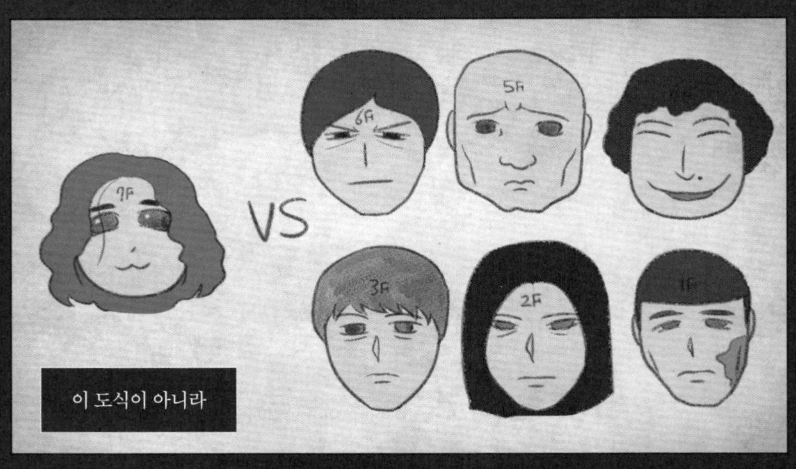
7F
VS
6F
5F
3F
2F
1F
이 도식이 아니라

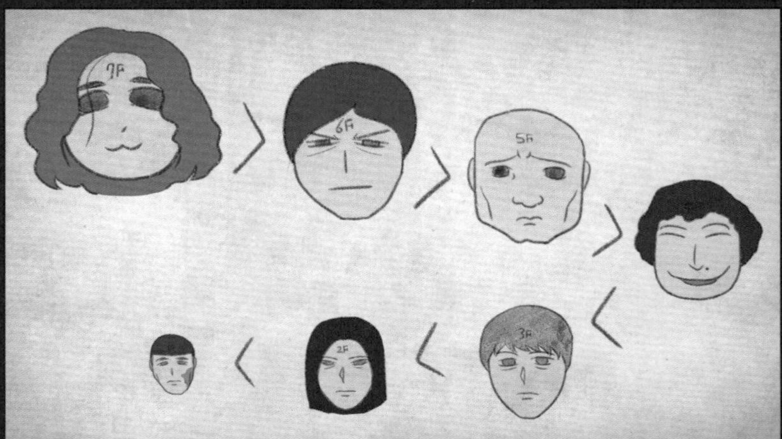
7F
6F
5F
3F
2F

이런 식. 모두가 서로의 갑이거나 을이 될 수밖에 없는 구조.

그리고 당연히, 아래층으로 갈수록
갑의 권한보다 을의 고초가 커지는.
운빨존망게임.

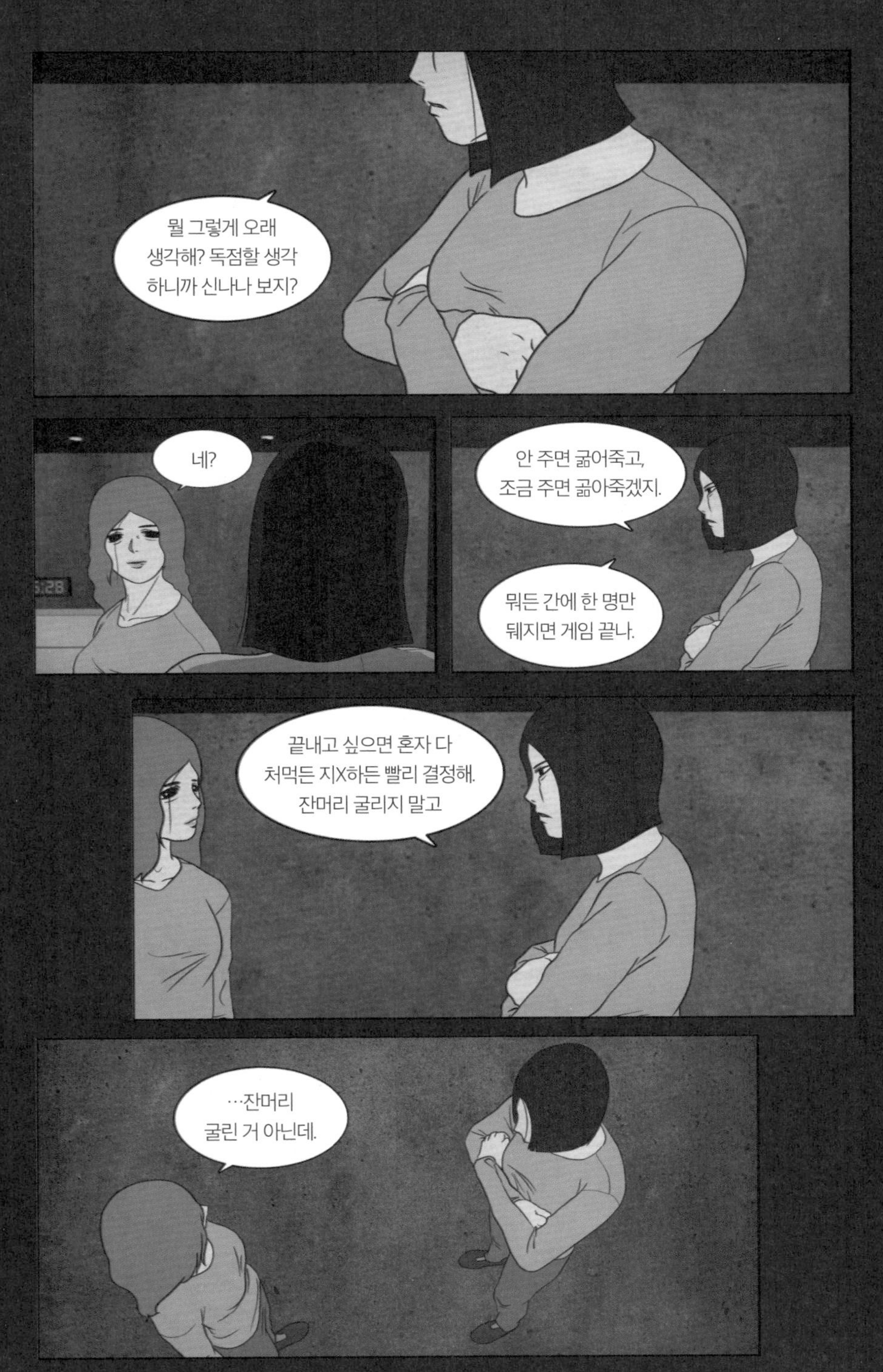
뭘 그렇게 오래
생각해? 독점할 생각
하니까 신나나 보지?
네?
안 주면 굶어죽고,
조금 주면 곪아죽겠지.
뭐든 간에 한 명만
뒈지면 게임 끝나.
끝내고 싶으면 혼자 다
처먹든 지X하든 빨리 결정해.
잔머리 굴리지 말고
…잔머리
굴린 거 아닌데.

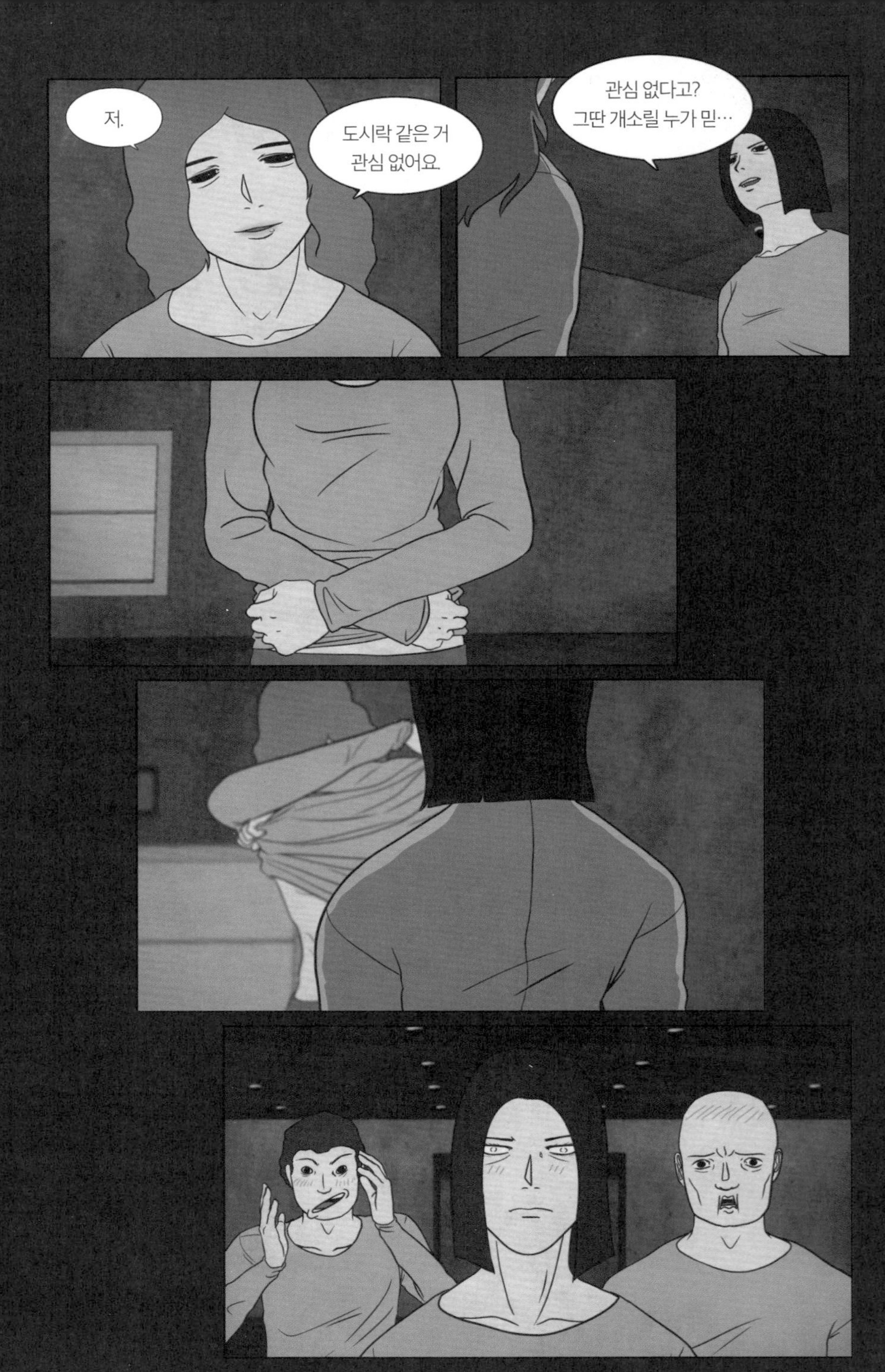
저.
도시락 같은 거
관심 없어요.
관심 없다고?
그딴 개소릴 누가 믿…

저. 원래 하루 한 끼
먹어요. 그러니까 하나 빼고
다 내려보낼게요.

그렇게. 7층의 별 선의도
악의도 없는 호의 덕에

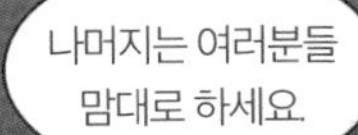
나머지는 여러분들
맘대로 하세요.

다른 참가자들도 순번을 정해
하루 한 끼 데이에 자진참여
하기로 결정. 몰빵 배급 문제는
의외로 쉽게 해결됐다.

물론.

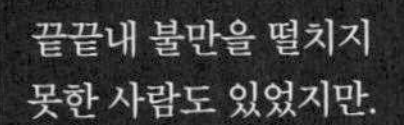
끝끝내 불만을 떨치지
못한 사람도 있었지만.

26:12

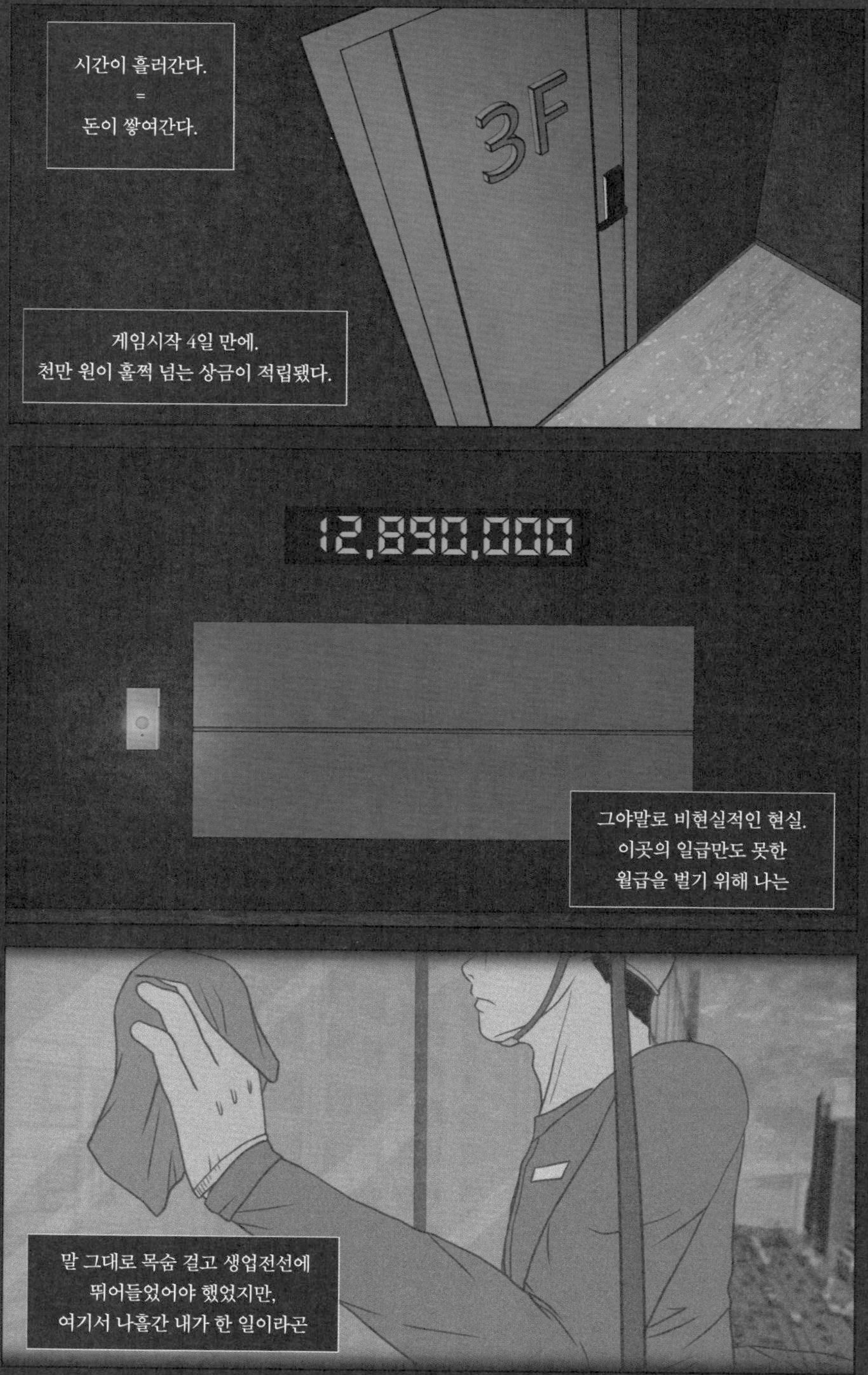

시간이 흘러간다.
=
돈이 쌓여간다.

3F

게임시작 4일 만에.
천만 원이 훌쩍 넘는 상금이 적립됐다.

12,890,000

그야말로 비현실적인 현실.
이곳의 일급만도 못한
월급을 벌기 위해 나는

말 그대로 목숨 걸고 생업전선에
뛰어들었어야 했었지만,
여기서 나흘간 내가 한 일이라곤

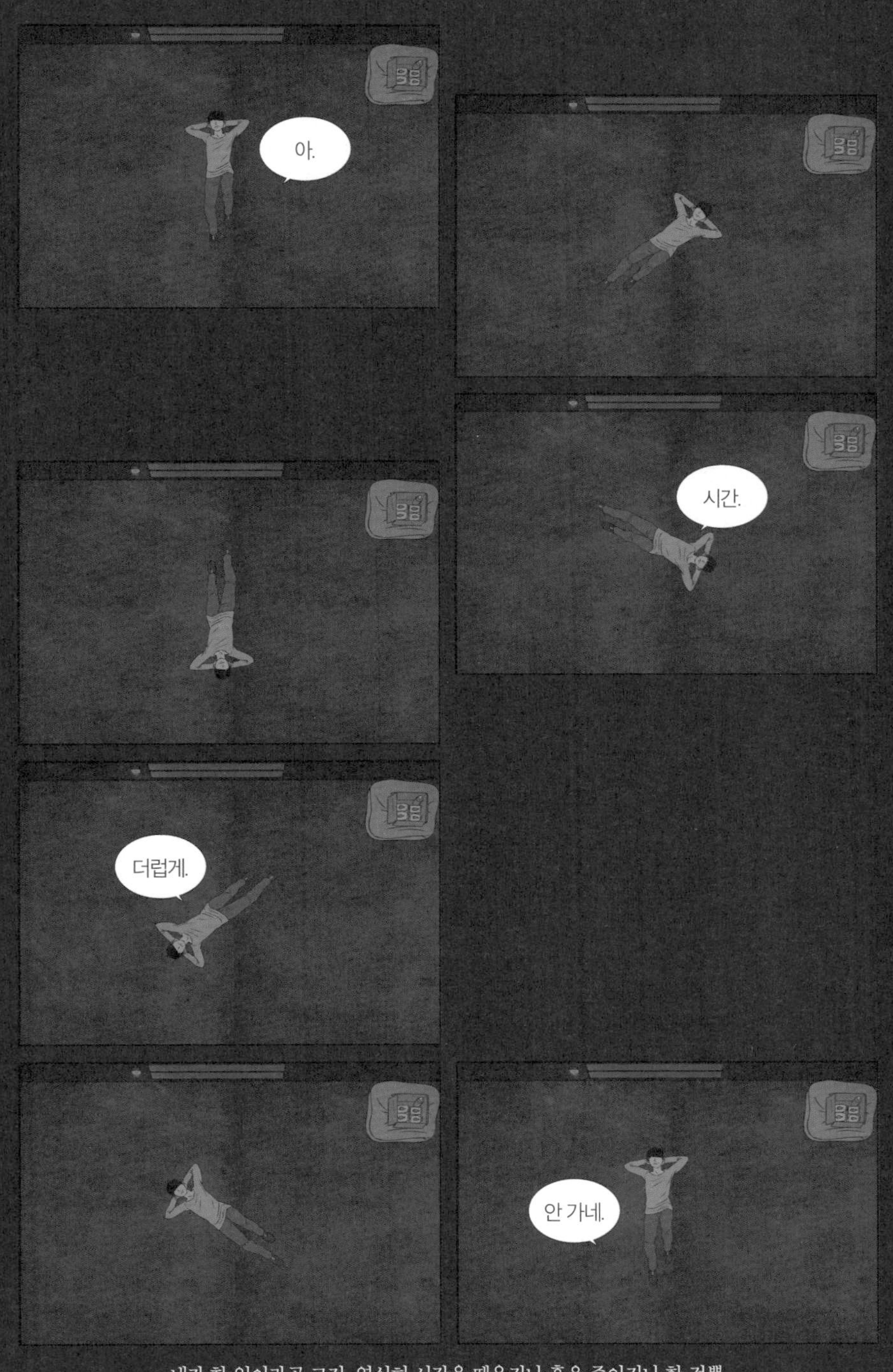


내가 한 일이라곤 그저, 열심히 시간을 때우거나 혹은 죽이거나 한 것뿐.

수면제라도 왕창
사먹을까……

게다가 가장 흐뭇한 부분은,
지난번 게임과는 달리 한번 획득한 상금은
다시 차감되거나 나눌 일이 없단 것.

이 게임에서 차감되는 건
오직 시간뿐…

DAY 1 32:47

하지만 어째서인지
시간은 오히려
쌓여만 가고 있었다.

DAY 2 72:32

DAY 3 84:55

DAY 4 95:26

그러니까 왜냐고.
무슨 법칙이 있는 거냐고.
내가 뭘 놓치고 있는 거냐고.

머리를 굴려봐도 뾰족한 답이 나오지 않는다.
답을 찾기엔 단서가 너무나 부족하다.

이번엔.

또 뭔 X랄을
꾸미고 있는 건지……

89:51
생각해보면, 참 무서운 사람들이지 않습니까?
네? 누가요?
저 사람들 말입니다. 기획자. 3층 님이 주최 측이라 부르는.
6층과 친해졌다. 접근은 내가 했다. 똑똑한 사람 곁에 붙어서 손해볼 건 없으니.
다행히 그도 날 괜찮은 사람으로 여기는 듯하다.
저들은 인간을 무너뜨리는 방법을 너무나 잘 알고 있습니다.

이 게임도, 이 전 게임도,
구조는 본질적으로 같습니다.
저들은 우리에게 아무것도
요구하지도 강요하지도 않죠.
7F
6F
5F
1
2
3
4
강요하면 강요당하는
자들끼리 뭉치리란 걸
잘 알고 있으니까.
이 부분이 가장 중요합니다.
외부로부터의 공격은 참가자들을
협동하고 인내하게 만듭니다.
그 상처는 언젠간
치유되고, 심지어 딱지가
더 강해지기도 합니다.
하지만 내분. 내부가
파괴되면 재기 불능입니다.
그리고 사람의 정신을 파괴하는 건
언제나 같은 사람이구요.
주최 측도 이 사실을 잘 알고
있으니, 참가자들의 멘탈을
집요하게 공략하는 것이지요.

6층은 그러니 서로 믿고 도와야 한다고 말했다.

다행히 이번 게임은
전과는 조금 다릅니다.
'오래 버티기'란 공동 목표가 있고,
타인을 해쳐서도 안되고,
무엇보다 본인 상금은 온전히
본인의 것이니, 다른 분들과
분쟁할 필요가 없습니다.

말처럼 쉽진 않겠지만, 우리보단
주최 측의 머리가 더 좋을 테지만,
그래도 뭉치고 방어해야 한다 말했다.
그게 유일한 공략법이니 해내지 못한다면.

그렇지 않으면…
또……

뒷말은 안 들어도 알 것 같다.
이 사람 또한 경험한 것이겠지.

인간이
같은 인간에게
얼마나 잔인해질 수 있는지.

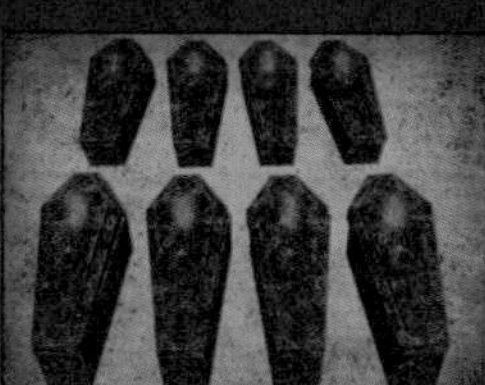

이 추털투철한 단합의지를 위태롭게 만드는 불안요소는

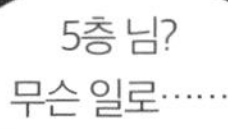

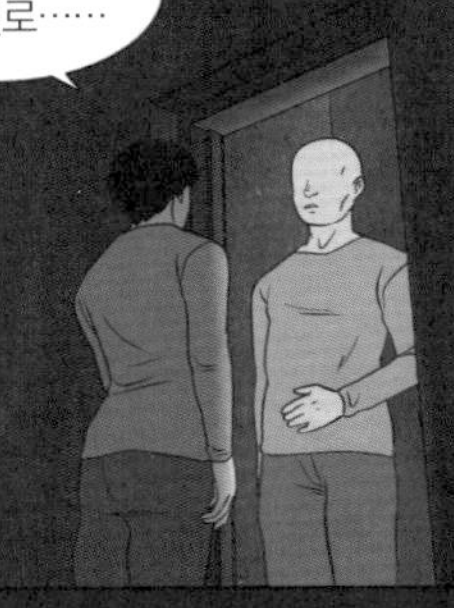
저기…3층 님? 계세요?
5층 님? 무슨 일로……

혹시…밥 남은 거 있어요? 배가 너무 고파서…

이해는 간다. 하루 대여섯 끼는 거뜬히 해치울 것 같은
저 거구가 하루 두 끼(가끔 한 끼)만 먹고 버티는 건 너무 고통스런 일일 테니.

죄송합니다 오늘은 없네요. 담에 남는 거 생기면 부를게요.

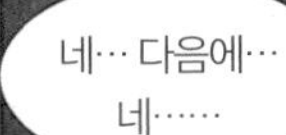
네… 다음에… 네……

그나마 다행인 건
호전적인 성격으로 보이진 않는단 것.
오히려, 덩치에 걸맞지 않은
순진함마저 느껴진다.

그런 일이
있었습니까……
분명한 불안 요소군요.
저러다 자칫
폭주라도 해버리면……
힘들겠지만, 우리 몫을 조금
더 나누는 게 어떻겠습니까.
다행히 우리 둘의 도시락
하나 데이가 겹치진 않으니,
최소 3개는 보장됩니다.
그러니 가끔이라도 하나씩
나눠 주는 건 어떻겠습니까.
그래요 뭐, 단식원 왔다고
생각하면 견딜만 할지도…
저, 저도 동참해도
될까요. 나눔.

저도 마, 많이
안 먹어요.
절뚝-

다른 사람보다 다리
하, 한쪽 분은 덜 먹어도
되니까. 하하;

누구보다 도움이 필요해 보이는 사람도 다른 사람을 돕기 위해 나선다.
이게 그 유명한 '선한 영향력'인가.

게임 시작 6일째.
아침.

3F

18,330,000

하지만 역시. 안타깝게도.
무형의 선의만으로 유형의 결핍을
메꿀 수는 없는 법이었다.

왜……

최소 다섯 개는 내려와야 했다.
하지만 눈앞에 보이는 건 달랑 두 개.
급. 빡침이 몰려왔다.

8,330,0
시X…대체 왜 그러는 거냐고…
도시락 두 개로 세 명이 나눠 먹어야 하는 예견된 배고픔도 짜증나지만 그보다 더 열이 처받는 이유는

예? 도시락 먹으러 오라구요?
네. 외부 반출은 룰 위반이니까 저희 방에 오셔서 드시면 돼요

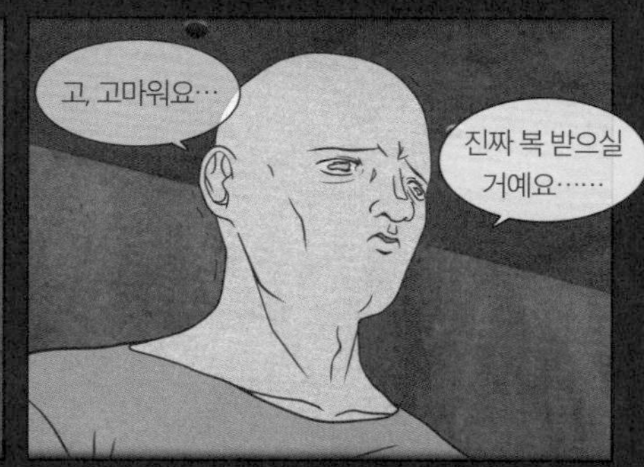
고, 고마워요…
진짜 복 받으실 거예요……

이 모든 선의를 무시하고 유대를 비웃고 화합을 배신하는
이딴 새X들에 대한 오래 학습된 분노.

8,340,0
돼지X끼 같은 게 진짜……

내가 하나를 먹으면,
2층과 1층 둘 중 하나는 굶는다.
하지만 두 개 다 내려보내기엔,
나도 한계다. 하지만.
하지만
그 빌어먹을
이이이이이~~~~
씨이X아아알~~~
선한 영향력.
삐이익-

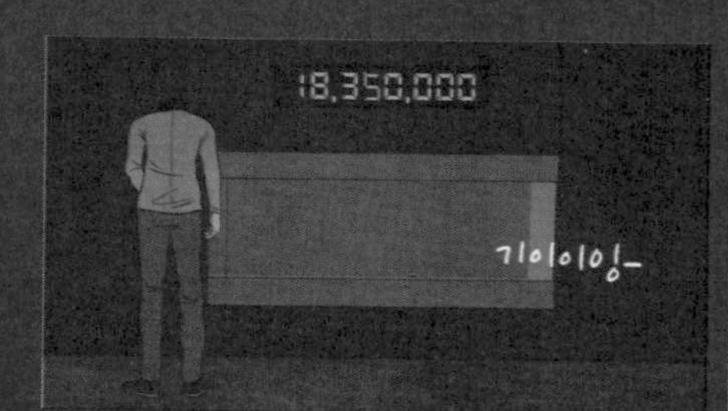
18,350,000
기이이잉-

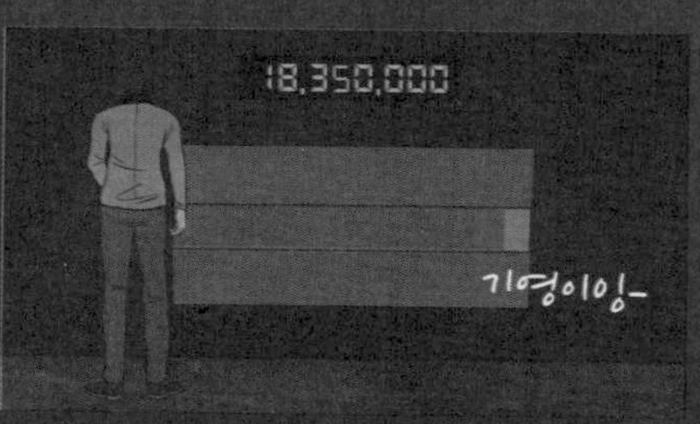
18,350,000
기영이잉-

18,360,000
철컹-

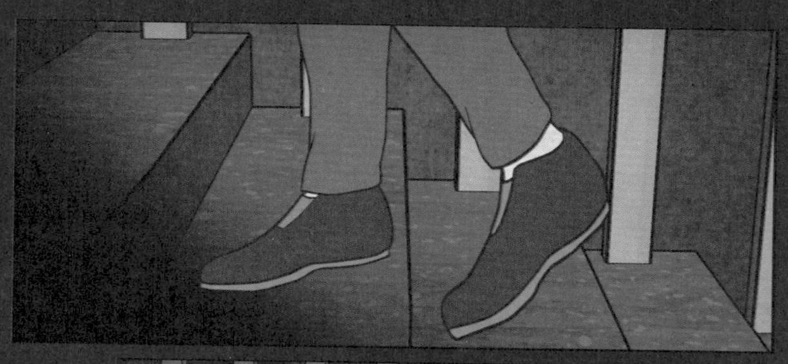

분노가 치민다.
호의를 호구로 받는 저 이기적 발상이.
용서가 되지 않는다.

5층 님!
나와봐요!

쾅–
쾅–
쾅–
쾅–

쾅–

네? 좀 나와
보라구요!!!!

쾅–

왜 그러는 거지? 이런 새X들은.
대체 왜. 아득바득 기를 쓰고
선의 연쇄를 못 끊어서 안달이…

지금 가면 돼요?
에……넹?
뭐지.
저 반응은.
어? 도시락 먹으라고
부른 거 아녜요?
아니다. 저 반응은.
5층은 범인이 아니다.

넹?
그럼 대체
누가?

# 파이게임
PIE GAME

## #5

"이렇게 허무하게 끝날 리 없다"

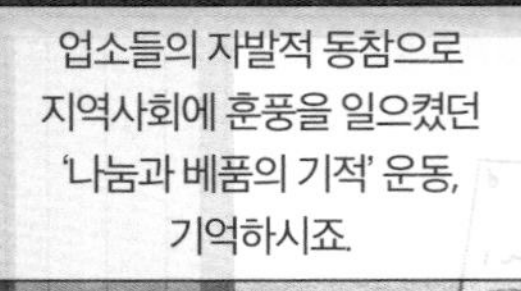
업소들의 자발적 동참으로
지역사회에 훈풍을 일으켰던
'나눔과 베품의 기적' 운동,
기억하시죠.

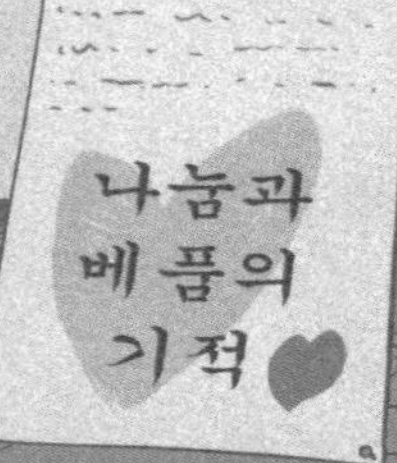
나눔과
베품의
기적

하지만 이 운동에 동참했던
업소들 중 일부가 기부받은
성금을 빼돌린 것으로 확인돼
시민들의 공분을 사고 있습니다.

카메라 치우라고
삐이이이ㅡ 야!

이에 시민단체와 소비자연대
등은 업소측을 검찰에 고

짐고발고
삑ㅅ-
하여튼……
꼭 찬물 끼얹는 건
병X 한두 놈이지.

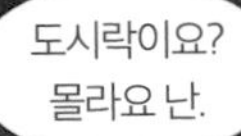
도시락이요? 몰라요 난.
두 개밖에 안 꺼냈어요. 두 개 먹는 날인데. 오늘.

……

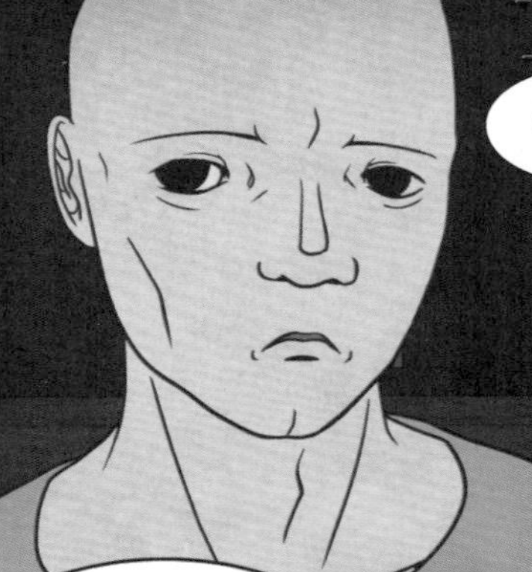
어, 맞다.

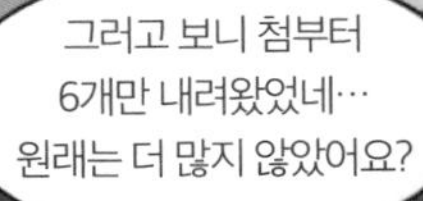
그러고 보니 첨부터 6개만 내려왔었네… 원래는 더 많지 않았어요?

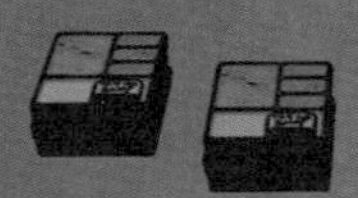
당연하죠 그건. 7층에서 하나 빠지니까, 6층이 두 개 먹는다 해도 최소 8개는 있어야죠.
연기는 아닌 것 같다. 그냥, 끝내주게 멍청한 것뿐이다. 아님 끝내주는 멍청이를 끝내주게 연기 중이거나.

그래도, 5층의 증언으로 좁혀졌다.
범인은 7층 아니면 6층.

하지만 6층이 이런 멍청한 짓을 저지를 리 없으니
도시락을 빼처먹은 악한 영향력은. 바로.

7층님! 7층님?? 7층!!!

7F

쾅쾅쾅쾅-

인기척이 없다.
그렇다는 건.

예상대로, 광장에선 이미 한바탕 개난리가 벌어지고 있는 중.

지금 그걸.
말이라고 하는 겁니까.

……
도시락. 종류가. 여러 가지라서.
하나씩 맛보고 싶어서 꺼내 먹었다…는 게, 말이나 되는 소리입니까.
뭐가 입에 맞는지 알아놔야 덜 질릴 것 같아서요.
뭐…………………
라고???

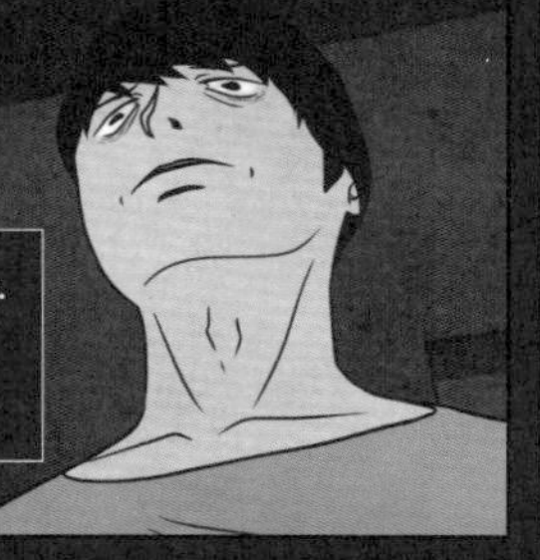

배가 고파서가 아니라. 걍. 맛이 궁금해서 꺼내 처먹었다고?

79:21

…그럼 어쨌습니까. 먹고 남은 건

다들 한끼 한끼 어떻게 먹을까 나눌까 고민하느라 머리가 깨질 지경인데. 그걸 샘플러로 처먹었다고?

남은 거? 버렸는데요.
조금씩 맛봤더니 배불러서.

저건 또 무슨 똥찌끄래기 같은 소리야. 귀족이야? 로마 귀족? 배부른 게 싫어 맛만 놈놈 보고 뱉었다는?

너. 전 게임에서 많이 벌었어? 그래서 이러는 거야?

이 게임, 너한텐 시X 그냥 장난질 같은 거냐고.

그런 건가. 7층은 이미 많이 벌었나?
그래서 한결같이 저딴 태도인 건가?
그럼 왜 온 거야? 게임 왜 참가했냐고.
오냐오냐 하니까 계속 그래도 되는구나 싶었어? 1절만 해 X만아. 응?
흐음…
도시락, 여러분들이 두 개씩 먹을 때 전 계속 하나만 먹었어요.

그리고 애초에
도시락 배급 권리는
저한테 있었는데 그것도
그냥 넘겨줬잖아요.
한 번 꺼내 먹었다고
저한테 이러는 거 좀…
너무한 것 같은데요?
논리적.
…인 척하는 궤변.
LUCKY
7F
7층은 그럴 권리도 자격도
인정받은 적 없다. 그저
운이 좋아 7층을 선점했을 뿐.

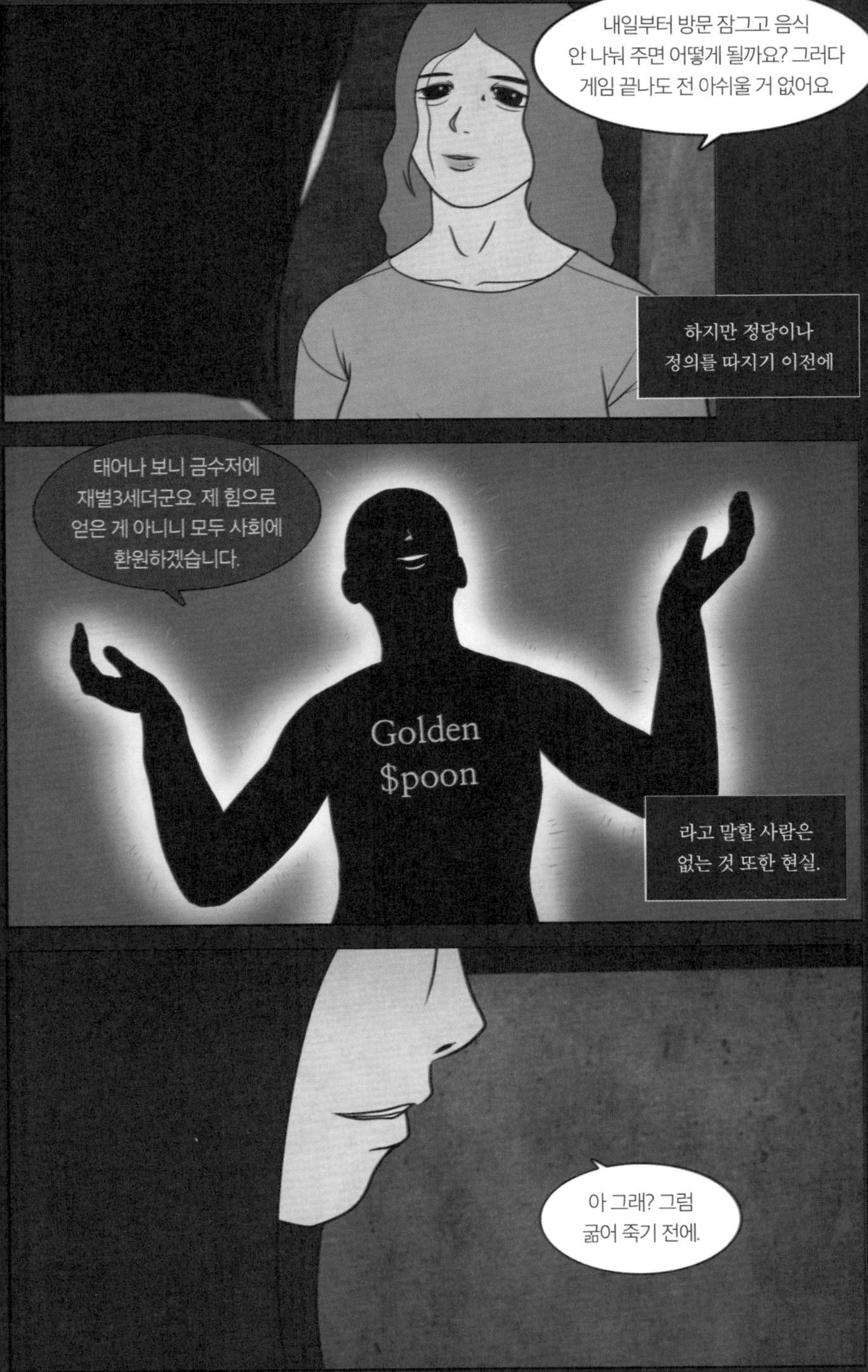

내일부터 방문 잠그고 음식
안 나눠 주면 어떻게 될까요? 그러다
게임 끝나도 전 아쉬울 거 없어요.

하지만 정당이나
정의를 따지기 이전에

태어나 보니 금수저에
재벌3세더군요. 제 힘으로
얻은 게 아니니 모두 사회에
환원하겠습니다.

Golden
$poon

라고 말할 사람은
없는 것 또한 현실.

아 그래? 그럼
굶어 죽기 전에.

니ㄴ 때려죽이고 게임
끝내는 게 이득이겠네!

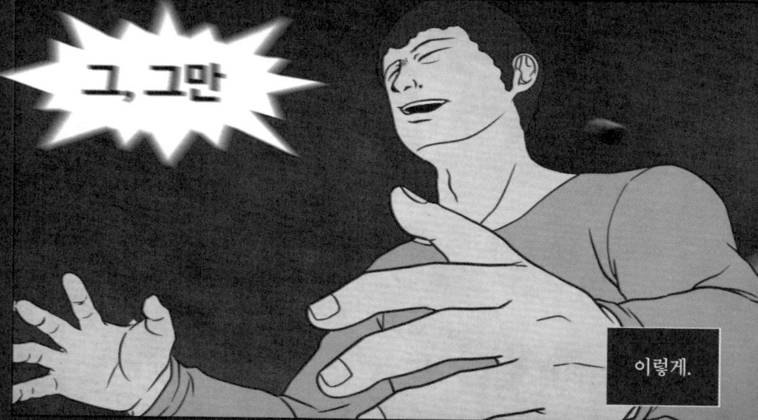
그, 그만
이렇게.

털
2회차 게임의 1회차 개난리는
4층의 희생으로 잘 중재(?)되었
고.

이번 사건으로 단단히 삐친(!)
7층의 땡깡은 이제 막 그 장엄한
서사(!)를 써내려가려했
지만.

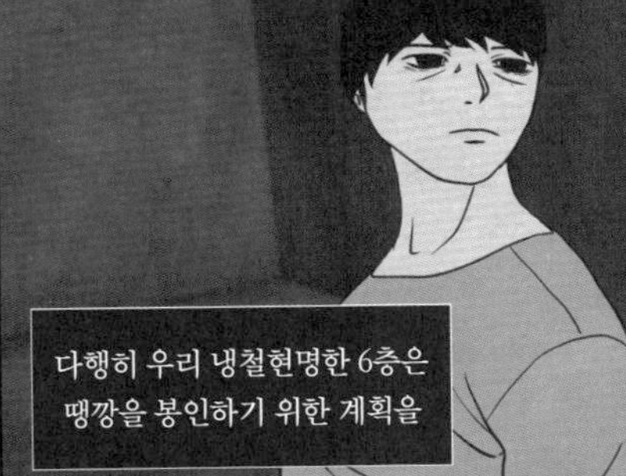
다행히 우리 냉철현명한 6층은
땡깡을 봉인하기 위한 계획을

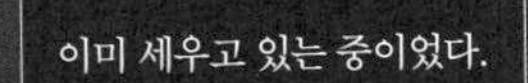
이미 세우고 있는 중이었다.

게임 시작 7일째.
10:12
……
뭐 필요한 거 있으십니까?
……
말해보세요. 뭘 사시려는지 알아야 허락 가능할 것 같습니다.
생필품, 의약품, 위생용품, 그리고 가끔 기호품 정도는 되지만.

그 외는 구매 불가인 걸로 **'모두가'** 합의했거든요.
그리고 뭘 사시든, 여기 기재하셔야 하구요.
6층이 고안한 수는. 강수인 동시에 묘수.
미리 7층의 기를 꺾어, 더이상 식음료를 볼모로 휘둘리는 일 없도록 하겠단 강수이자

……
혹시라도 몰래 구매할 생각 이시라면 그만두는 게 좋습니다.
매일 잔여 시간과 차감 시간을 **'다함께'** 대조해볼 계획이니까.
구매 제한을 걸어, 불특정 참가자에 의해 발생할지도 모를 탕진사고 또한 방지하겠단 묘수.

그리고, 이 두 가지 수가
먹힐 수밖에 없게 해주는 마법의 키워드는
'모두' '함께' '다같이'

7F
* 극한고립을 상징하는 이미지컷

훗.
이 좁은 사회…
아니 스튜디오 안에서
홀로 고립된다는 건
사형선고나 마찬가지니까.

6층은 역시 똑똑하다. 저 똑똑한 사람과 유대하고 있다는 사실에 다시금 안도하게 된다.

70:00
70:00
70:00

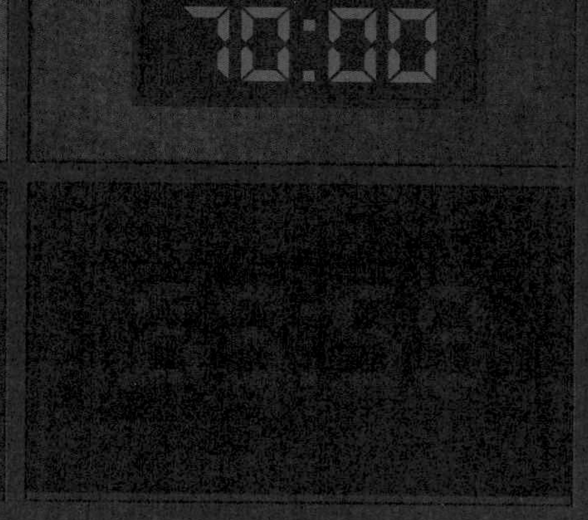

그리고 또 한 명.
마음 맞는 사람이
우리 그룹에 합류했다.

뭉게뭉게뭉게

툭
나 감동했어.

학연지연보다 더 신속한 유대를 가능하게 하는 유일한 연인 흡연.

3층 당신, 본인 굶고 우리한테 도시락 양보했다면서?
네 뭐… 그랬죠. 네.

빚졌네. 내가 빚지고는
안 살지. 꼭 갚을 테니
언제든 말만 해.

우연히도 우리 셋(2,3,6) 모두 흡연자였기에
담탐으로 다져진 유대는 날이 갈수록 깊어졌고

- 흡연결의 -
우리는 한날 한시에 (폐암으로) 죽을것이리라.

이후로도 며칠간 별다른 이벤트 없이 시간을 죽이고 돈을 쌓으며
이 게임 이대로만 같아라… 라며 반쯤 싱글벙글하고 반쯤 조마조마 지내오다

29,960,000

게임 시작 열흘째.

또…

늘 걱정했지만
해법이 없어 방치하던
'그' 문제에 마침내 당면했다.

22:19
또……

안 늘었어… 응? 또
안 늘었다구요. 시간.

이제 어떡해요? 네? 꿀이
었는데! 꿀게임이잖아요! 앉아
놀고 먹어도 하루 몇백씩 버는!!
며칠 전부터 거의 안 늘고
있다구요! 시간! 이걸론 오늘
하루도 못 버틴다구요!!!!

라고 울부짖어 봤자.
답을 알고 있는 사람은 아무도 없다.

다들 손놓고만 있었던 건 아니다. 삼삼오오 머리를 맞대고
시간이 늘거나 안 늘거나 하는 규칙을 찾아내려 했지만.

눈에 띄는 일관성도 뚜렷한 단서도 없는 상황에서 이를 밝혀내는 건 불가능했다.

그리고 솔직히 고백하자면.

라는, 의구심 또한 있었던 것도 부정할 수 없……

응? 나보다 훨 똑똑한 사람들인 줄 알았는데.

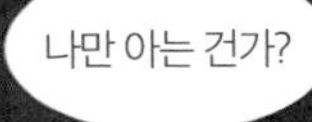

정말 몰라요? 어떻게 하면 시간 늘어나는지?
나만 아는 건가?
뭔 소리야 갑자기. 방법을 알고 있다고?

아무도 못 밝혀냈는데. 어떻게?
저런 맹해 보이는 얼굴로. 어떻게?
7F
VVIP
혹시 식음료 배분 권리와 마찬가지로
시간 제어에 대한 권리도
7층에게만 주어진 혜택인 건가?
알려줘요?
시간 늘리는 방법?

# 파이게임
# PIE GAME

## #6

"비의도적 가해자"

알려줘요? 시간
늘리는 방법?
?
식음료의 우선권은
7층에서 시작해 한 층씩 내려온다.
(층)숫자의 크기가 권한의 크기.
이는 누가 봐도 참가자 간
계급과 균열을 만들려는
의도적 설계이니.

시간 제어권 또한 7층에
몰빵돼 있다 해도 전혀
이상할 게 없다.

뜨……
뜸들이지 말고 알려줘.
어떻게 하면 되는지.

2층의 누그러진 어투에서 알 수 있듯 지금 이 게임의 존망키를 거머쥔 건
역시, 또, 운 좋은, 7층인 건가.

흐으으응……

그럼, 소원 하나 들어줘요.
그럼 알려줄게요.

그래.
그렇게 나올 줄 알았다.

7층의 요구는 아마.
아니 틀림없이. 저 개념 없는
성격상 말도 안 되는……
옷 하나 살게요. 예쁜 걸로.
이거 너무 칙칙해서.
응?
응?
뭐.
옷?
그럼……
뭐 사시려구요?

너무 얕잡아 봤다. 7층을. 그녀는, 상상 이상으로
순진무구하고, 천진난만하고, 위기감 없는, 태생적 귀족이었다.

쉬워요.
땀 흘리면 돼요.
ㄸ
맘?
땀 이라고?
'피땀눈물' 할 때 그 땀?
기억 안 나세요? 시간.
첫날에서 둘째 날 넘어갈 때
엄청 늘어났잖아요.
기억난다. 그날
초대량 추가되긴 했다.
DAY 1
32:47
40 h
DAY 2
72:32
12 h
DAY 3
84:55
11 h
DAY 4
95:26
* 소비시간 제외
그날…뭔 일 있었는지
생각 안 나세요?

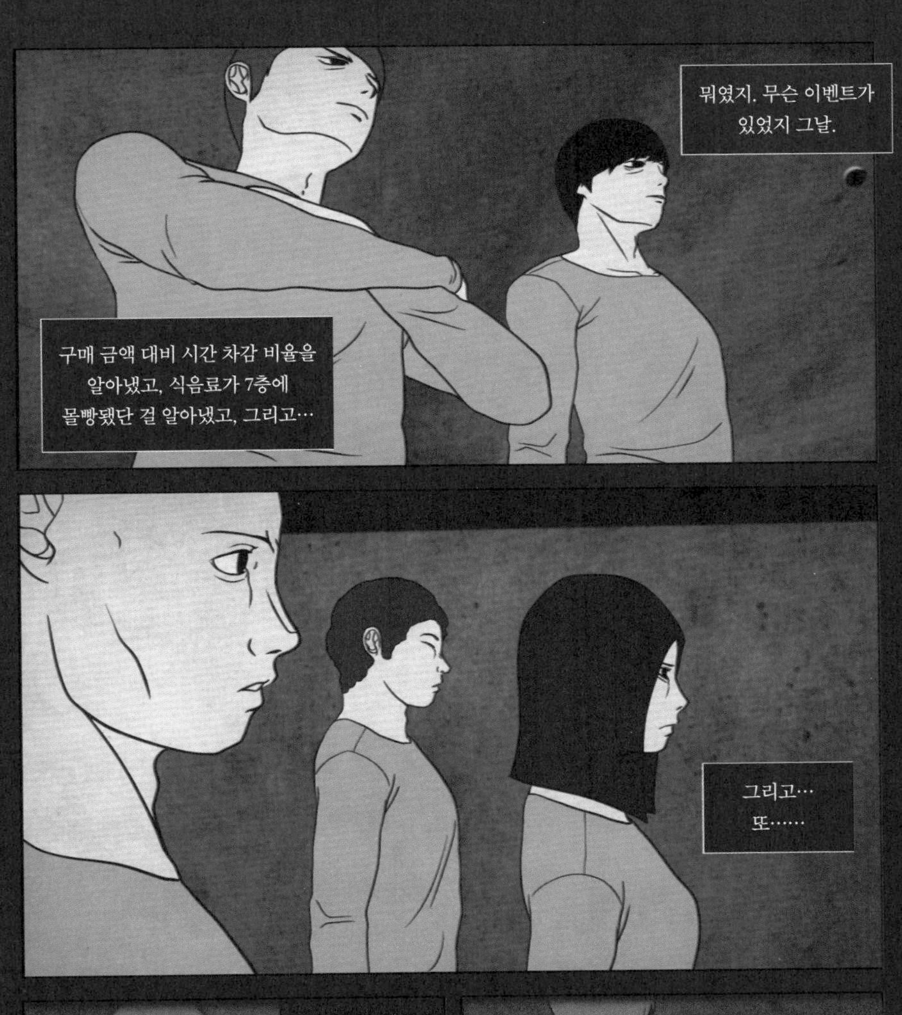
뭐였지. 무슨 이벤트가
있었지 그날.
구매 금액 대비 시간 차감 비율을
알아냈고, 식음료가 7층에
몰빵됐단 걸 알아냈고, 그리고…
그리고…
또……

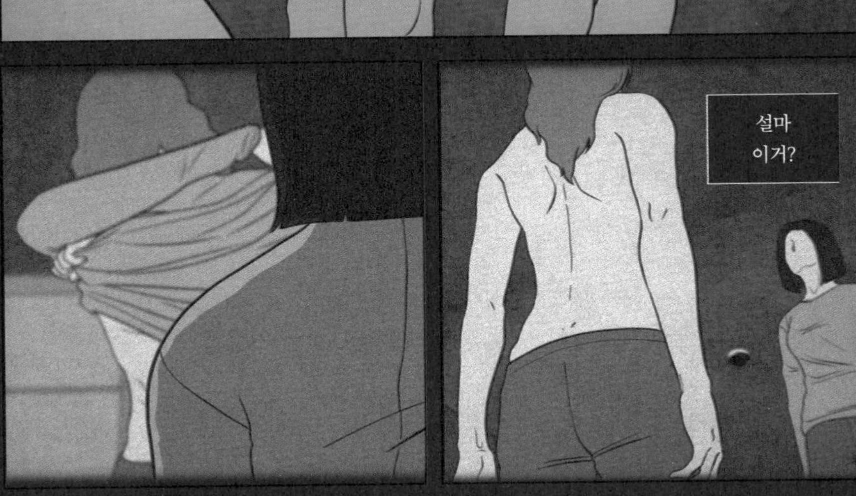
설마
이거?

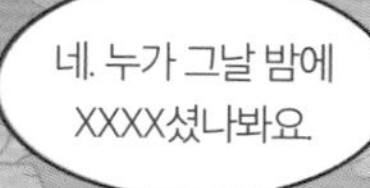
네. 누가 그날 밤에 XXXX셨나봐요.

땀 어엄청 흘리면서.

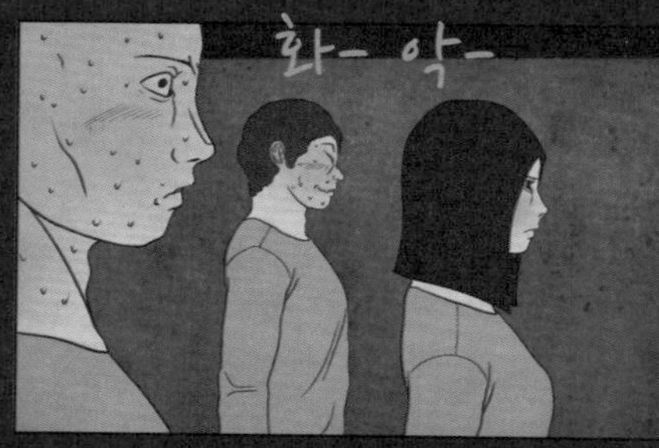
화- 악-

처, 처, 처, 처, 처음 봤다.

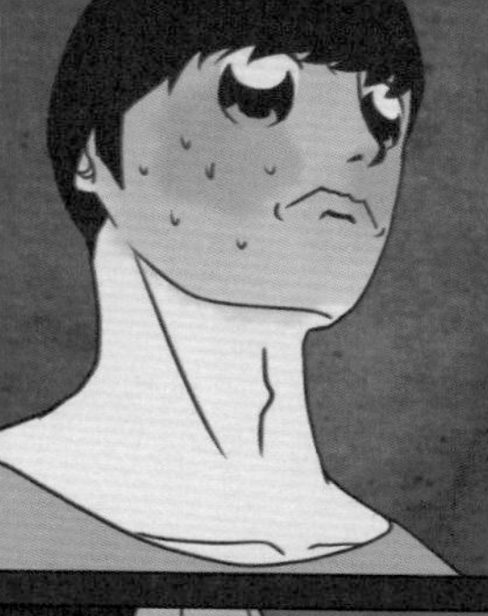

면전에서, 육성으로,
저 단어를 내뱉는 사람.
처음 보고 처음 들었다.

맞죠?

저게 바로 귀족…
아니 이제는 정정.
왕족의 패기인가.

몸종들 앞에서 벗고
있는 거 안 부끄럽냐고?

자넨 동물이 알몸
쳐다보면 부끄럽나?

김

전하~ 페이스를
조절하시옵소서~

전하~ 궁 타이밍
이옵니다~~

그녀의 눈에 비친 우린
이런 취급이었던 건가?
우린 수치심을 느낄 대상조차
못 되는 존재들이었던 건가?

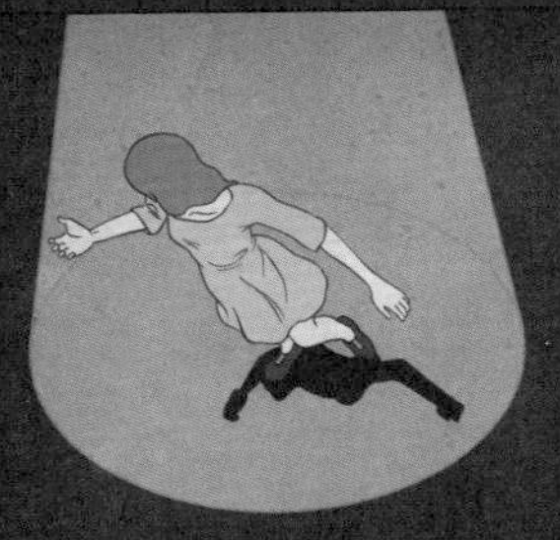

저런 7층의 태도엔 열받지만,
어쩌면 저런 7층의 태도이기에
더욱 ㅃ매력ㅈ……

대단한 비밀이라도
알고 있나 했더니,

뭔 마, 말 같지도 않은
소릴 하고 있어?

네 주장대로 그날……
그 일이 있었다 치자. 땀 흘린.

역시. 2층은 나와 같은 소시민.
차마 입 밖으로 꺼내기엔…

그럼 그 후는 어떻게
설명할 건데?

그 후로도 며칠 동안
시간 잘만 늘어났었잖아.
적어도 24시간 이상은.

뭐였더라?

**뭐였더라?** 라니. 아니잖아 그건. 이 타이밍에 그 대사는 아니잖아!!

무,무슨 말씀인지
알 것 같습니다.

7층 님이 말한 **'땀'**을
**'노동'**으로 바꿔 생각해보면…

무슨 말씀이신지
나, 납득될 것 같아요.
비틀-

초반엔 이 게임에 대해 아무것도 파악된 게 없었으니

방도 살피고 광장도 탐색하고 계단도 오르내리는 등

모두 분주하게 움직였었죠.

지만 눈앞의 문제들이 해결되고 안정되자

nF

모두들.

그래. 빈둥거렸지. 안착했다 착각해 안심했지.

50 10 40 20 30

하루하루 늘어가는 상금뽕에 취해 그저 빙글빙글 빈둥빈둥 땀이 식어갔지.

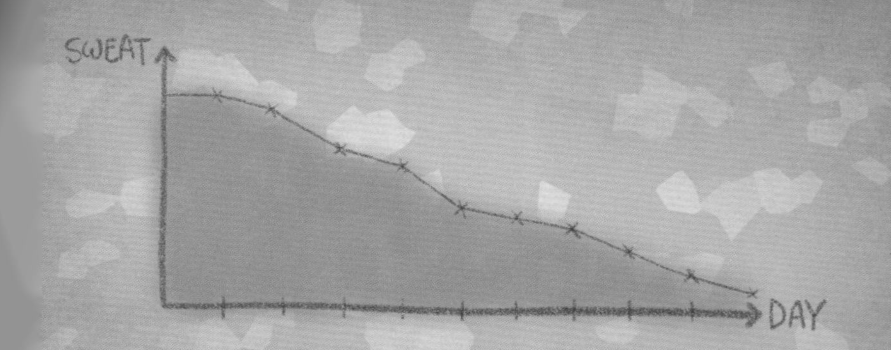

저, 저도 물론 100%
확신을 하는 건 아니지만.
이런 단서들로
주최 측의 메시지를
유추해 보자면……

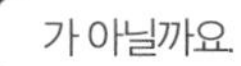
일하지 않는 자
먹지도 말라.
가 아닐까요.
익히 알던 그 도식.
열심히 일해야 = (시간을 벌어야) = 돈을 번다.

…다른 대안이 없는
상황이니, 테스트해보는
수밖에 없겠군요.
그 가설이
사실인지 아닌지.

즉
20:31
노동을 투입해 시간을
획득할 수 있는지 없는지를.

그렇게 우리는. 오늘이 아니면
내일은 없다는(실제 없음)
필사의 각오로.
너 나 할 것 없이
젖먹던 힘까지 짜내어
점프하고 달리고 흔들고 뒤틀며
육수를 쥐어 짜내려
발광 하고는 있지만.
솔직히.

이딴 지X들로 과연 시간 연장이 이뤄질까 하는 의문과, 1도 정량적이지 못한
이런 주먹구구식 설계를 주최 측이 할 리 없잖아. 라는 불신이.

시간이 지날수록 스멀스멀. 오장육부를 거쳐 머리 끝까지 차오를 때쯤.

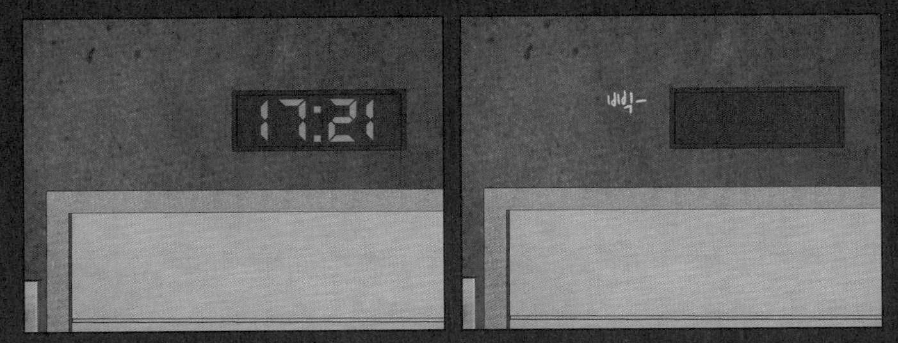

응?

놀랍게도.

내 불신을
비웃기라도 하듯.

삐리릭-

발광…아니, 노동에 대한
보상이 심지어
'즉각적으로' 주어졌다.

후우……
맞죠?
내 말이?

나 체육쌤은,
너희들에게 실망했다!
난 지킬 것만 지키면
프리한 사람인 거 알잖나!
근데 너희들은!

하고자 하는
의지도 없고! 노력도
하지 않는다!

체력단련 후에도 얼굴 뽀송한
제군은 요령 핀 걸로 간주하고
연대책임 물을 테니 열심히 하도록!

하아……
요령 피웠다고 또 지X 나겠네.
원래 땀 안 나는 체질인 사람은 어쩌라고…
흠…듣고 보니 안타깝네.
안타깝긴 한데 그건 니 사정이고ㅋ

6층은 말했다.

노동력(땀)을 투입해야 시간이 연장된다고 결론짓기엔 아직 미심쩍은 부분이 많습니다.

이전까지와 다르게 시간이 **'즉시'** 연장된 부분을 포함해서요.

하지만 이 방법 외에 다른 대안이 있는 것도 아니니.

6층은 말했다. '노는 일개미 전략(가칭)'을 써야 한다고.

어떤 집단에서나 열심히 일하는 구성원은 70% 정도.
그렇다고 나머지가 게을러서 그런 건 아니다.
이건 노동력 분배 전략의 일환.

나비보뱃따우~
모두 한꺼번에 빡일하면
모두 한꺼번에 방전된다.

뭐. 여러 의미로 맞는 말이긴 하네.

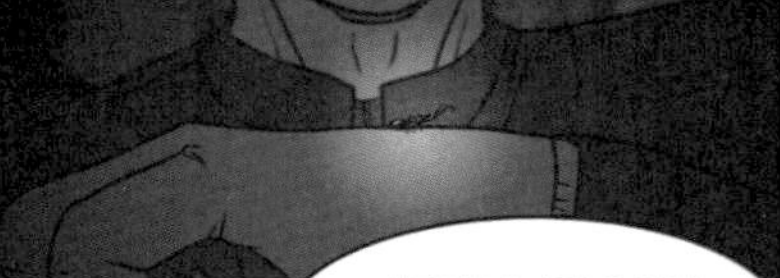

저들이 보기엔 우리랑 개미새끼랑 다를 게 없으니.

이에 두 명이 한 조가 되어 노동을 하기로 결정.
할당량은 하루 최소 24시간 추가.

잘 합의되었고 모두 수긍했기에
그 후 3일간은 문제 없이 시간을 벌충할 수 있었다.

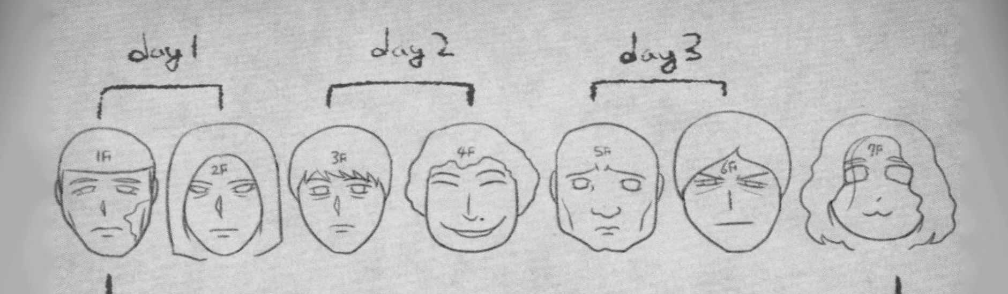


문제는.

4일 차에.

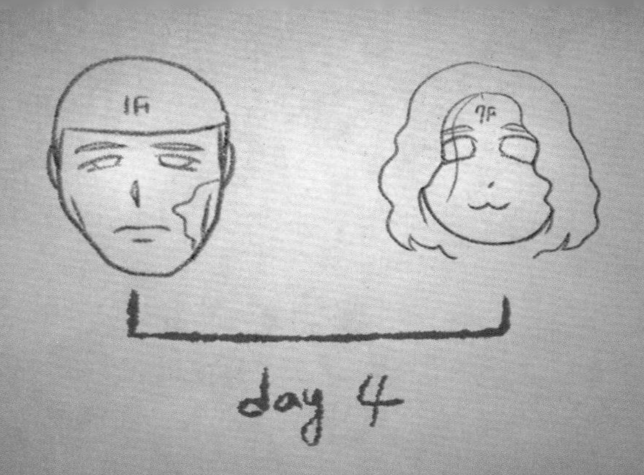

하아- 하악-

허어억-

1층은, 어릴 적 큰 사고를 당해
척추와 골반이 망가졌다 말했다.

1
그리하여 1층은,
계단을 오르내리기도 힘들어
1층을 선택했다 했다.

그러니 제대로 서 있기도 힘든 1층에게
노동할당을 채우라는 건 매우 가혹한 일.

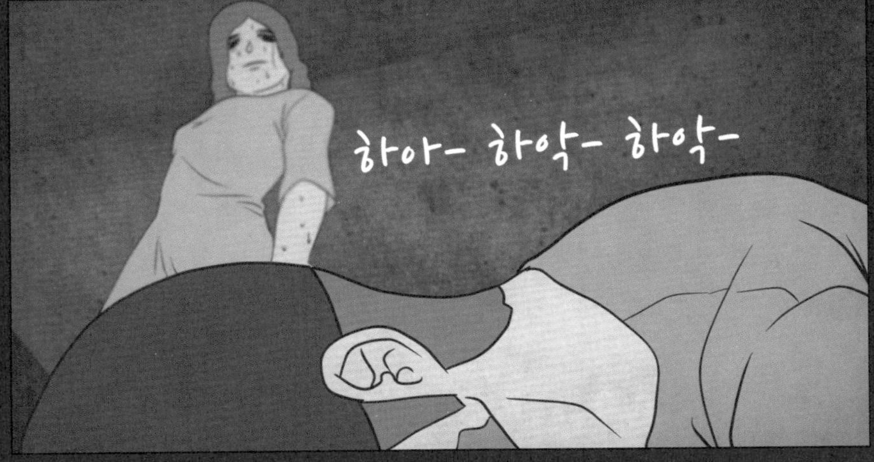
하아- 하악- 하악-

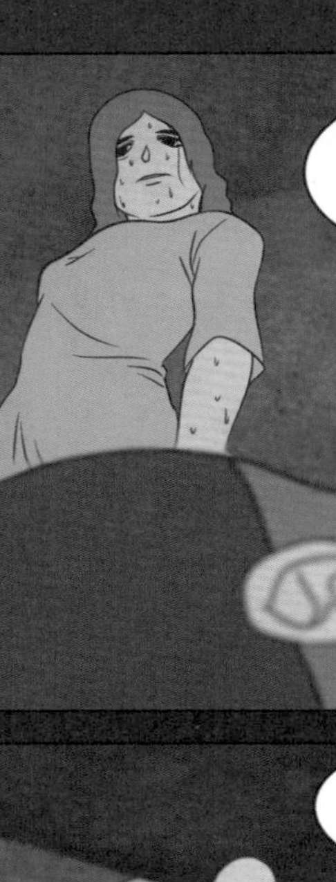
파트너 바꿔줘요.
이 사람이랑은 같이
못하겠어요.
7층의 요구가 막연한 땡깡은
아니다. 1층과 한 팀이 된 사람은
벌이가 두 배로 힘드니.
이 사람 때문에 아무리 해도
시간 안 늘어나잖아요.

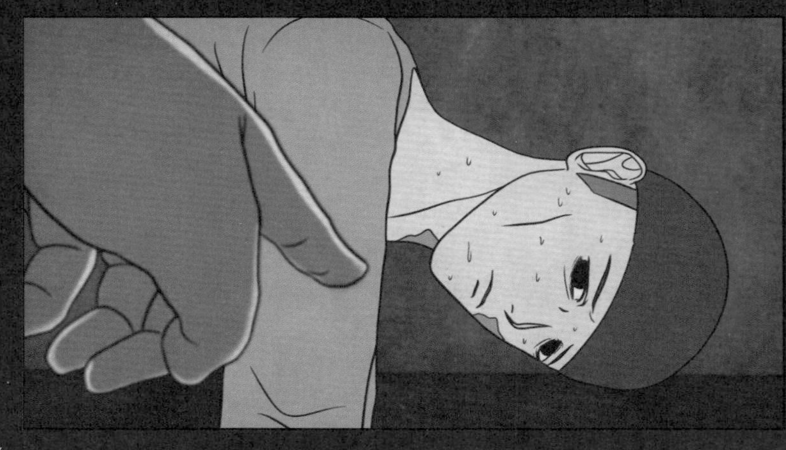

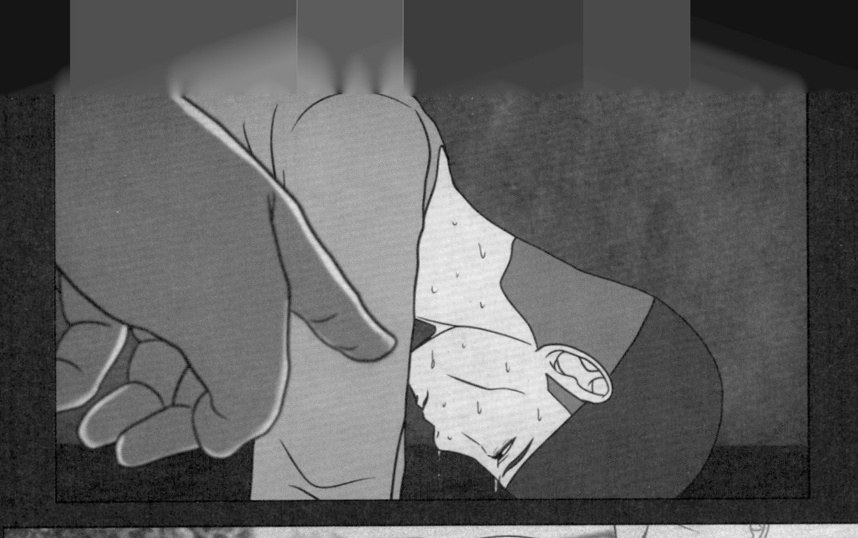

체질적으로 땀이 나지 않던
그 친구도.

나 체육쌤은
거듭 실망했다!

아 억울해요 쌤!
진짜 열심히 했는데!

체질적으로 몸을 쓸 수 없는
1층도 안타깝다.

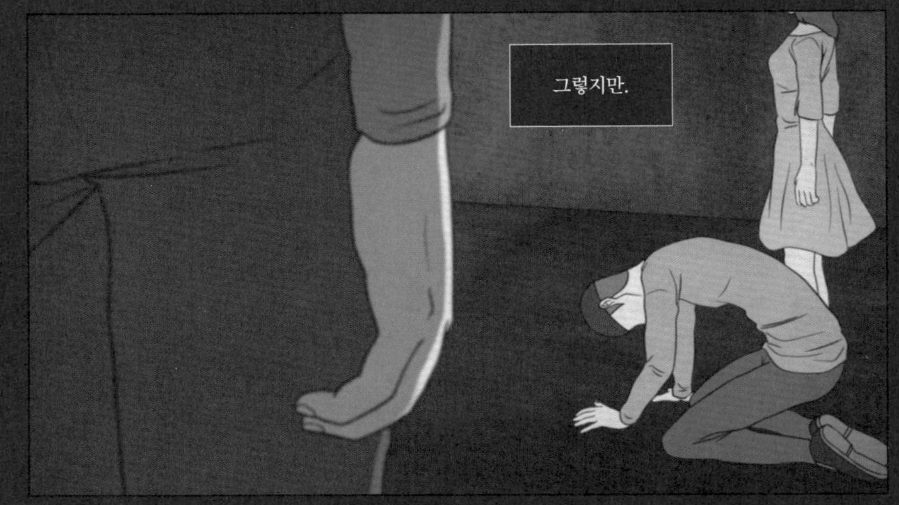

그렇지만.

이 안타까움과는 별개로 한사람 몫을 해내지 못하는
1층 **'때문'**에 다른 누군가는 그 고통을 대신 짊어져야 하니

의도 비의도를 떠나 그는,
구조적으로.

가해자가 될 수밖에 없었다.

# 파이게임
# PIE GAME

## #7

"쉽게 벌리는 돈이 있겠나!"

당연한 거겠지.
'저들'이 만든 게임이니까.
'저들'은 이번에도 어김없이 갈등과 반목,
증오와 혐오, 의심과 불신의 씨앗이
악의 꽃으로 개화하기만 고대하고 있겠지.

죽어 어차피! 약 못
먹으면 어차피 죽는다.

게라도 하지 않으면
내 소중한 사람이

생이 고통뿐이란 걸 알면서
구원해주지 않는 거지

이런 일을 또 마주할까 두려워
그토록 단합과 협동을
부르짖었지만.

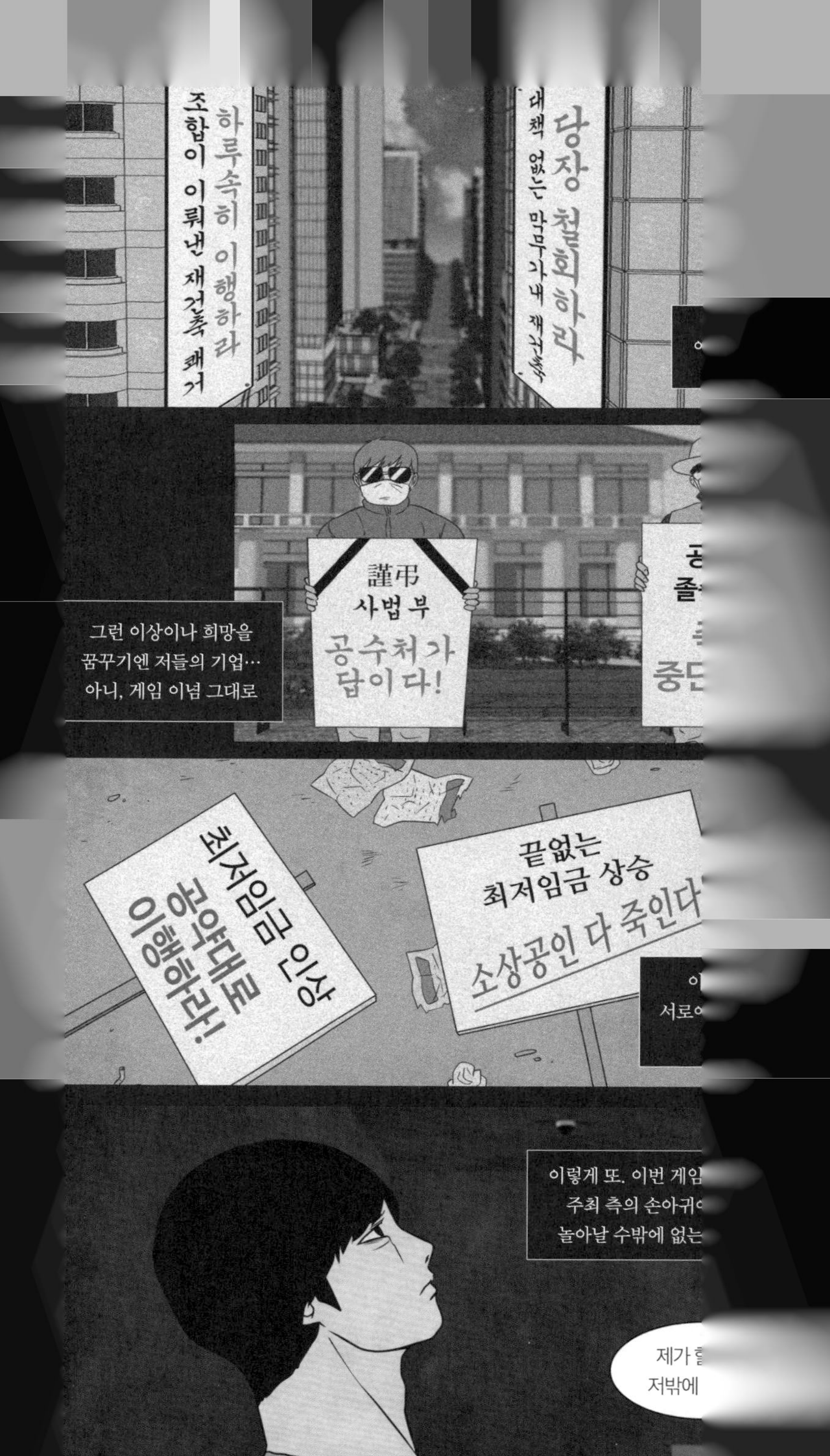
하루속히 이행하라
조합이 이뤄낸 재건축 돼거
당장 철회하라
대책 없는 막무가내 재건축
謹弔
사법부
공수처가
답이다!
그런 이상이나 희망을
꿈꾸기엔 저들의 기업…
아니, 게임 이념 그대로
최저임금 인상
공약대로
이행하라!
끝없는
최저임금 상승
소상공인 다 죽인다
이렇게 또. 이번 게임
주최 측의 손아귀
놀아날 수밖에 없는
제가 할
저밖에

?
19:10
7층 님은 시간 버는 법 알려줬고
6층 님은 도시락 나눠 줬고 5층 님은
배고파 기운 없고 3층 님은 도시락 포기했고
2층 님은 1층 님이랑 한 조일 때 혼자
열씨미 시간 벌어줬으니까.
암것도 안 하는
사람은 나밖에 없어요…
그러니까…
19:00
저한테 맡기고
쉬세요! 1층 님!

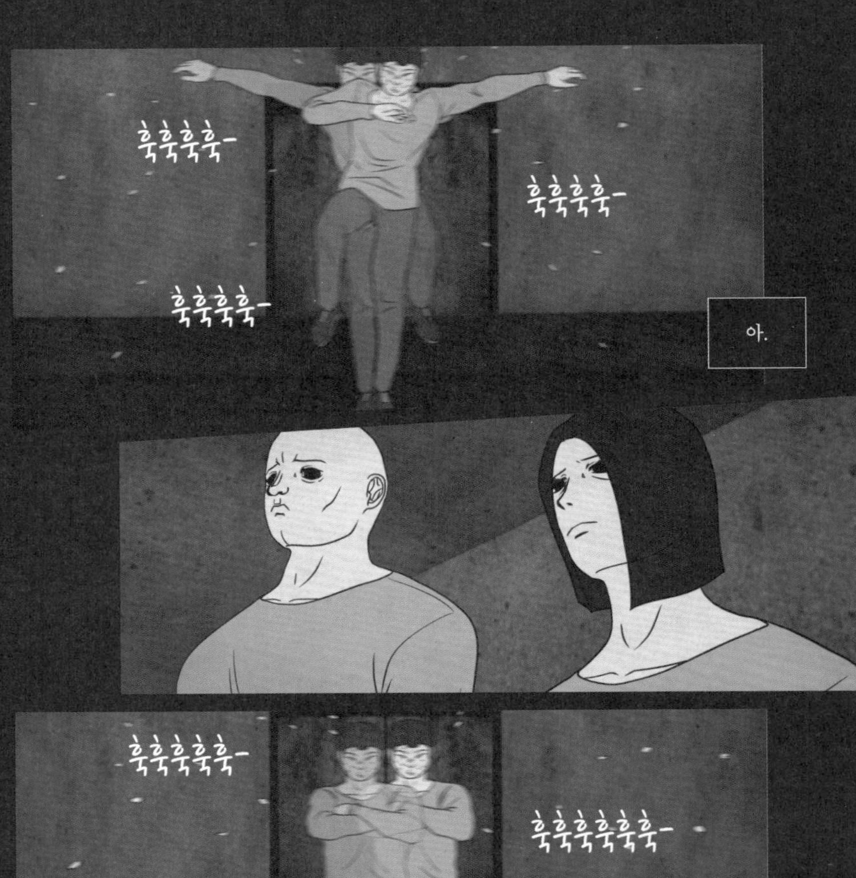
흑흑흑흑-
흑흑흑흑-
흑흑흑흑-
아.

흑흑흑흑흑-
흑흑흑흑흑흑-
아직은 아닌 것 같다.
아직, 절망할 단계는
아닌 것 같다.

이렇게 조금씩 조금씩 여력이
남는 사람들끼리 힘을 보태면,
어쩌면. 그래, 어쩌면…….

감사합니다…
정말……
감사…합니……

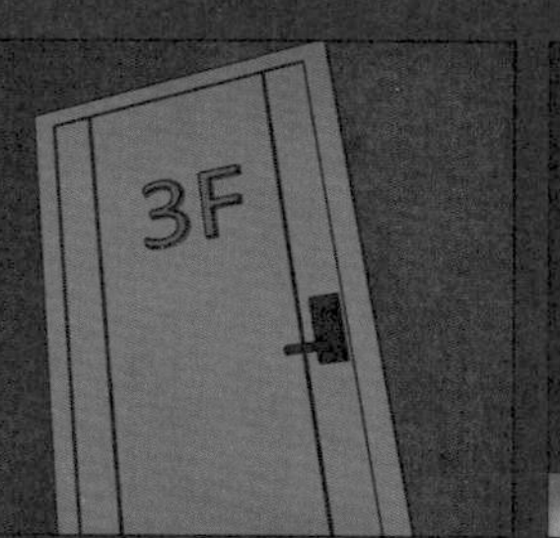
3F

42,620,000

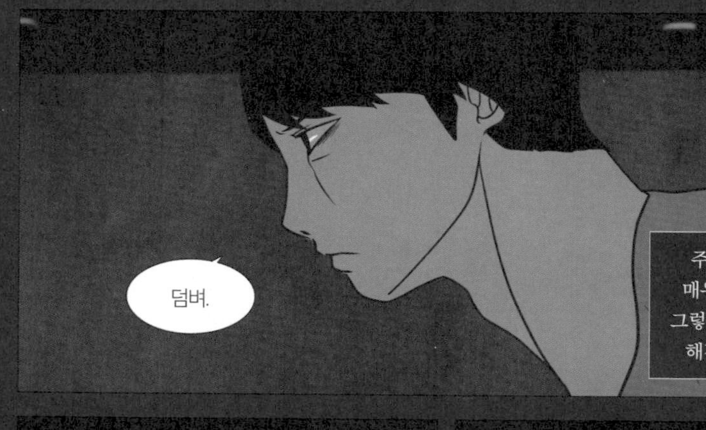
덤벼.
주어진 사인들은
매우 고무적이지만
그렇다고 모든 문제가
해결된 건 아니다.

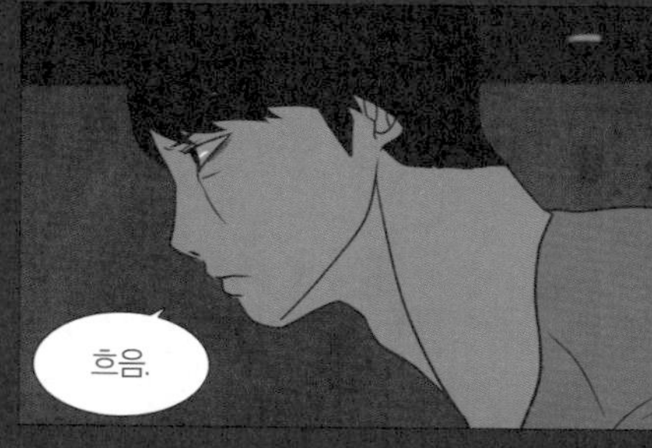
흐음.

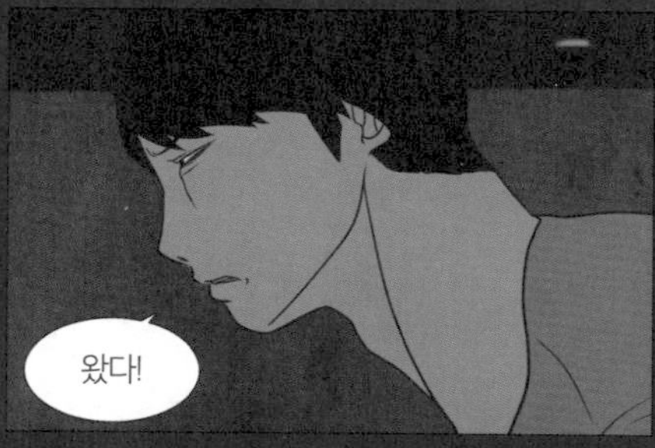
왔다!

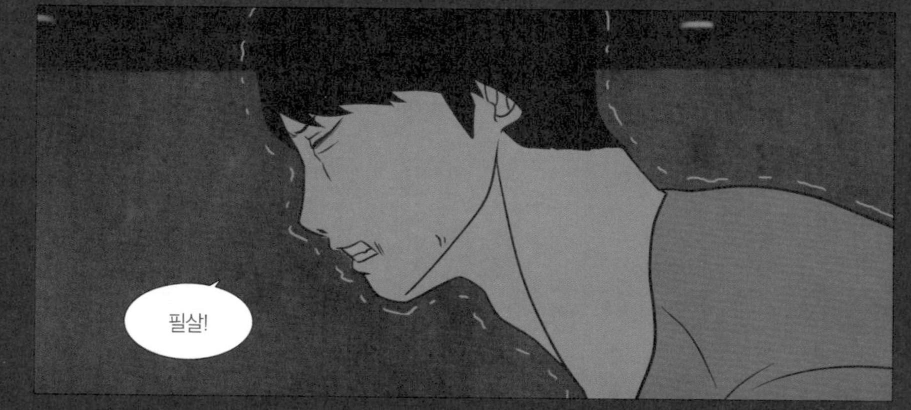
필살!

홍합!
이 게임의
트레이드 마크.

INPUT만 있고 OUTPUT은 없는
구조. 생활폐기물은 시간이
흐를수록 쌓여만 간다.
YES ROOM.
NO TOILET.

후우우우우우
김
우우우우우……

물론 이 넓은 방이 쓰레기와 폐기물로 가득 차려면
매우 오랜 시간이 걸릴 테지만 문제는 그 이전.

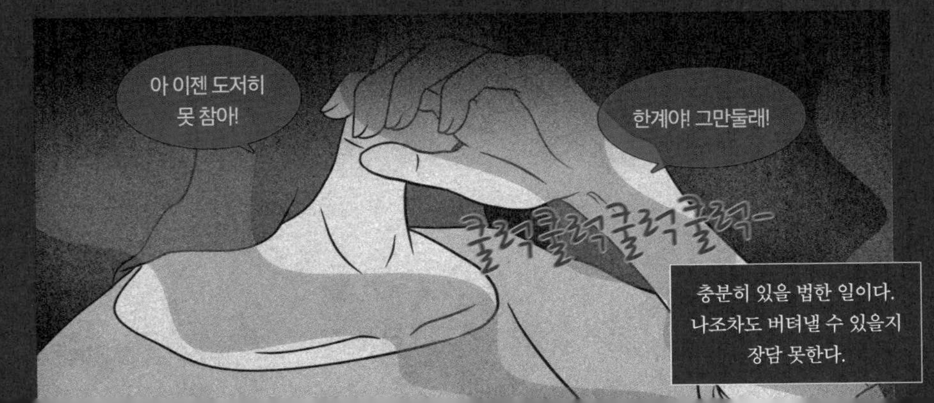
아 이젠 도저히
못 참아!
한계야! 그만둘래!
쿨럭쿨럭쿨럭쿨럭~
충분히 있을 법한 일이다.
나조차도 버텨낼 수 있을지
장담 못한다.

다행히 죽은 사람의 방을 쓰레기장으로 쓸 수 있었……

아.

지금 무슨
생각을…
감염된 건가 어느새. 그들이 전파한 사상.
물질만능과 인명경시의 바이러스에.

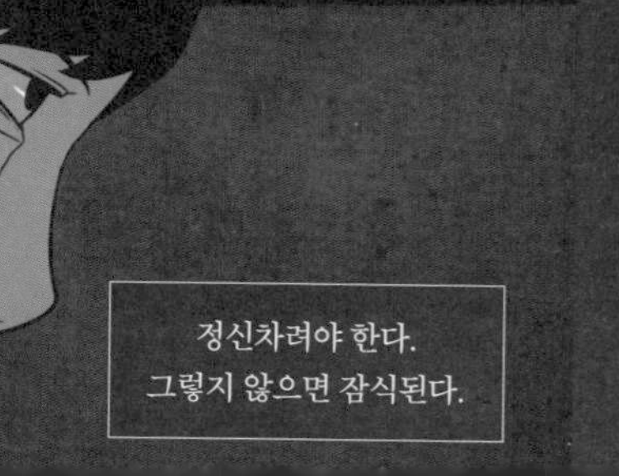

정신차려야 한다.
그렇지 않으면 잠식된다.

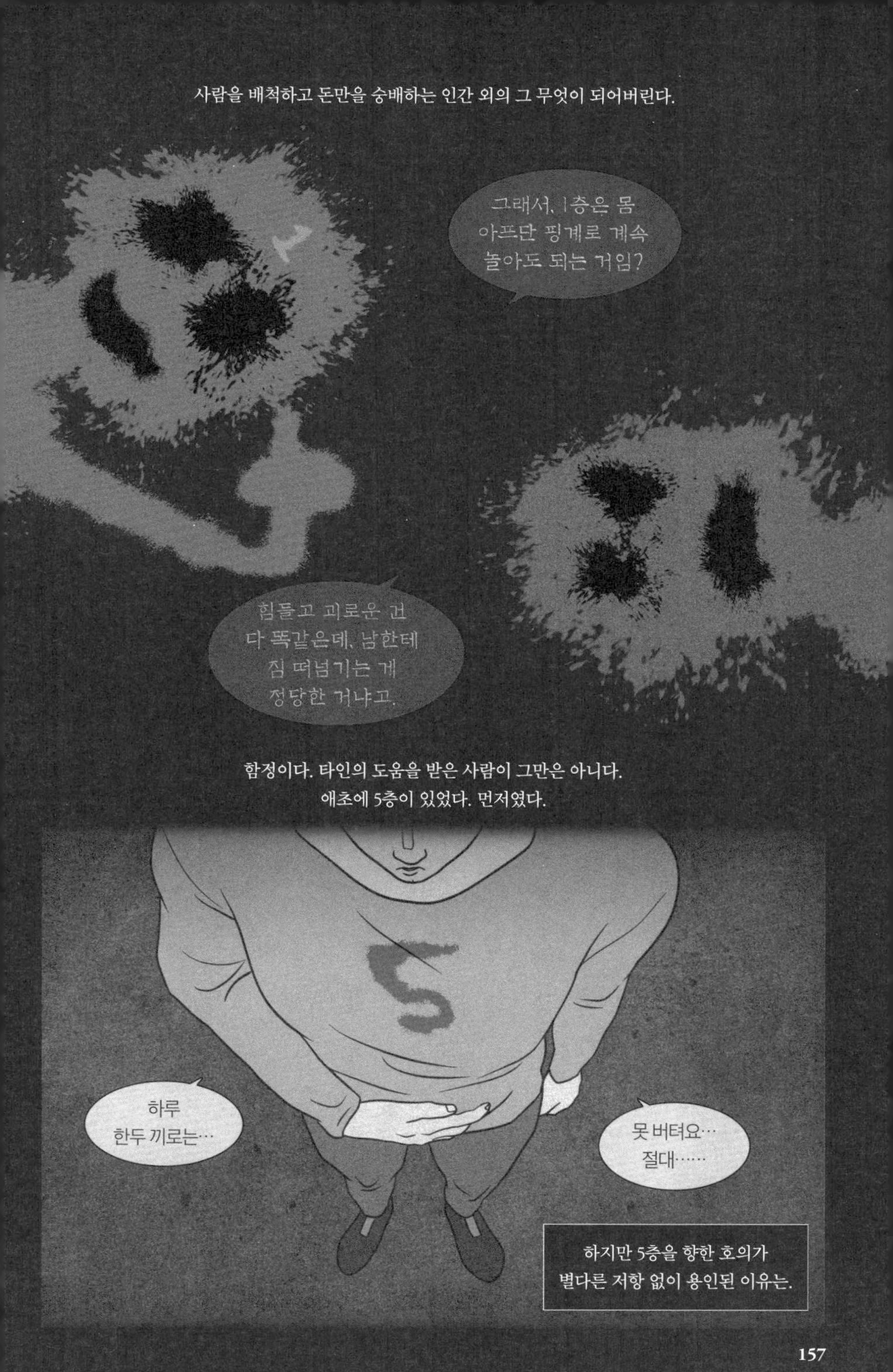

사람을 배척하고 돈만을 숭배하는 인간 외의 그 무엇이 되어버린다.

그래서, 1층은 몸 아프단 핑계로 계속 놀아도 되는 거임?

힘들고 괴로운 건 다 똑같은데, 남한테 짐 떠넘기는 게 정당한 거냐고.

함정이다. 타인의 도움을 받은 사람이 그만은 아니다.
애초에 5층이 있었다. 먼저였다.

하루 한두 끼로는…

못 버텨요… 절대……

하지만 5층을 향한 호의가
별다른 저항 없이 용인된 이유는.

나눔.

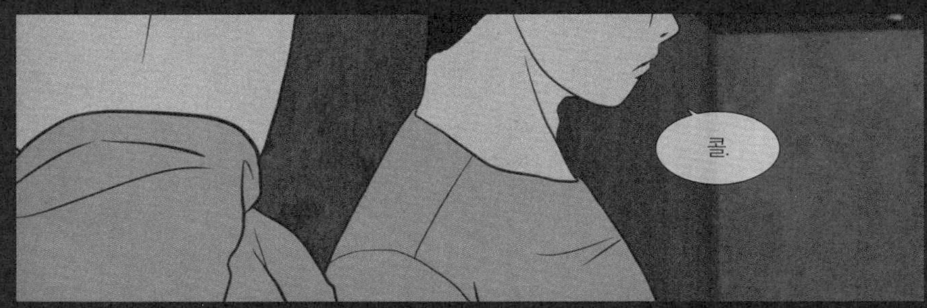
콜.

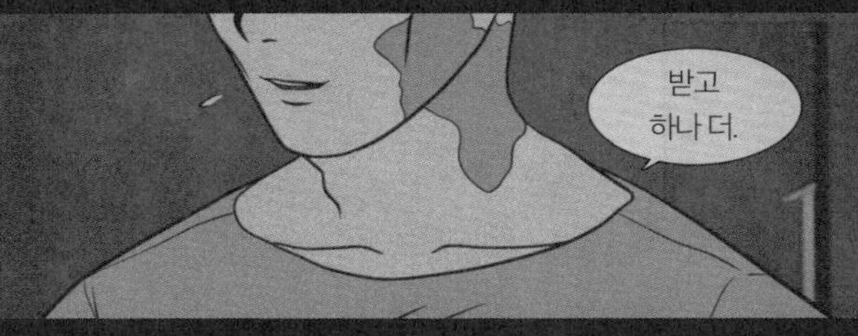
받고
하나 더.

심지어 이 호의가, 일방적 원조가 아닌 상호호혜로 느껴지는 이유는.

단지 이것.
지닌 권한과 권력의 차이 때문.
7F
6F
5F
4F
3F
2F
1F

이 또한 아니다. 1층이 1층을 선택한 이유는 랜덤가챠도 운빨존망도 아니었다.

애초에 1층에게는
다른 선택지가 없었다. 그리고
이 구도를 설계한 건 역시……

똑똑똑-

3층! 방에 있어?

어? 네. 있어요.

2층의 목소리.

잠깐 나와봐.

부탁할 게 있어!

방에 쓰레기 있지?
쓰레기봉투.

그거, 배송구에
넣고 버튼 눌러봐.

1층이 부탁한 거야.
일단 해봐.

무슨 소린지 감이 잡히지 않는다.
1층이 2층에게 3층인 내 방의 쓰레기를
배송구에 넣으라고 부탁했다…고? 왜요

1층 말야.

자기가 할 수 있는
일을 찾은 것 같아

1F

1층은, 본인이 가진 장애로 우리에게 피해를 끼친 걸 매우 괴로워했다고 한다.

그래서 육체노동 대신 자기
할 수 있는 일이 뭘까 끊임없이
배송구가 눈에 들어왔다고

이 배송구로 어쩌면 도시락이 아닌
다른 것들도 아래층으로 내려보낼 수
있지 않을까? 라는 생각을.

"1층 생각이 맞았어. 내 방 쓰레기가
1층으로 내려갔거든."

"당신한테도 부탁하는 이유는,
복수층 이동도 되는지 확실히 해두고 싶어서."

삐빙봉-

42,760,000

42,760,000

기이이이이이잉-

익숙한 모터음이 아래로 떨어져 간다. 방 밖으로 쓰레기를 반출할 순 없지만
아래층으로 보낼 수는 있단 게 확인되는 순간.

정말 괜찮은 건가? 타인의 폐기물과 오물을
자기의 생활공간으로 들인다는 게,
과연 견딜 수 있는 일인 건가?

…에 대한 대답으로 그는.

이걸로 저도 이 게임에 도움되는 사람이 됐으니까요.

1F

1층의 제안과 승낙으로 그렇게

스튜디오 1호 환경미화원이 탄생했다.

게임 시작 15일째.
1층의 환경미화 제안은

불만족

사람들(특히 7층)의
큰 환영을 받았다.

만족

1층은 찾아낸 것이다.
교환가능한 본인의 가치를.

허기에 강한 사람은 도시락을 나누고
체력이 강한 사람은 노동력을 나누고
어느 것도 안 되는 사람은 환경을 서비스하며

체력도 멘탈도 잔여 시간도
꽤나 안정적인 레벨을 유지한 채

시간은 흘러가고
상금도 쌓여간다

게임 시작 17일째.
아침.

49,990,000

49,990,000

49,990,000

삐리릭-

50,000,000

기념비적인
상금 5천만 원 돌파.

YES!

불과 17일만에 5천만 원.
하루 일당 288만 원의 위용.

실화냐 싶은 주최 측의 웅장한 스케일에
살짝 감동의 물결이 일렁일 뻔도 했지만

아직
샴페인을 터트리기엔 이르다.

마! 샴페인은
구매 불가다!

식음료니까 ㅎ

이 게임에 참가하기 전으로도
이후로도 단 한 번도 잊은 적 없다.

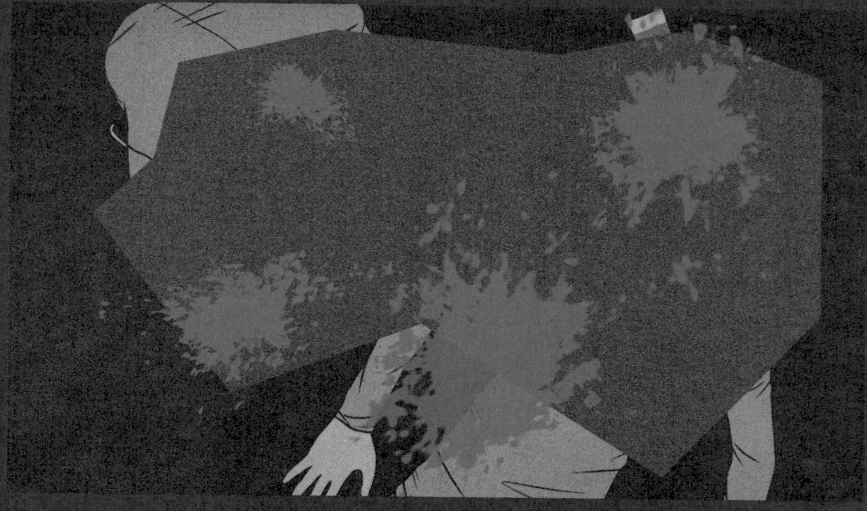

전 게임에서 생긴 빚의 변제 여부에 대해선 주최 측으로부터 어떠한 언질도 없었지만
그래도, 아니 그러니 최악을 상정해야 한다.

아직…
십 분의 일…

빚을 변제할 금액을 확보하는
그 시점이 진짜 손익분기점이라
생각해야 한다.

가로되.

빛이…아니지.
빚이 있으라.

그러니, 돈이 더 필요하다.
그러니, 시간이 더 필요하다.

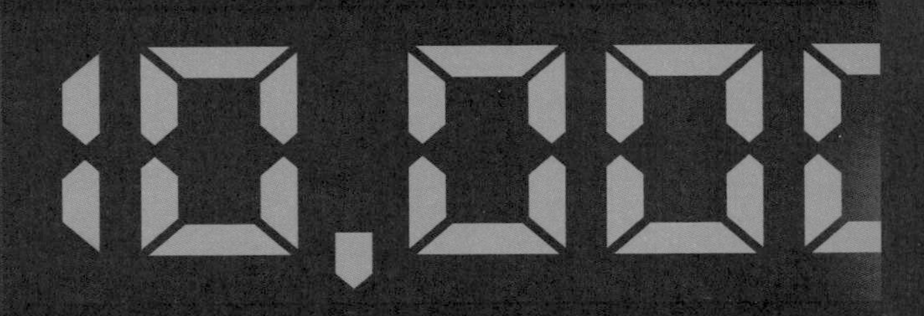

멀었어……

최소 5억 이상. 가능하면
그 두 배든 세 배든!

그러니까, 그때까지.
제발……

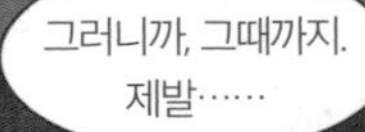

제발, 제발
무사히……

하지만.

3층!! 빨리!!
빨리 좀 나와봐!!!

쾅쾅쾅쾅쾅-

내 기도와 바람을 비웃고자
최적의 타이밍에 울려 퍼지는

빨리 좀!!!
큰일났다고 지금!!!!

쾅쾅쾅쾅쾅-

2층의 다급하고도 불길한
목소리.

그래. 그런 거지.

항상 그랬었듯. 이번 또한 역시.

이지머니 같은 건
없는 거겠지.

# 파이게임
# PIE GAME

## #8

"사람마다 숫자가 다르다"

타 타 타 타 타 타
타 타 타 타
타 타 타 타
타 타 E
E
참가자 중 한 명이라도 죽는다면
게임은 끝난다.
4층이 죽어가고 있어!

그러니 타살은 배제된다.
남은 가능성은 자살 혹은 사고.

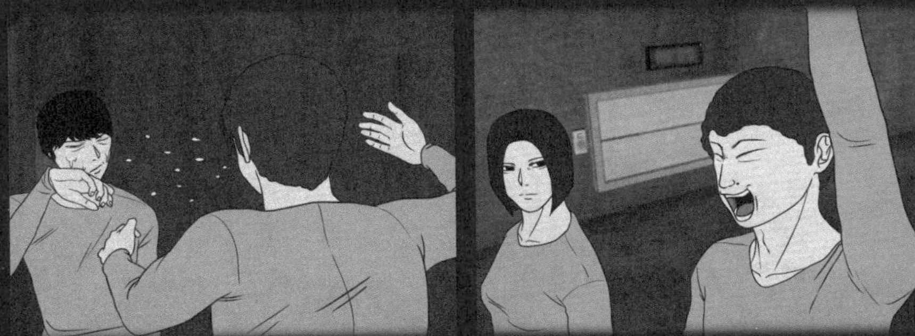

하지만 그렇다 미루어 짐작하기엔 4층은 항상 유쾌하고 늘 적극적이었으며

게임과 공동체 유지에 대한
의지 또한 충만했다. 그러니
자살 역시 배제한다.

타살과 자살, 이 둘을 빼면 남는 건 사고지만,
사고 따위가 생길 환경이 아니잖아.

걸려 나자빠질 돌뿌리 하나 없는 휑한 광장에서
대체 뭘 어떻게 해야 사고가……

응?
4층 님! 괜찮아요?
4층 님!!!
정신차려요 4층 님!
하지만 갖가지
가정들이 무색하게도

쓰러진 4층의 모습을 마주하자 가장 먼저 스쳐간 생각은

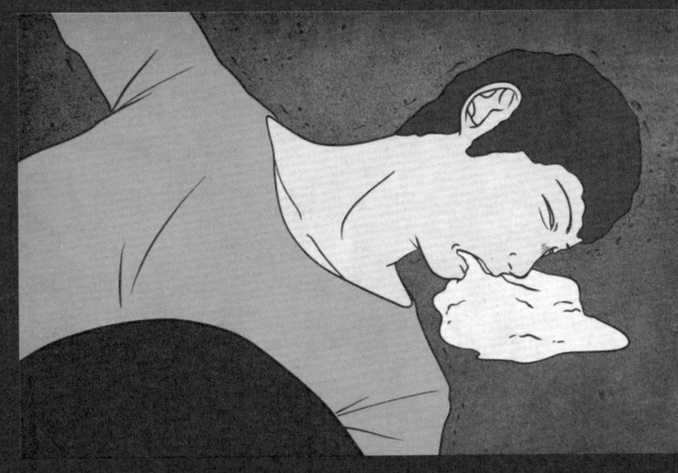

독살(毒殺)?

사람 몸에 저런 기능이 탑재되어 있었나?
싶을 정도로 양껏 뿜어져 나오는 거품과,
대가리 찍힌 꼼장어마냥 쉬지 않고 펄떡대는 사지.

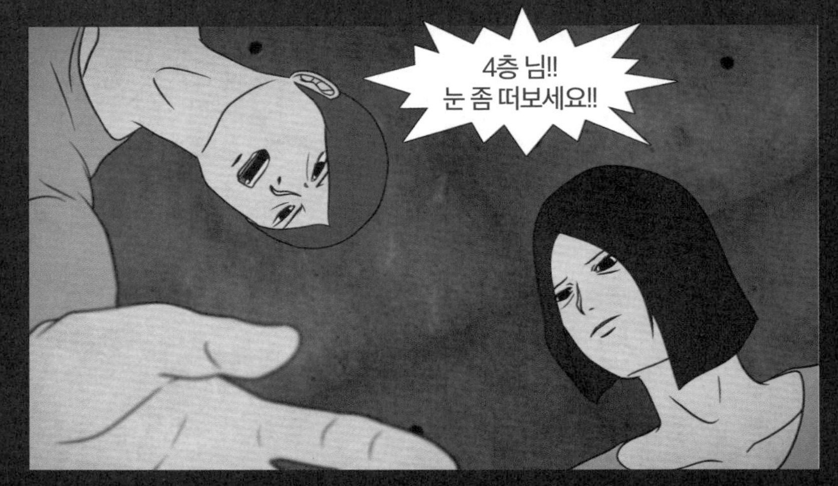


혼란스럽다. 하지만 더는 생각할 겨를이 없다.
일단 살려야 한다. 못한다면 여기서 끝난다.

가, 가만히
두셔야 합니다.
어설프게 구호하다간
더 다칠 수 있어요.
1층 님?
절뚝-
절뚝-
위급 상황이니까
서, 선조치 후보고
하겠습니다.
구매 버튼? 이 상황에?
뭘 사려고?
삐이익-
의료용 CBD 오일.
구, 구매하겠습니다.
뭐야 그건. 약?
설마, 진짜 해독제?
그럼, 정말로 독살 시도?

22:34

삐빅-

삐리릭-

17:52

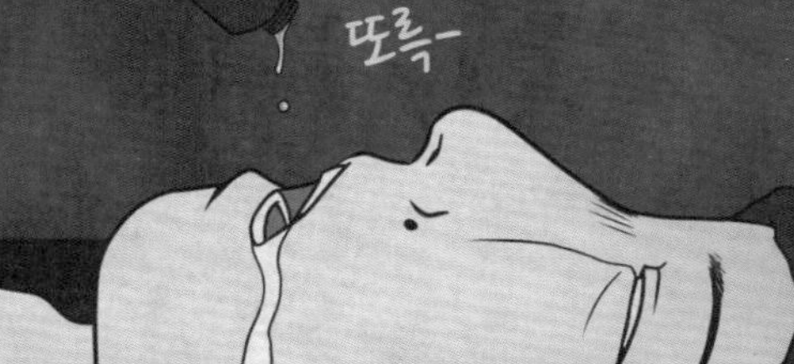
1층이 구매한 약은 다행히 해독제는 아니(었기에 독살 시도도 아니)었다.
또르륵-

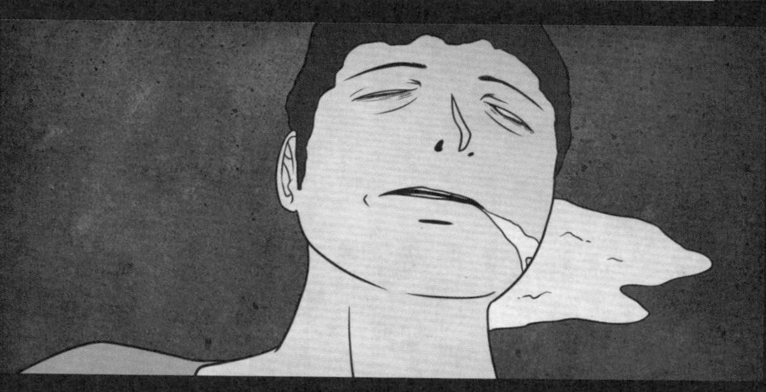

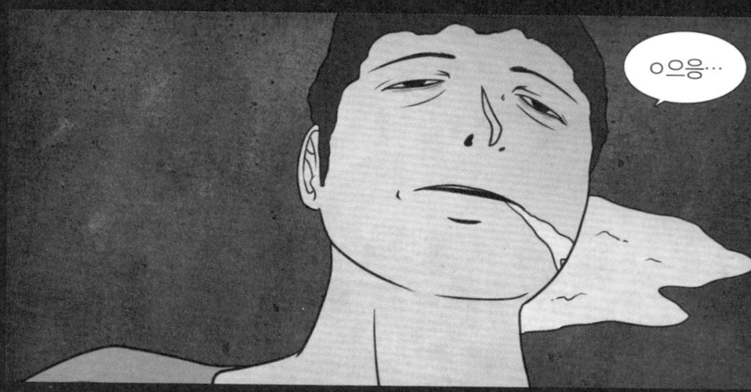
으음…

대마 추출물입니다.
간질…뇌전증 발작에 쓰는.

대마요? 대마면
마약이잖아요.

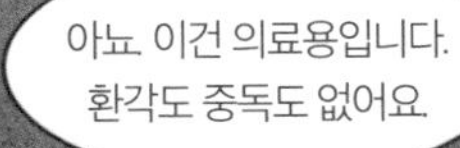
아뇨. 이건 의료용입니다.
환각도 중독도 없어요.

1층이 도움받던 시설에도
같은 질병을 겪는 사람이
있었다고 했다.

다시금 역설적이게도, 절망을 담보해 상금을 내리는 이 게임이 우리의 유일한 희망이 되었다.

꽤 괜찮은 기회죠.
적어도 저들은, 겉모습만 보고
사람을 내치진 않으니…

덕분에 한고비 넘겼어요. 요새 좀
잠잠하길래 슬 방심했더니, 이새기가
그새기를 못참고 기어나와서……
도와줘서 감사해요 1층 님!

평소와 같은 4층의 너스레를 들으니 난데없는 랜덤 이벤트로
잔뜩 놀랐던 가슴이 조금씩 진정되어 갔다.

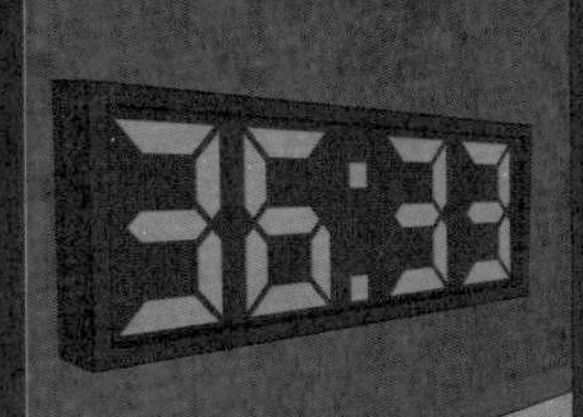


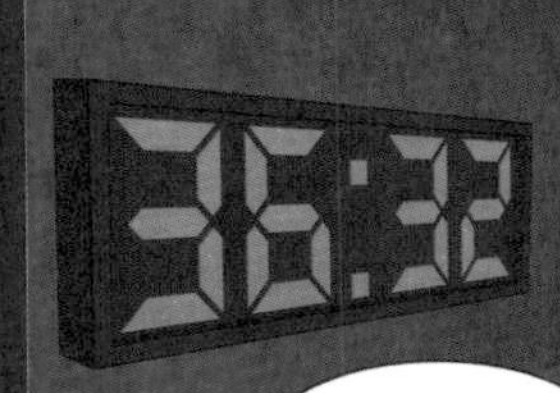


부끄럽습니다.

사실 쭉 1층 님을 걱정…
아니, 이 표현은 솔직하지 못하네요.
1층 님을 마뜩잖게 생각했었습니다.

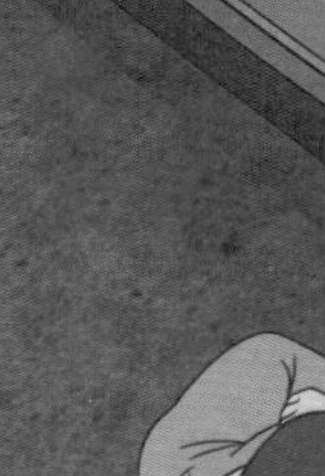
게임에 방해만 되는
사람이라 여겼으니까요.

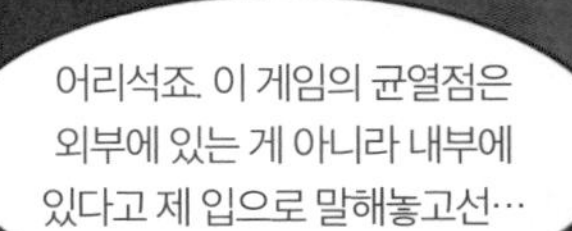
어리석죠. 이 게임의 균열점은
외부에 있는 게 아니라 내부에
있다고 제 입으로 말해놓고선…

비난하지 못한다.
나 또한 그랬었으니.
누구나 그랬을 테니.

1층에 있습니다. 몸이 아, 아픕니다.
첫인상부터
몸이 아, 아프니까. 노동은 하지 못합니다.
최근 인상 까지. 그의 이미지는 한결같았으니.
하지만 이번 일로 다시금 깨달았습니다.

겉모습만으로 사람을 평가하는 건 편협하고 옹졸한 생각이라는 걸.

1층 님은, 자신만의 역할을 적극적으로 찾아나서는 사람이었고,

우리에게 무시당하기엔 누구보다 현명한 사람이었습니다.

게임의 존폐를 가를 뻔한 4층의 발작 사건은,
'위기가 곧 기회다'라는 말을 증명이나 하듯 사람들의 협동의지에 새 불씨를 지펴냈다.

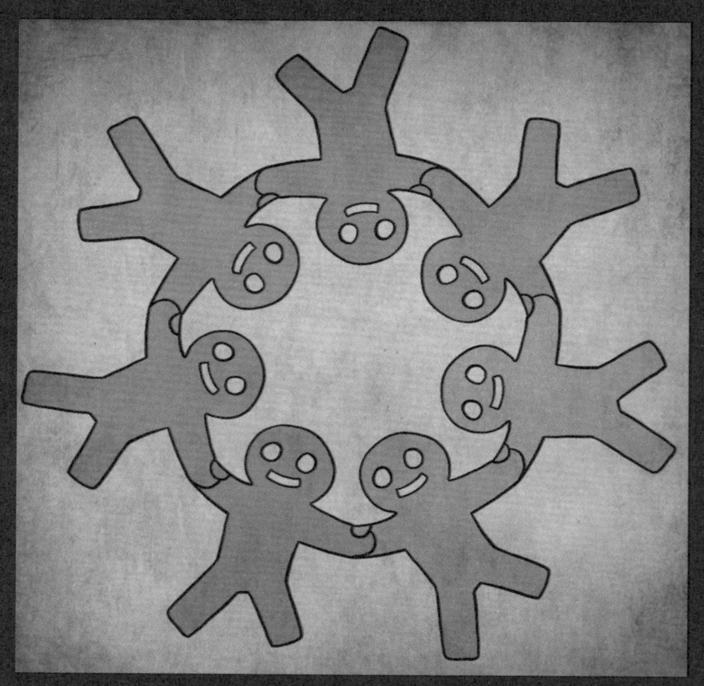

설정 목표가 개인의 능력만으로 달성하기 힘들다 생각될 때
사람들은 조직을 결성한다.

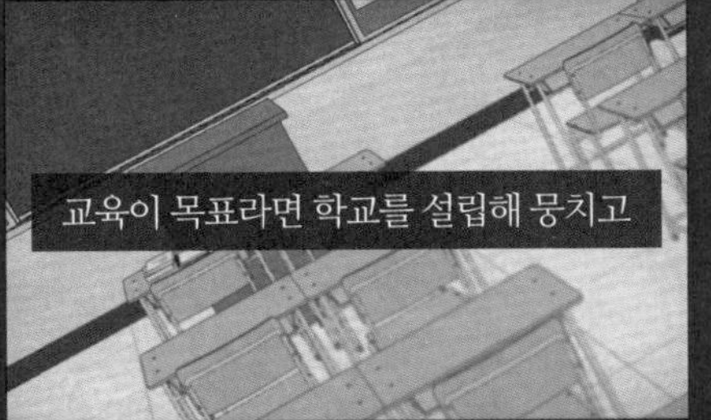
교육이 목표라면 학교를 설립해 뭉치고

방위가 목표라면 군대를 창설해 뭉치며

돈이 목표라면 회사를 창립해 뭉친다.

3F

하지만 같은 목표를 향한 사람들이
모였음에도 불구하고 조직의 실패나
와해는 흔히 일어난다.

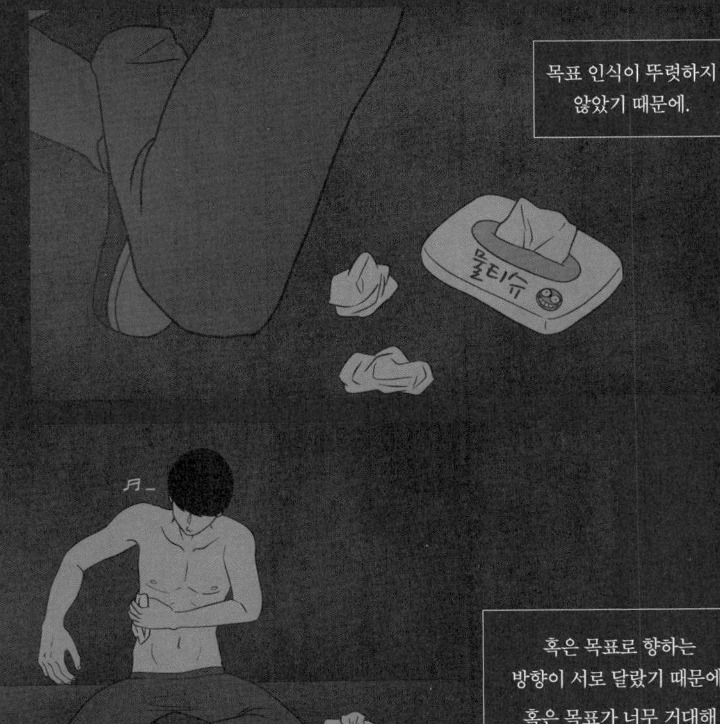
목표 인식이 뚜렷하지
않았기 때문에.
물티슈
혹은 목표로 향하는
방향이 서로 달랐기 때문에.
혹은 목표가 너무 거대해
닿을 수 없었기 때문에.

하지만 참으로 다행스럽게도 이 게임은.

MONEY

객관적인
목표와

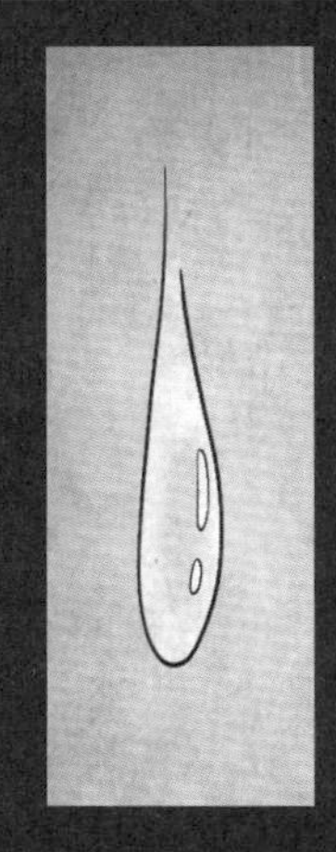

뚜렷한
방향성과

즉각적
성과가 있으며.

여기 더해, 무엇보다
서로 다른 개성의 사람이 모인다는 것이
조직이 가질 수밖에 없는
최대의 리스크라 한다면

이 위협을 X까라며
깨부수는 특효약은 언제나

보상이 바로 그것이었다.

55,830,000

게임 시작 20일째. 구구절절 설명할 필요도 없이,
다른 참가자들 또한 내 비전과 같은 비전을 공유하고 있었기에

거창하게 비전까진 아니더라도,
"모두 함께 잘 살아야 게임이 계속된다."
라는 절대룰엔 동의하고 있었기에.

옷도 샀고 쓰레기도 해결했고,
이제 불만 없음 :)

밝고 건강하게 지속가능한 공동체를
위해 구매제한을 완화하겠습니다.

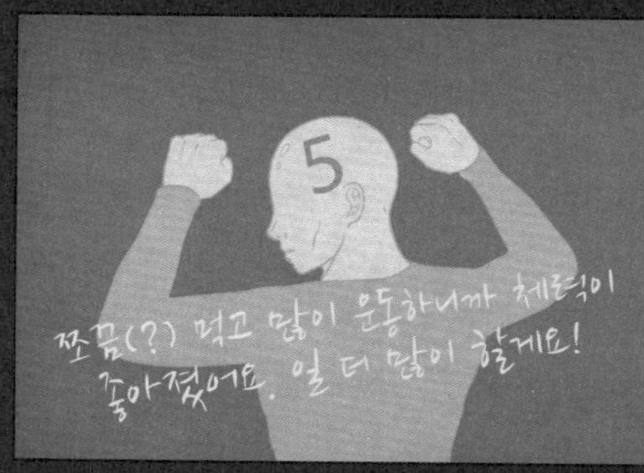
쪼끔(?) 먹고 많이 운동하니까 체력이
좋아졌어요. 일 더 많이 할게요!

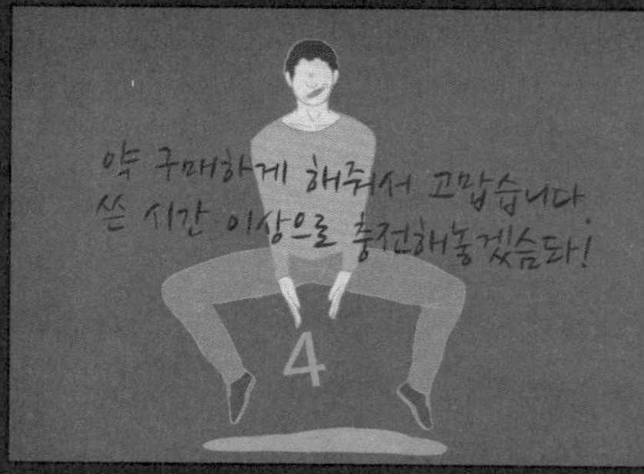
약 구매하게 해줘서 고맙습니다
쓴 시간 이상으로 충전해놓겠습니다!

노가다 대타? 도시락 양보?
뭐든 말만해. 당신한텐 빚이 있으니까.

쓰레기, 미안해 하,하지 말고 주세요.
제 역할이 있다는것 만으로도 기쁘니까.

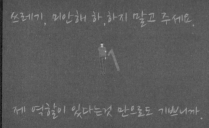

막대한 보상은 거대한 힘을 지니고 있었다.
개개인의 철학이나 사상이나 성향따위
깡그리 밟아버리는 이 힘이야 말로

허울만 좋은 느슨한 결속 고리가 아닌
모두가 한 방향을 보며 진군하게 만드는 강력한……

고마워요 3층 님! 잘 먹었어요.
벌써 다 드셨어요? 배는 좀 부른가 모르겠네.
네. 다들 나눠 주시니까… 헤헤.

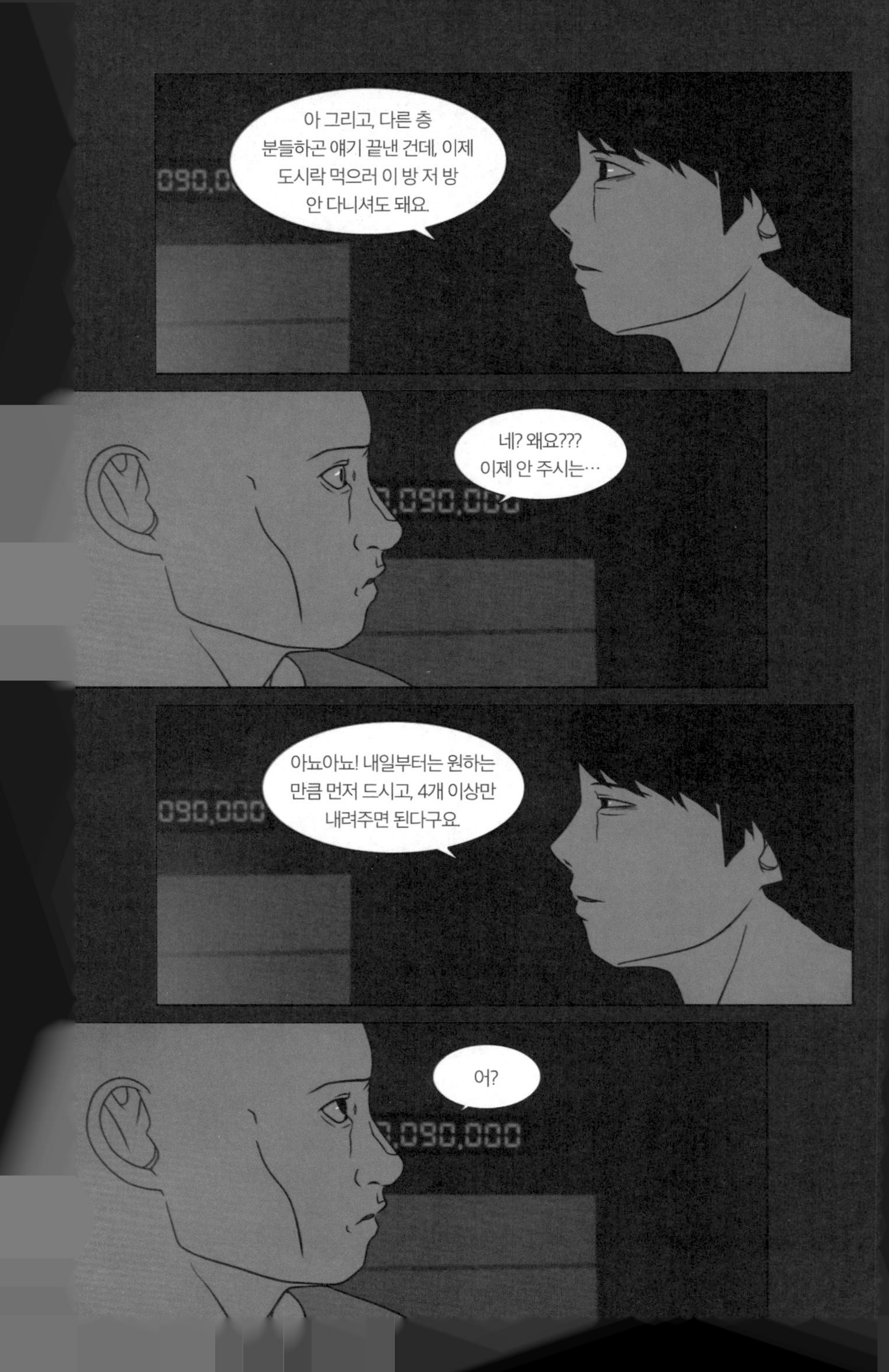

아 그리고, 다른 층 분들하곤 얘기 끝낸 건데, 이제 도시락 먹으러 이 방 저 방 안 다니셔도 돼요.
네? 왜요??? 이제 안 주시는…
아뇨아뇨! 내일부터는 원하는 만큼 먼저 드시고, 4개 이상만 내려주면 된다구요.
어?

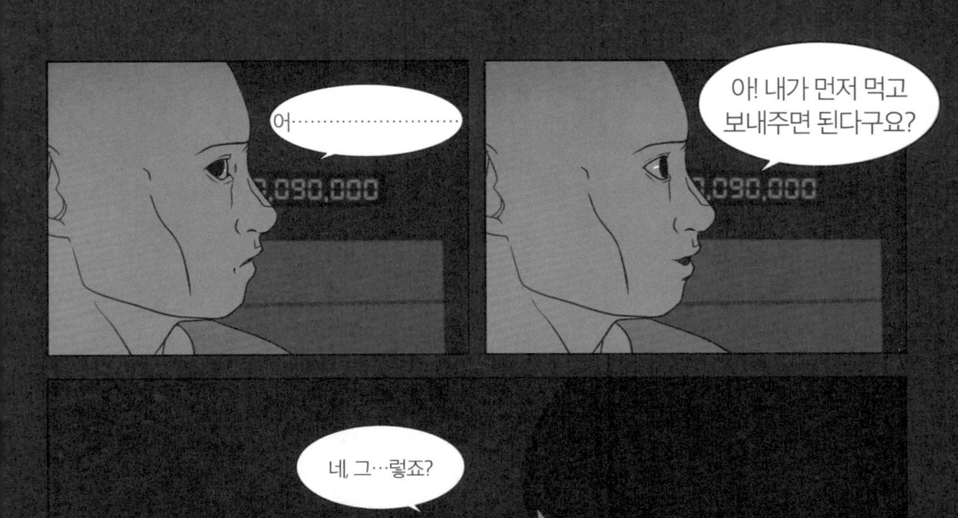
어…………………………
아! 내가 먼저 먹고 보내주면 된다구요?
0,090,000
0,090,000

네, 그…렇죠?

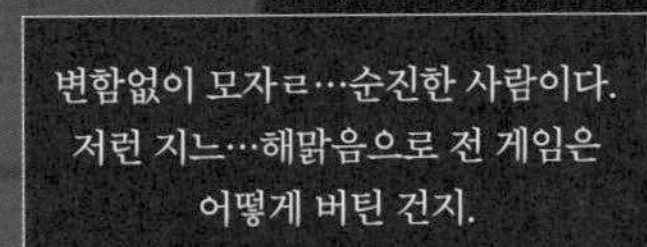
변함없이 모자ㄹ…순진한 사람이다.
저런 지느…해맑음으로 전 게임은
어떻게 버틴 건지.

ㅎ. 고마워요. 안 그래도 요새 좀 힘들었거든요.

요새 좀 다른 사람 일도 좀 많이 해줘서…ㅎㅎ

그랬지.
도시락을 좀 더 먹는 대신.
남의 일도 좀 더 대신.

아, 글고 또 힘든 게……
시간 잘 안 늘어나요.
진짜 좀 이상해요.
맨날맨날 똑같이 하는데
예전만큼 안 늘어나요.
체력 떨어져서 그런 거
아닐까요? 다른 사람
것도 대타 뛰느라.
아님 4층 님이 잘
도와주시니까
같이하는 분들이
요령 피우나? 하하.

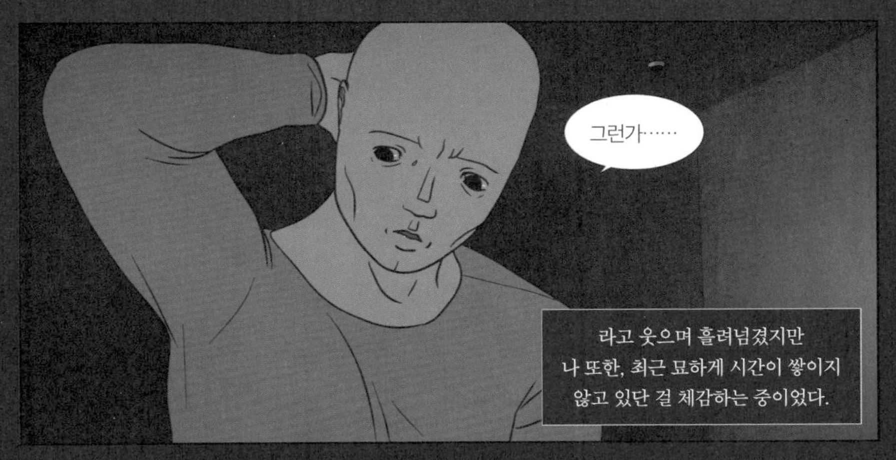
그런가……
라고 웃으며 흘려넘겼지만
나 또한, 최근 묘하게 시간이 쌓이지
않고 있단 걸 체감하는 중이었다.

노동으로
시간을 번다.
라고 단정짓기엔 아직
미심쩍은 부분이 많습니다.

더 불안한 건, 다른 사람보다 노동 참여 빈도가 높은 5층의 의견인지라,
그의 체감이 우리보다 더 정확할지도 모른다는……

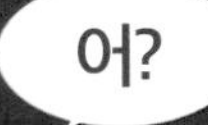
어?

?
이상… 하다?

뭐야 이번엔 또.
사람 불안하게 왜 자꾸 저래?

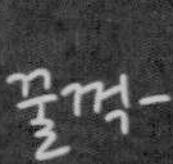


3층 님, 저거
원래 저랬어요?

저거라니,
뭐가요?

돈이요.
나랑 다른데요?

60,100,000

?!

무슨 말이야. 달라?
다르다고?
그러니까.

액수가 다르다구요?
돈이요! 5층 님 방에 있는
숫자랑 다르냐구요!!

예… 달라요.

제 방에 있는건

166,650

젤 앞에 있는 숫자가

00,166,650

100,166,650

1 이에요.

# 파이게임
# PIE GAME

## #9

"때로 진실은 독이 된다"

한 학기 동안 경제학원론 수업을 함께할 여러분들, 반갑습니다.

경제학

수업 시작에 앞서, 경제학을 공부하려면 경제의 뜻부터 알아야겠죠?

경제학 : 재화나 용역의 생산, 소비, 분배 등의 경제활동 분야에 관련된 행동을 연구하는 학문

사전적 정의는 이렇습니다만.

제 사견으로, 경제학은 '인간의 욕망'을 공부하는 학문이라 생각합니다.
더 배부르게 먹고 싶다. 더 쾌적한 환경을 누리고 싶다. 더 많은 돈을 벌고 싶다.
이러한 상승 욕구가 존재함에 개인도 사회도 성장하고 발전할 수 있었죠.
하지만 상승욕은 인간의 생존 본능에 뿌리를 둠에 강렬하고 맹목적인지라.

종종 비이성적 판단으로 이어져 자기/상호 파괴의 결과를 낳기도 하죠.

사적인 범위라면 질투와 시기,
국가적 차원이라면 정복 전쟁.
등이 그 예라 할 수 있습니다.

상승욕의 부작용 –
작게는 질투와 시기 크게는 전쟁.
즉 상호파괴.
자 그럼, 이쯤에서
각설하고.
이번 수업, 한 학기 동안
잘 따라와 주시기 바랍니다.

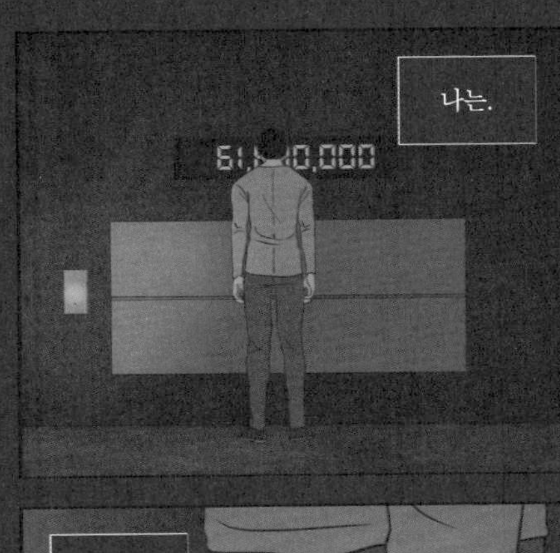
나는.

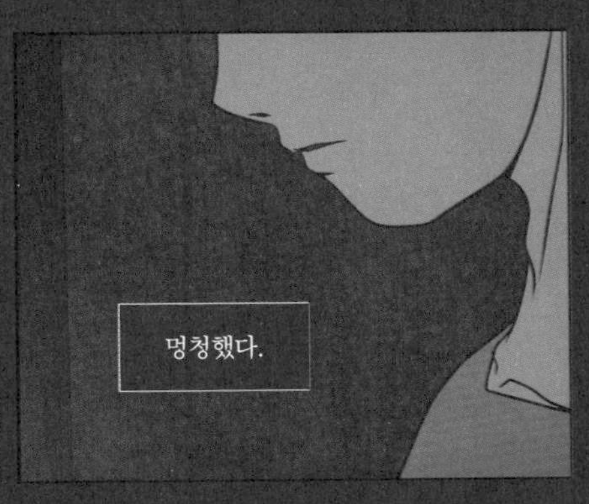
멍청했다.

나는.

답도 한도 없이
멍청했다.
61,640,000

착각했다. 이 게임은 모든 참가자들에게

**'공평하게'**

같은 액수의 상금을 지급한다 착각하고 있었다.

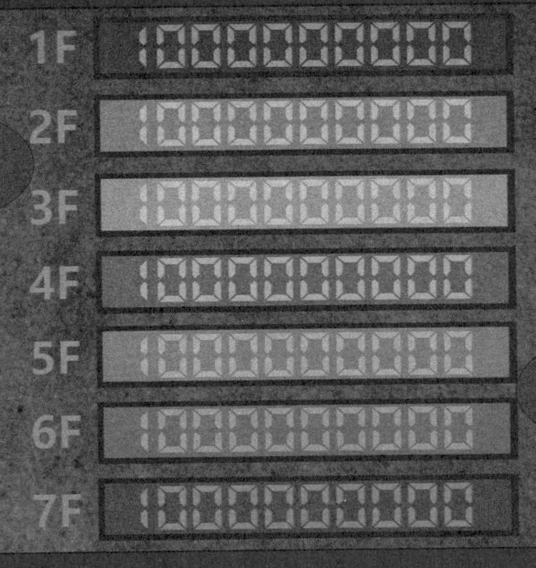
1F 1000000000
2F 1000000000
개별상금
이라고 했지
3F 1000000000
4F 1000000000
5F 1000000000
동일상금이라곤
안했능뎃ㅋ
6F 1000000000
7F 1000000000

착각의 사유는 각각으론 사소했지만
그 각각의 개수가 많았기에, 꼼짝없이
확증편향의 함정에 빠져들고 말았다.

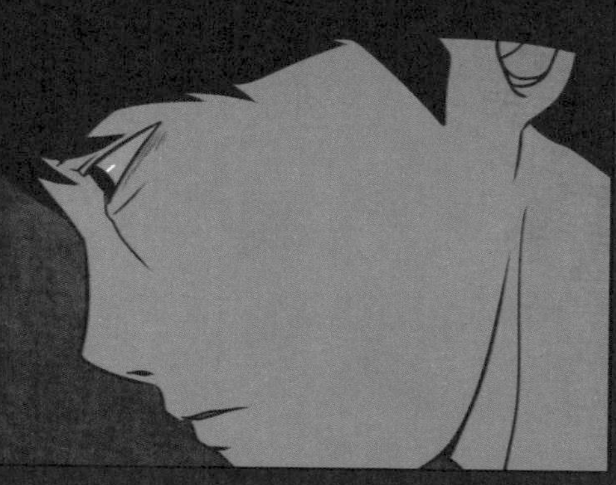

첫 번째는. (하필)(멍청한) 5층 외엔 타인의 방에 들어가본 사람이 없다는 것.

그걸 왜 이제
말하냐구요?

몰랐어요…
숫자 넘 길고
복잡해서……

그리고 애초에 다른 참가자의 방에
들어갈 이유 따위 없었다.

실은 밥 처먹느라
신경도 안쓴듯

생활쓰레기와 분변이 쌓인 방에
초대하는 것도 초대받는 것도
유쾌하지 않은 일이고 또 무엇보다

분변폐기물+생활쓰레기+아찔한냄새+상상속파리

스포방지
안녕하새오.
좀 맞읍시다.
방 공개의 위험성을 전 게임에서 PTSD급으로 경험했던지라, 타인의 방엔 출입하지 않는단 건 이미 암묵적 룰로 정착된 상태였다.

광장채팅
3F
복도채팅

두 번째는, 구매금액 대비 시간차감의 비율이 내 시간당 적립액수와 비슷하게 맞아떨어졌기에, '동일상금'이라 착각했었다.

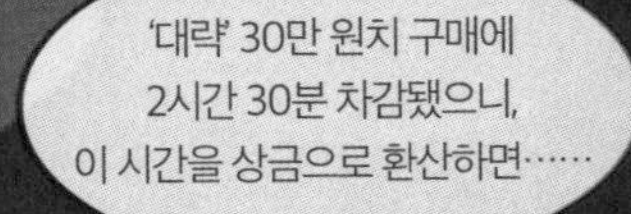

'대략' 30만 원치 구매에
2시간 30분 차감됐으니,
이 시간을 상금으로 환산하면……

'정확히' 30만 원!
아니다. 다시 한번 멍청했다. '대략' 추측한 금액으로 '정확한' 계산이 나올 리 없잖은가.

물가선정 기준점은 가운데인 4층이었다.
그의 상금과 내 상금이 비슷해 착시를 일으켰을 뿐.

초혜자 프라이스!
두 시간 삼십 분 차감이면……
조금 비싼 감이 있군요.
6층의 말이 결정적 힌트였다.
내게 두 시간 삼십 분은 30만 원의 가치지만
그에겐 75만 원. 두 배 이상의 차이가 나니.
그래도 전 게임에 비하면
납득할 만한 가격입니다.
마지막 세 번째는,
4층의 '그' 대사 때문.

시간이 더이상 늘질 않아요!
꿀이었는데! 꿀게임이잖아요!
앉아 놀고 먹어도
하루 몇백씩 버는!

'몇백'이란 표현은 200 이상 999만 원 이하 모두를 포함하기에,
다들 별 생각 없이 흘러넘겼다.

만약

시간이 더이상 늘질 않아요!
꿀이었는데! 꿀게임이잖아요!
앉아 놀고 먹어도
하루 삼백씩 버는!
이라고 말했다면

훨씬 빨리 깨달을 수 있었겠지…만.

아니었기에 유야무야 흐지부지 흘러흘러. 지금까지 와버렸다.

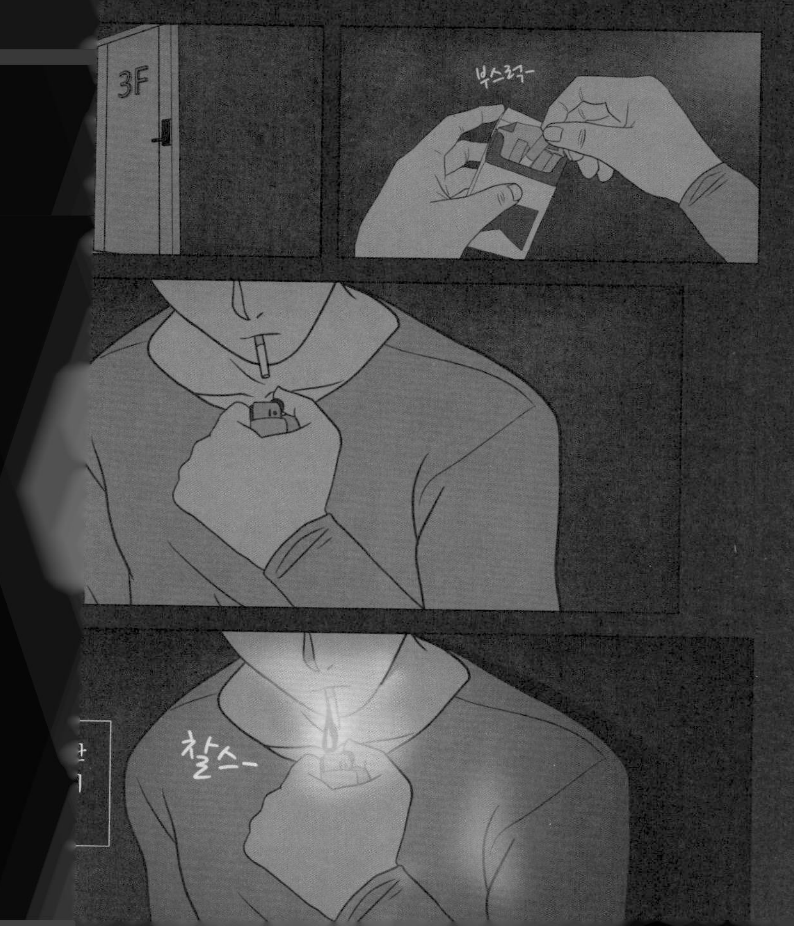

충수별 상금 격차의 규모가
예상을 훌쩍 뛰어넘을 정도로 엄청나다는 것.

6,015만 원
현재 제 방에 찍힌 액수입니다.
와서 직접 확인 해보셔도 됩니다.

6천만 원이… 넘는다구요??

6천만 원……밖에 안 된단 말입니까.

1F
저, 전 이제 막 4천 넘겼어요……

6F

제가 1억5천이니… 그렇다는 말은……

그렇다는 말은 다른 층들의 현재 금액을 알기에
상금 적립식을 도출할 수 있다는 말.

7층(공주님) – 1분당 만 원 (하루 1440만원)

6층(똑똑이) – 2분당 만 원 (하루 720만원)

5층(머머리) – 3분당 만 원 (하루 480만원)

4층(떠벌이) – 4분당 만 원 (하루 360만원)

3층(접니다) – 5분당 만 원 (하루 288만원)

2층(쿨민트) – 6분당 만 원 (하루 240만원)

1층(아픈애) – 7분당 만 원 (하루 205만원)

지직-

그럼, 7층은 벌써……
이미 3억을 넘게 벌었다는 말.

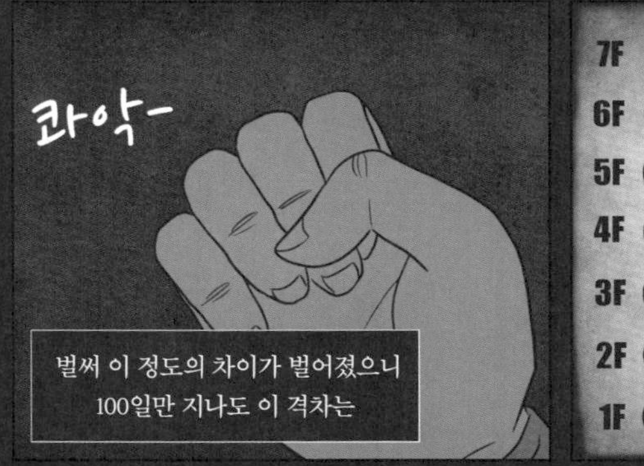

콰악-
벌써 이 정도의 차이가 벌어졌으니
100일만 지나도 이 격차는

7F 14억
6F 7억
5F 4억8천
4F 3억6천
3F 2억8천
2F 2억4천
1F 꼴랑2억


같은 시간을 보내고 같은 노동을 하고, 같은 밥을 먹고 또 싸는 처지라 생각했다.
그렇기에 뭉쳐 이겨낼 수 있다 생각했다.

61,880,000

하지만 주최 측은 처음부터 다른 생각을 하고 있었던 것 같다.

7F 0000000
6F 000000
5F 00000
4F 0000
3F 000
2F 00
1F 0

때로 진실은 독이 된다.
이 독은 참가자들 사이에 흘러들어
전에 없던 불편한 기류를 형성했다.
하악-
학-
헉-
헉-
허억-
헉-
머리로는 알고 있었다.
차등지급이라곤 하지만
그 돈은 어차피 주최 측
주머니에서 나오는 돈.
학-
하악학-
21:30

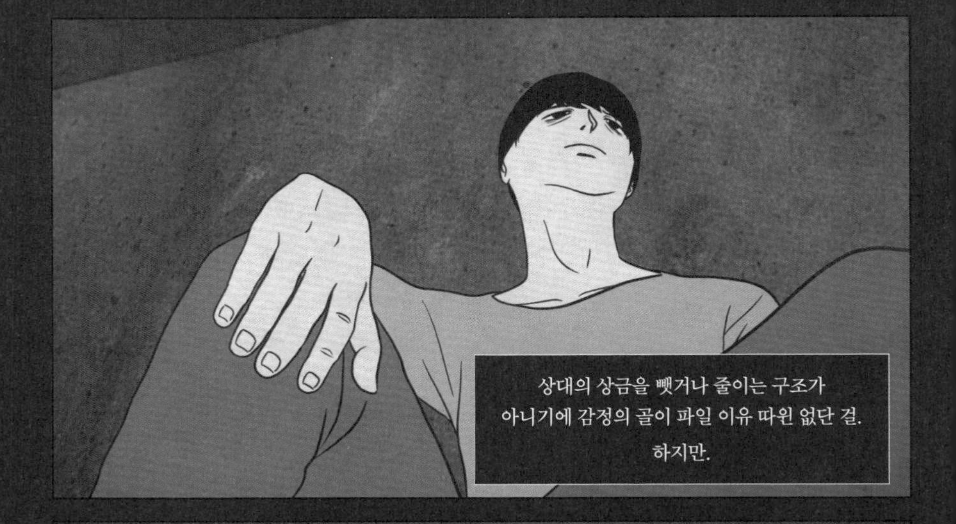
상대의 상금을 뺏거나 줄이는 구조가
아니기에 감정의 골이 파일 이유 따윈 없단 걸.
하지만.

〈 현재금액 〉
₩ 51,883,350
₩ 311,300,000

납득했고 인정했다 해서 불편한 감정들이 일순간에 사라질 리 없었다.
감정의 주인은 애초에 이성이 아니니.

하악-
하압-

21:28

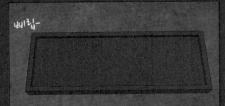
삐리립-

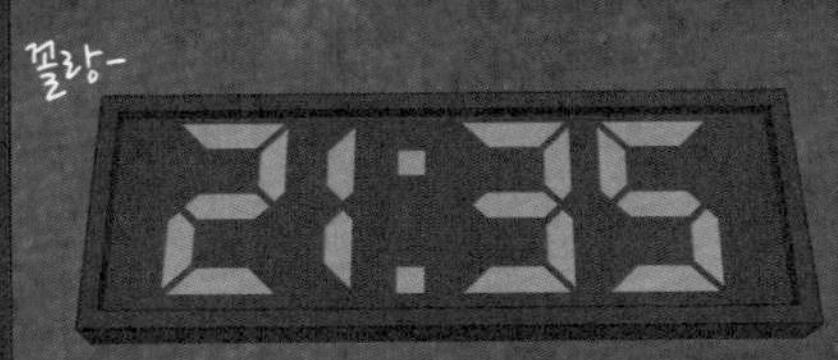
꼴랑-
21:35

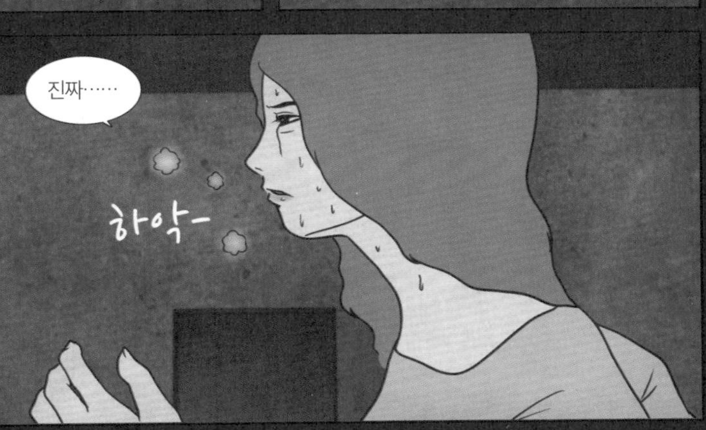
진짜……
하악-

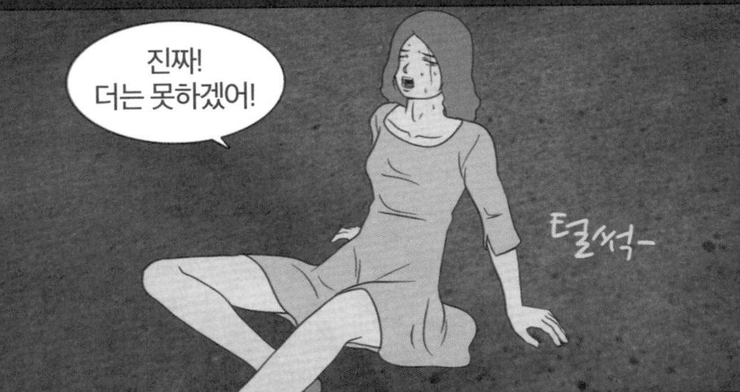
진짜!
더는 못하겠어!
털썩-

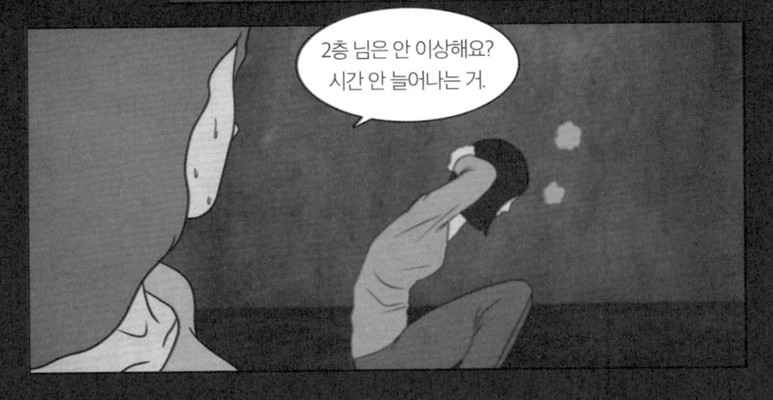
2층 님은 안 이상해요?
시간 안 늘어나는 거.

하악-
학-
하악-
바보짓 하는 거 아녜요 우리? 이대로면 하루종일 뛰어도 24시간 못 채울 것 같……

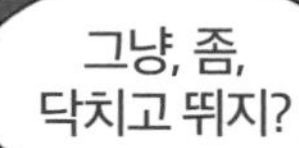
그냥, 좀, 닥치고 뛰지?

안다고. 시간 잘 안 늘어나는 거. 아는데!
징징 댈거면 대안이라도 내놓고 징징거리던가!

……

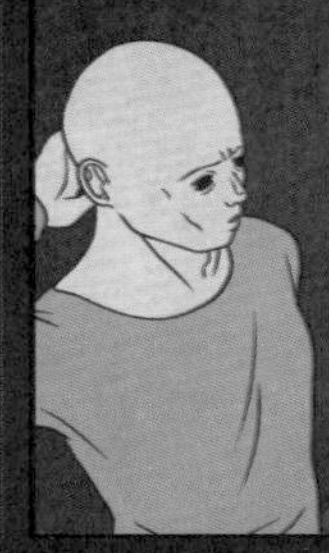

말 나온 김에, 넌 남들보다 더 열심히 일해야 하는 거 아냐?
우리하곤 버는 액수가 다르잖아! 벌써 3억 넘게 받았다면서!

그럼 징징거릴 시간에 남보다 조금이라도 더 뛸 생각 해야 하는 거 아니냐고!
비로소. 완연히.

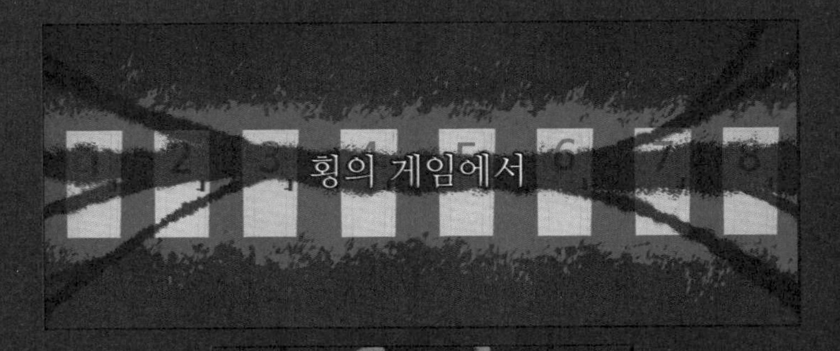


종의 게임으로

이 상하로 이뤄진 방 배치는
이제 와 돌이켜 보면

층의 차이가
계층의 격차란 걸 표현한
노골적인 오브제.

21:31
그리고 이 의도는 대견히도 제 역할을 다해
화합의 불씨를 짓밟고 검고 메케한 연기만 남겼다.
툭-
툭-
2층 님은 그게 공평
한 거라 생각하세요?
아뇨, 오히려 우리한테
고마워해야 할 것 같은데요?

뭐?
2층 님이 사서 쓰는
휴지도 물티슈도 샴푸도
또 그 외 어떤 것이라도.

같은 시간을 들여
사는 거면, '우리'가 훨씬 많은
돈을 쓰는 거잖아요.

저 말 또한
부정할 수 없는 사실.

그녀가 쓰는 한시간은 불과 10만원이지만.

그녀가 쓰는 한시간은 무려 60만원이니.

각자에겐 각자의 명분이 있다
그렇기에 각자 물러설
이유 따위 없다. 그렇기에.

아마 우리들은.

상승욕의 부작용 —
작게는 질투와 시기 크게는 전쟁.
즉 상호파괴

# 파이게임
# PIE GAME

## #10

"실패에 대처하는 항체"

쯧.

하루 한 끼
도시락
삐익-

딱-


히 변한 건 없다.

식사는 꼬박꼬박
내려오고 있고


상금은 차곡차곡
쌓여가고 있고

참가자들 사이에서도
특별한 이벤트는
발생하지 않았다.

옴뇸뭉묵-


그러니
딱히 변한 건 없다.
표면적으로는.

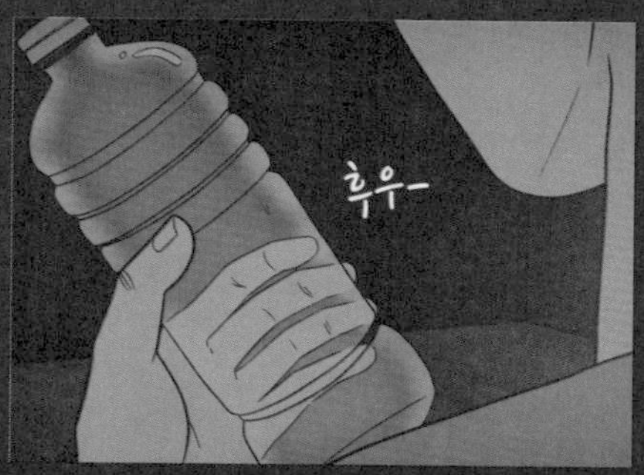


하지만 한꺼풀만 벗겨 봐도 많은 게 달라졌음을 알 수 있다.

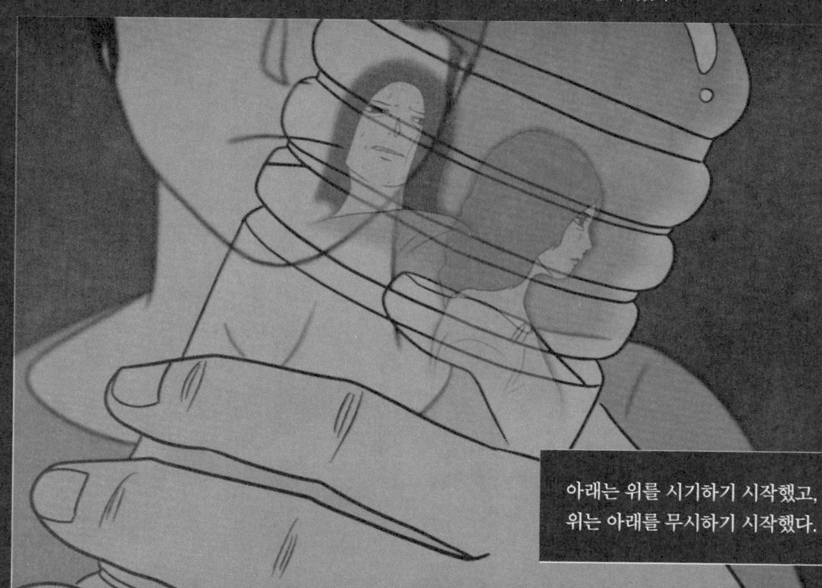

아래는 위를 시기하기 시작했고,
위는 아래를 무시하기 시작했다.

이 껄끄런 균열점에
충격이 거듭된다면
우리는 틀림없이.

틀림없이!

하아아아아~~

쪼르르르르르르르르르르-

시원해질 것……
이 아니지.
답답해질 것……

똑똑똑똑-

3층 님, 6층입니다.
잠깐 시간 좀 내주실 수
있으십니까.

업. 넵!
잠깐…만….
쪼륵-

봐.
벌써 답답해졌잖아.

64,570,000

잠깐만 시간 내달라던 6층은 한참 동안 말없이 상금판만 바라봤다.

뭐지. 왜지.
뭔 말을 하려고 저렇게 뜸을……

한 대 피우시겠습니까
3층 님.

죄송합니다.
생각 좀 정리하느라.

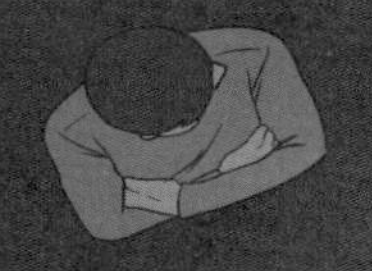

한땐 흡연으로 하나된 담배 패밀리라 생각했었지만.

네, 감사합…
그의 한 갑의 가치와(약 10000원)
내 한 갑의 가치가(약 4000원)
다르단 걸 인지한 이후
니다……

부정할 수 없다. 계속 신경이 쓰인다.
그러니 예전 같진 않다. 인정할 수밖에 없다.

,570,000

,580,000

그 후로도 한참을 말이 없던 6층은

마침내, 나직이 운을 떼었다.
혹시, 결혼 하셨습니까?
결혼요? 아뇨. 저는 아직……
뭐지. 나 진짜 나이 들어 보이나.
전 했습니다. 아내와 딸이 있죠. 눈에 넣어도 아프지 않을.
일찍 결혼한 이유는, 인생이 잘 풀렸기 때문입니다.

좋은 학교, 좋은 직장, 좋은 혼처,
재수 없는 말로 들리시겠지만,
제게는 다 쉬운 게임이었습니다.
실패가 없는, 실패를 모르는
삶이었죠. 칭찬과 인정만이
가득한 평생을 살았습니다.
그렇게 보인다. 똑똑하고 합리적이고
심지어 리더십까지 갖춘 사람.
그때는 몰랐죠. 앞으로도, 언제나,
평생, 제 삶엔 성공만이 있을 거라 생각
했습니다. 그 병에 걸리기 전까지는요.
그랬던 그도 지금은 여기에.
나와 같은 곳에, 아마도
나와 같은 사정으로.
네 병이요. 병적으로
자만하고 오만했으니
엄연한 질병이죠.

그리고 이 병은
기생충처럼 제 뇌를 파먹고
마침내 지배해.
사직서
바닥없는 늪으로 절 이끌었습니다.
그동안 벌었던, 가졌던 모든 걸 털어 벤처
사업에 뛰어들도록 유도했습니다.
삶에 아무런 불편도 불만도
없었던 제가, 왜 이런 어리석은
선택을 했는지 아십니까?
돈이나 명예를 더 원해서?
아닙니다. 차라리 그런 이유였다면
후회라도 덜 했겠죠.
6층은. 표면적으로는 오만,
실질적으로는 '질투' 때문이라 말했다.

늘 굽신거리기만 하던 친구가, 평생을 자기 아래라 생각했던 친구가, 수제맥주 플랫폼 스타트업으로 초초초초 대박을 친 걸 본 후.
저런 녀석도 대박을 친다고? 저놈도 해냈으니, 나는 당연히 더 잘 해낼 수 있겠지? 라는 생각에 매몰됐다고 했다
그리고 그 결과… 아니, 그 대가는……
그 이후는 듣지 않아도 예상할 수 있었고 들은 후에도 예상대로였다.

빚, 보증, 신용불량 업적을 모두 달성한 엔딩.

그에겐 실패의 경험이 없었기에

실패에 대처하는 항체 또한 없었고

그렇기에 단 한 번의 실패로 목숨이 끊어졌다.

사회적 목숨과 정신적 목숨.

두 가지 모두.

그러니 이 게임……

이번 기회가……

제게는…우리 가족에게는
마지막 기회입니다. 그러니 제발…

시기와 질투는 재밌는 속성이 있는 감정이다.

HAMAD

돈이 너무 많아 사막에 이름을 새겨보았습니다.

돈이 너무 많아 달나라 여행도 가보았습니다.

오랜만!

이국의 재벌이 수백만 평 땅을 구입했단 소식을 들어도
우린 그들을 시기하거나 질투하지 않는다.

나 롯또 1등 됐어!
축하해줘!!
어? 진짜?
어… 좋겠네……

하지만 지인이 땅을 사면 높은 확률로 배가 아프다.
그 지인이 나랑 가까울수록 더욱 맹렬히 아프다.
게다가 그 성취가 정당하지 않다 생각할수록,
인정할 수 없다 생각할수록, 더욱. 더더욱.

6층이, 본인의 부끄러운 과거를
꺼내면서까지 감정의 접착을 시도한 건
질투의 이런 속성을 잘 알고 있기 때문이겠지.

봉합에 실패한다면 갈등과 대립은 나날이 심해져 갈 것이고
그렇다면 또다시. 이 게임은 주최 측의 의도대로……

게임이 계속되는 게
우선이니……

라며
거듭해 각오를 다져 보지만.

〈 층별 상금 획득액 〉

323,300,000
161,650,000
107,766,650
80,825,000
64,660,000
53,883,350
46,185,733

금액의 간극도 마음의 간극도
시간이 지날수록 멀어져만 갈 것이
분명해 보인다.

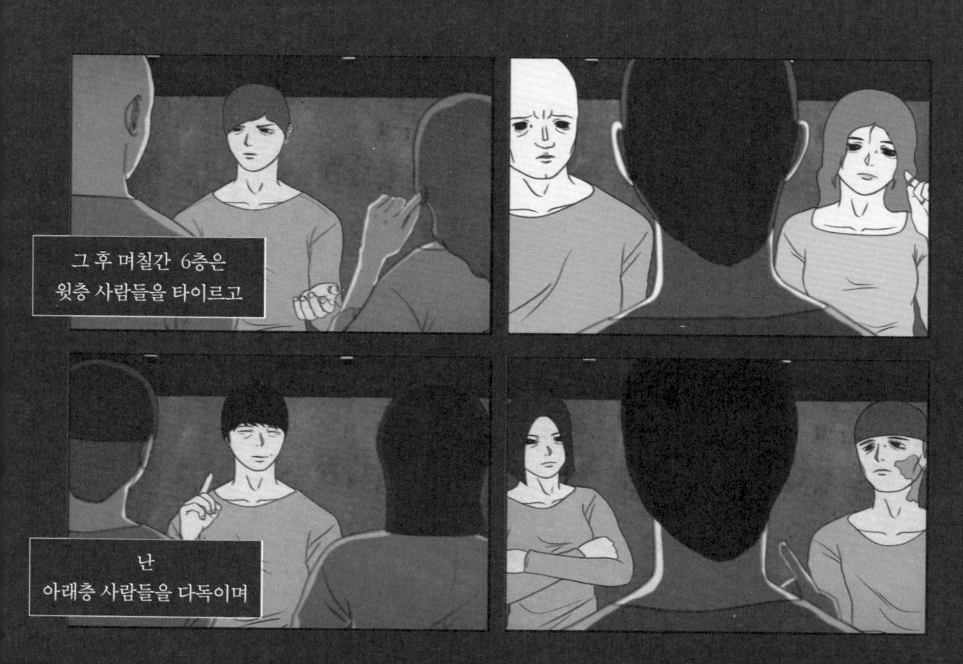
그 후 며칠간 6층은
윗층 사람들을 타이르고
난
아래층 사람들을 다독이며

게임의 유지를 위해 위로 아래로 뛰며
화합이든 봉합이든 접착이든 뭐든 하기 위해 애썼고

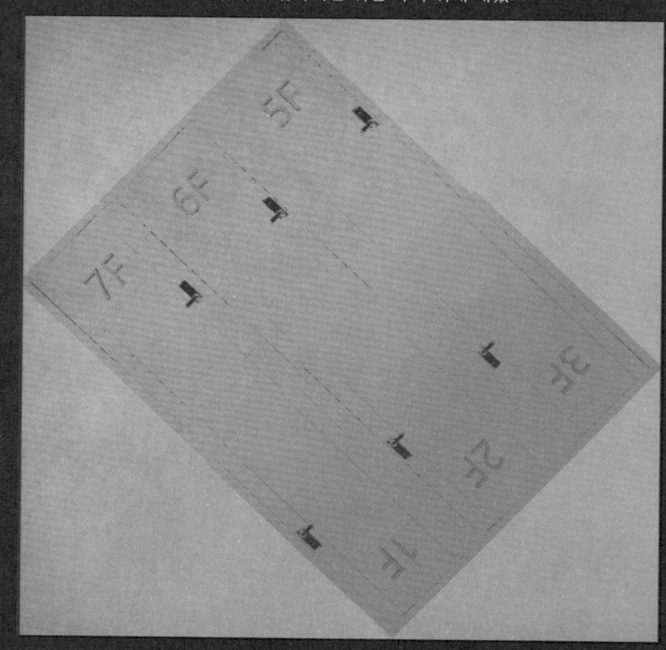
5F
6F
7F
3F
2F
1F

다행히, '게임 유지가 먼저다.'라는 국룰엔
모두 동의하는 바였기에. 감정의 소요사태는 일단 진정되는 듯했다.

05:38

이를 반대로 해석하자면
우리의 연대는,
게임이 잘 굴러가지 않는 순간

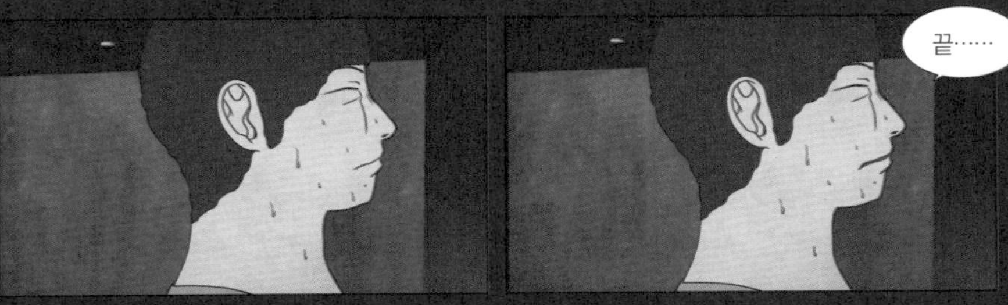
끝……

모래알처럼 산산이 흩어질 하찮은 것이란 말과도 같았다.

난 거 아닌가요?
이거……

게임 시작 26일째 밤. 시간은 더이상 늘어나지 않았다.

엊그제는 두 명 세 명

어제는 네 명 다섯 명

그리고 마침내 전원이

시간을 늘리기 위해 뛰고 구르고 자빠지고 별의별 짓거리를 다 했지만
시간은 거의 늘어나지 않았다.

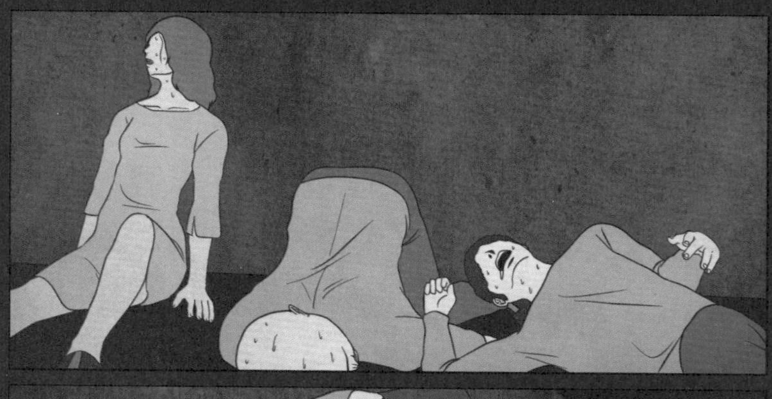

물론 손가락만 빨고
있었던 건 아니다.

허억- 허억-
헉- 허억-

하루 수백만 원씩 쌓이는
(7층은 1400만 원 ㅅㅂ) 게임이 죽어가는데,
쿨하게 털고 돌아설 사람은 없다,

어쩌라는 거야
진짜……

며칠에 걸쳐, 뭐라도 알아내기 위해,
조금이라도 연장하기 위해,
필사적으로 매달렸다.

진동감지라는
가설을 세워보았습니다.

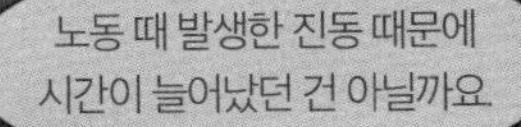
노동 때 발생한 진동 때문에
시간이 늘어났던 건 아닐까요

쾅-
쾅-
쾅-
쾅-

NO

아니었다.

소리 아닐까?

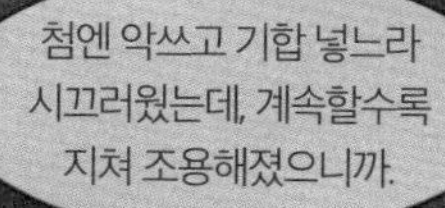

첨엔 악쓰고 기합 넣느라 시끄러웠는데, 계속할수록 지쳐 조용해졌으니까.

FUS RO DAH!

NOPE

아니었고

냄새는요?

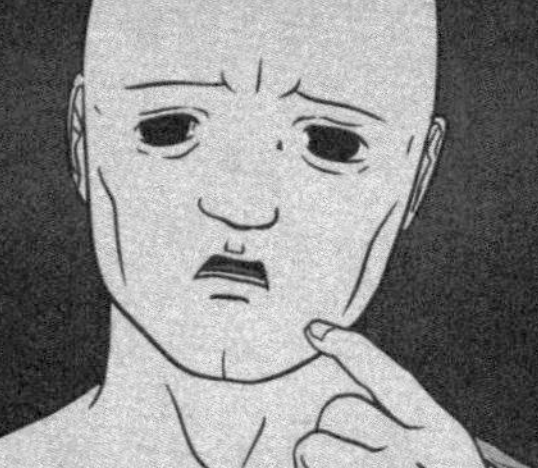

땀 냄새 발 냄새 같은 거……

당연히 아니겠지만

일단 해봄

EIGHTEEN

물론 아니었다.

정말로……

끝…이냐구요……

02:31

안 되는데…
그러면……

난… 이것밖에
없는데…

여기서 끝나면……
난… 이제 난……

진짜. 끝인가.
정말로. 여기까지인가.

77,650,000

물론. 한 달도 안 되는 시간에 이 정도 돈을 만지게 해준 건 감사할 일이다.
하지만.

이럴 거면 왜 초대했어!! 왜 초대했냐고!!!
줬다 뺏는 게 젤 나쁜 거잖아! 맛만 보여주고 치우면 더 화나잖아!!!
지가 먼저 벗어놓고 오늘은 싫어. 그러면 눈깔 돌지 않겠냐고!!!!
같은 심경이다. 몰랐다면, 맛보지 않았다면, 겪지 않았다면, 이렇게 괴롭지는 않았을 것이다.
아직… 아직 포기 하면 안 됩니다! 아직 시간이 있어요!
일어나세요 다들! 분명 방법이 있을 겁니다! 다시 한번 힘을 합쳐서……
왜 제대로 알지도 못하면서 입 놀린 거야?!!!
땀이라며! 노동이라면서! 아니잖아! 모르면 가만히라도 있지 시X!!!

2층 님. 불평할 거면
대안이라도 내놓고 하셔야죠.
본인이 그렇게 말했잖아요.

많이 벌었다 이거지?
응? 얼마야 넌! 4억?!
난 겨우 육천이라고!!!

다 똑같아! 너희들
전부 다 똑같다고!!!!

니들이!!! 니들 때문에
끝난 거라고!!!

모래알처럼
산산이 흩어진다.

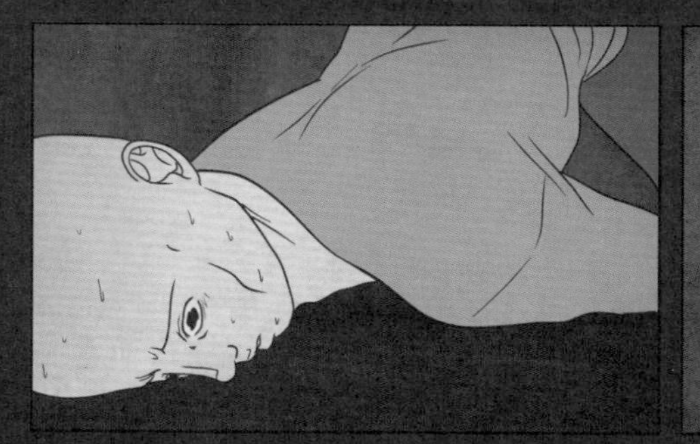

악의 가득한 원망과 증오가
불특정 다수에게, 본인 외 전부에게,
서로가 서로에게, 산탄처럼 날아가 박힌다.

씨이X……

차라리 죽여!!!

콰 앙-

죽여! 여기서 끝내려면
차라리 죽이라고!!!

쾅- 쾅- 쾅- 쾅-

이것이 인간의 말로. 인간의 민낯. 이성적인, 냉정한, 관대한, 척은

씨이이이X알……

내게 손해가 없다 판단될 때만
보여주는 간교한 스탠스.

안돼! 못끝낸다고!!
이대로는 절대!!!!

쾅-
쾅-
콰앙-

아무래도
여기까지인 것 같다.

게임의 룰도 아무런 교훈도
찾지도 배우지도 못한 우리는
또다시
실패한 것 같다.

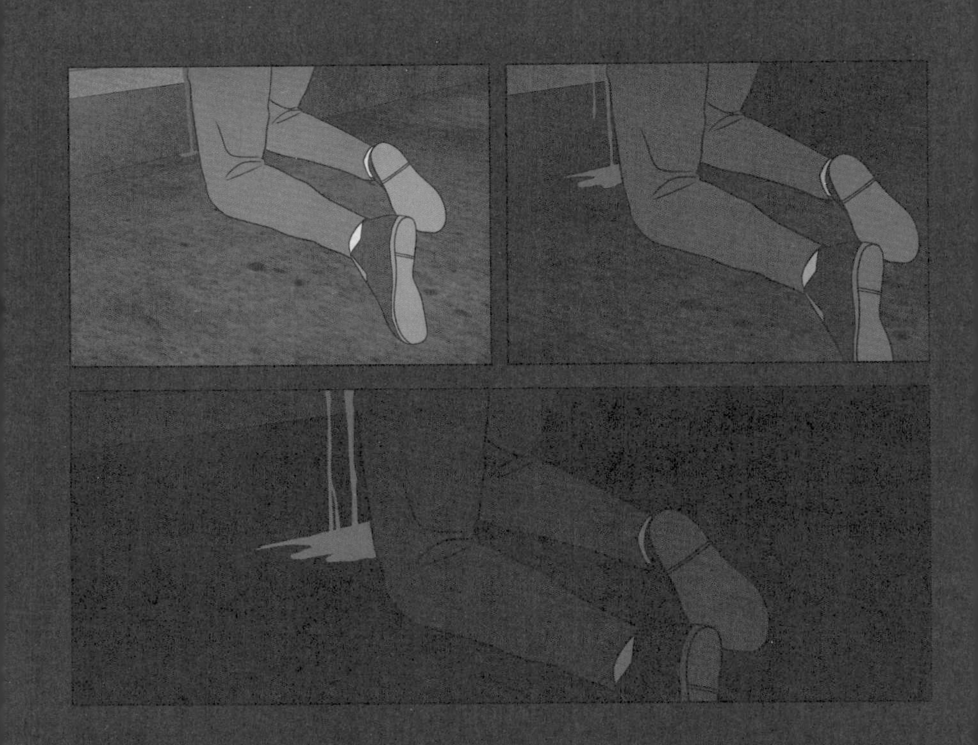

02:17
삐릭-
삑-
54:17

# 파이게임
# PIE GAME

## #11

"주최 측이 원하는 것"

54:17
공기가
얼어붙었다.

54:16
모두 보았다.
피가 흐르니 시간이 늘어난 것을.
부정하기엔 너무나 직관적인 인과.

54:1
다들 얼어붙은 공기에
동상이라도 입은 듯
조금의 미동도 없다.

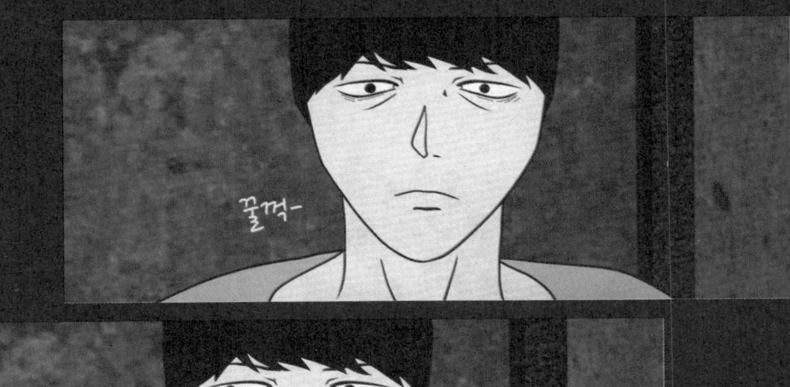
꿀꺽-

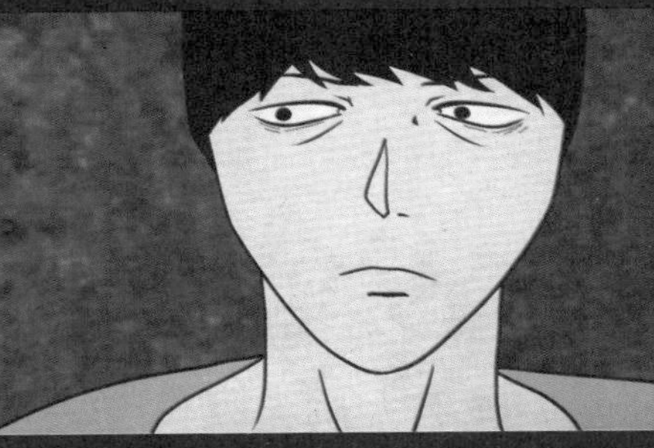
밭은 숨소리와
시선이 교차하는 소리만
광장을 가득 메우고

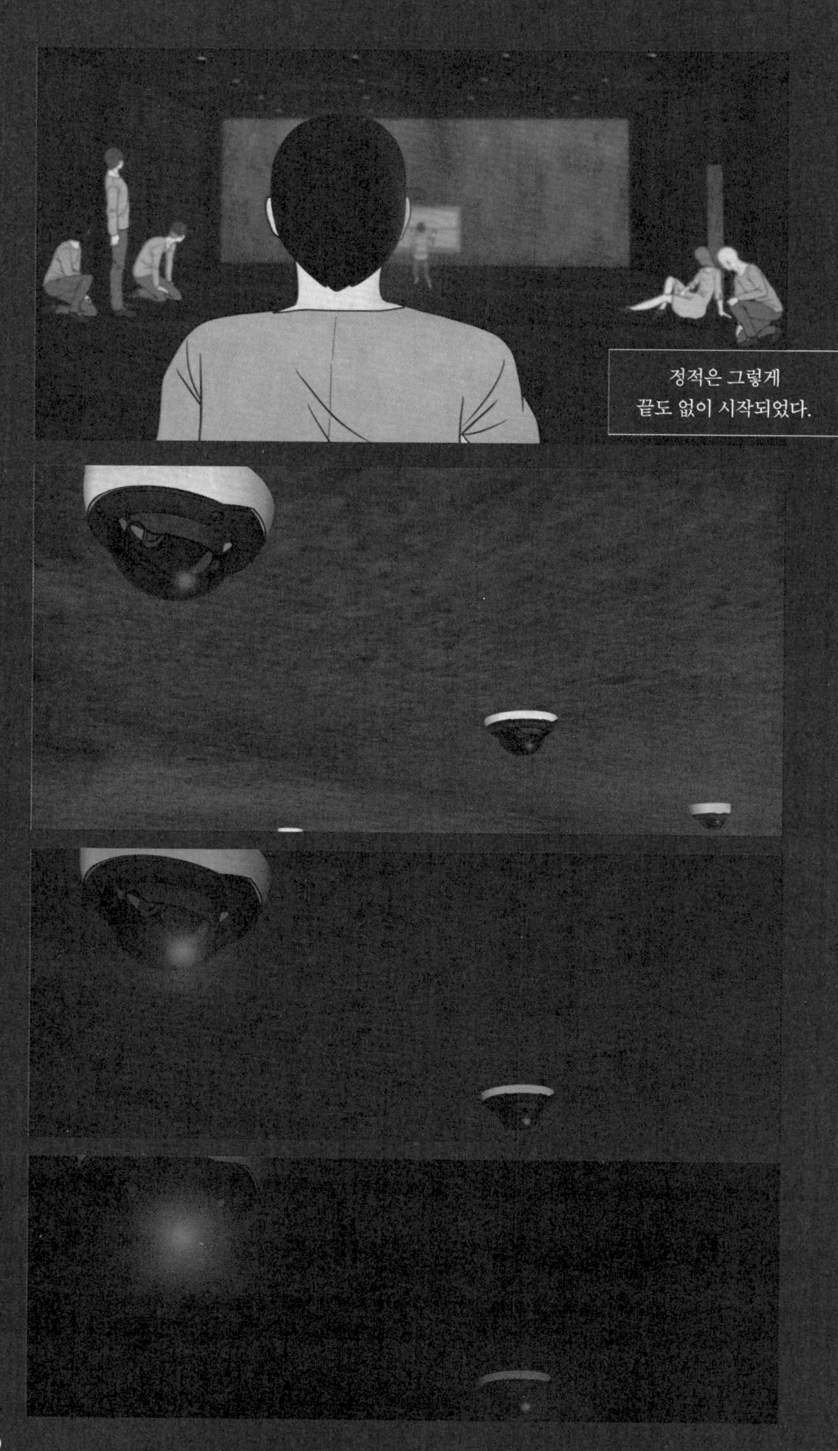
정적은 그렇게
끝도 없이 시작되었다.

불안과 긴장이 밀물 썰물 교차해 서 있을 수도 앉아 있을 수도 누워 있을 수도 없다.

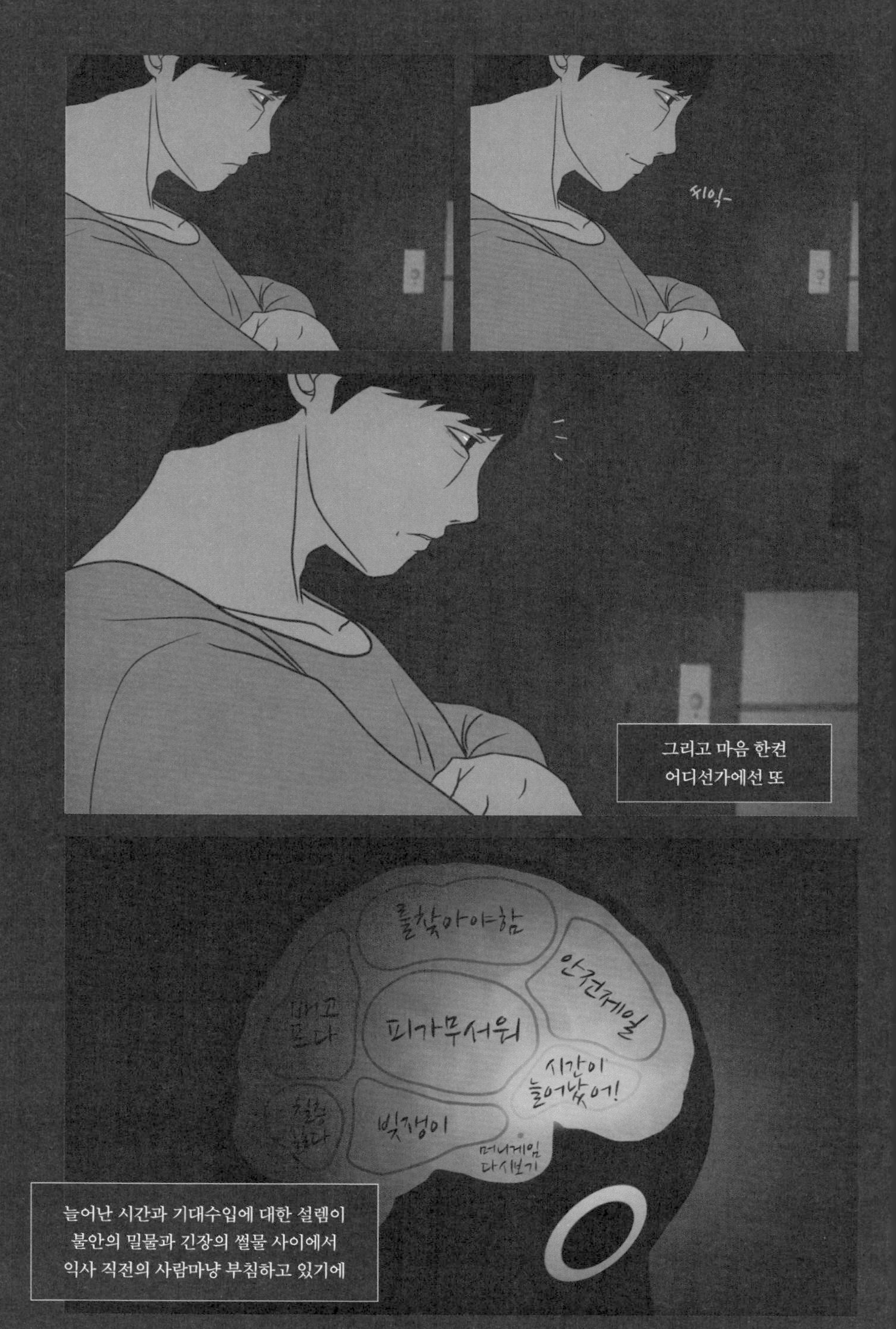

쉬익-
그리고 마음 한켠
어디선가에선 또
롤찾아야함
안건제일
피가무서워
시간이 늘어났어!
빚쟁이
머니게임 다시보기
늘어난 시간과 기대수입에 대한 설렘이
불안의 밀물과 긴장의 썰물 사이에서
익사 직전의 사람마냥 부침하고 있기에

50시간 연장이니까

축하합니다.
600만 원 더 벌었네요!

갈피 잡히지 않는 마음은
혼란을 넘어 거의 착란상태.

하지만 이 일말의 기대가
마냥 허튼 것만은 아닌 게

다들 무슨 생각 하시는지
압니다. 하지만 아직
단정해선 안 됩니다!

잊으면 안 됩니다. 노동이
시간 연장의 방법이라
착각해 날린 시간들을!

그러니 이 연관성 또한
착각일지도 모릅니다.
그러니까!
단정지어선 안 됩니다.
우리가 보지 못한 부분이
아직 있을지도 모릅니다.
나 또한 6층의 말에 전적으로 동의한다.
지금까지의 경험으로 미루어 보아
아직은 결론 내릴 단계가 아니다.

……곧 자정이니까
오늘은 이만 해산하죠.
어쩌면 이게 진짜
마지막 기회일지 모릅니다.
그러니 여러분들 모두……
부디 고민해주시기 바랍니다.

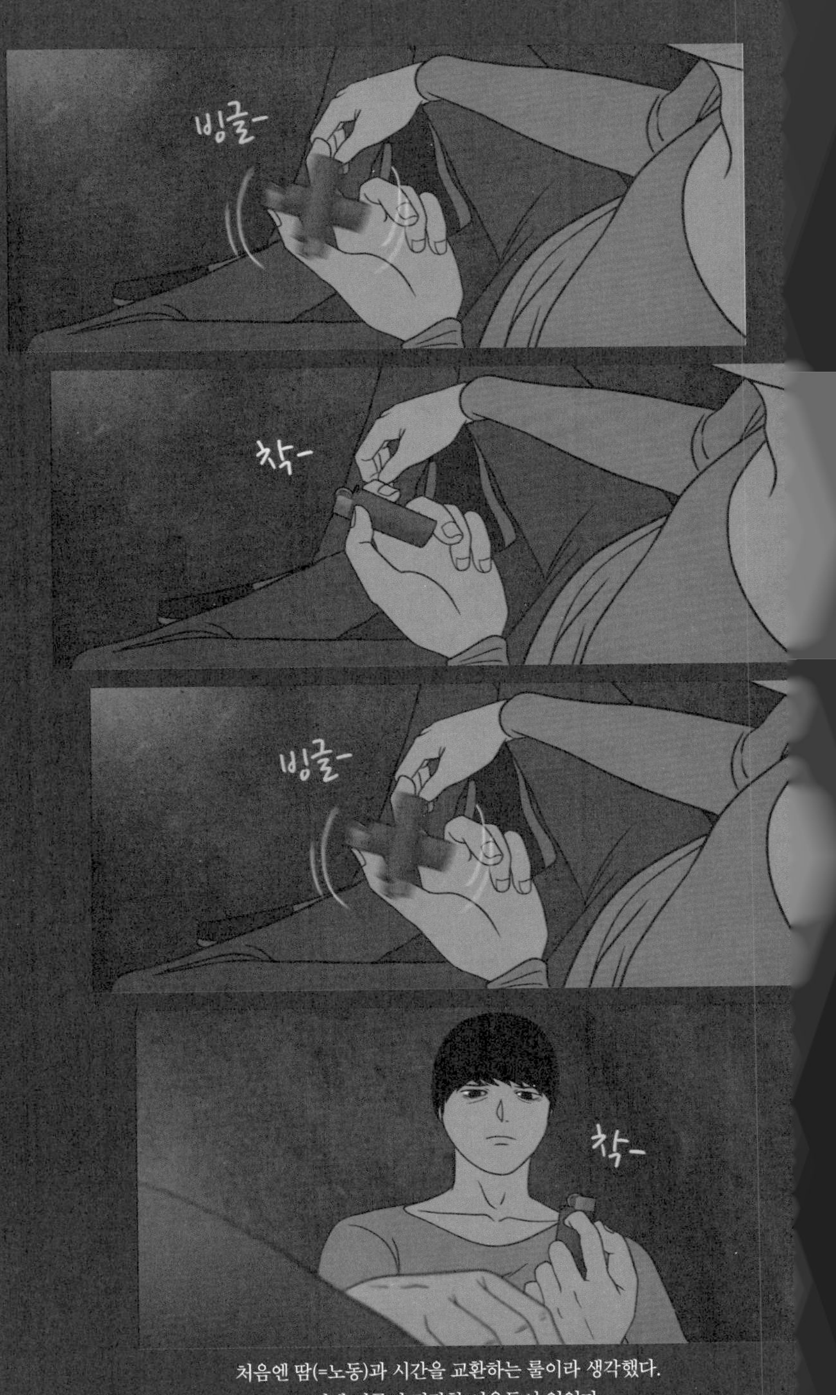


처음엔 땀(=노동)과 시간을 교환하는 룰이라 생각했다.
그렇게 미루어 짐작할 이유들이 있었다.

땀.
TIME ▲

"맞음! 노동으로 시간 버는 거임!"

아니었다. 땀으로 시간을
연장하는 게 룰이라면
이후가 설명되지 않는다.

TIME▼

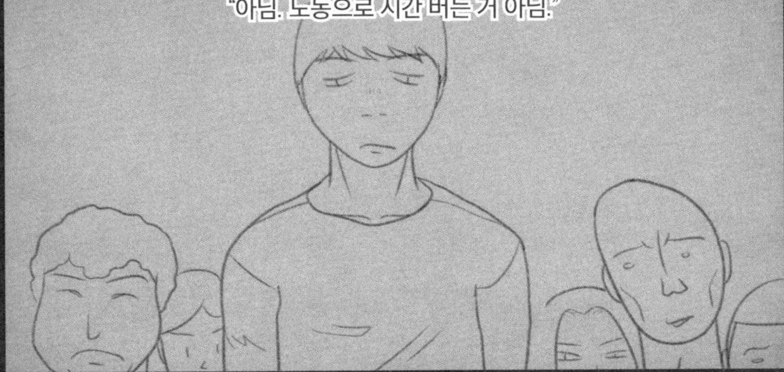

로 시간을 교환한다는 의혹
역시 위와 반대의 사유로
은 결론에 도달할 수 있다.

TIME▲▲▲▲

"맞음!!!! 피로 시간…………"

아니다.

잘못 유추된 인과의 반복일 뿐이다.
피를 흘리지 않았을 때도 시간은 늘어났기 때문에 이 또한 들어맞지 않는다.

시X 강 룰북에 적어
놓음 될 걸 가지고…
뭔 재미를
보겠다고 이렇게…
헷갈리게 만들…
어놨….
똑똑똑-
똑똑똑똑-
3층 님.
주무십니까?
아 새벽에
매너없게.
뭡니까
이 시간에?
안녕하세요 3층 님!
급히 알려드릴 게 있어서
이 시간에 왔습니다.

생명 연장… 아니,
시간 연장의 비밀이
드디어 밝혀졌습니다.
네? 진짜요??
그럼 어서 말해줘요
그 신비한 비밀……
푹-
어?
네. 역시 피더라구요.
3층 님 대량의 피로 시간을
대량 벌겠습니다.

야.

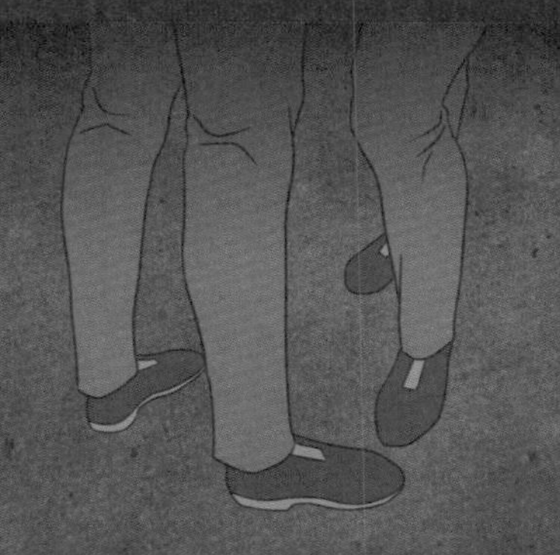

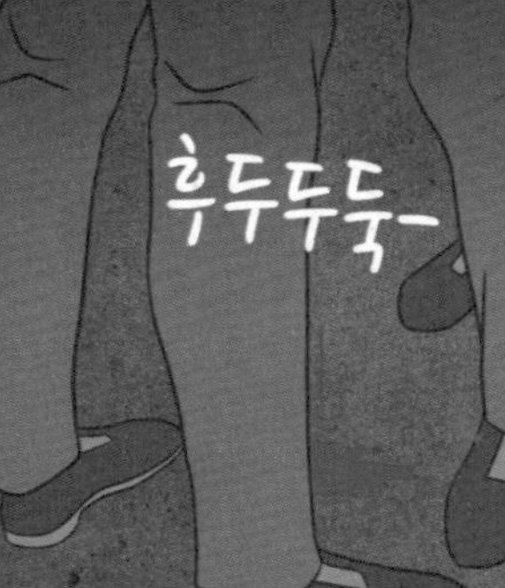
후두두둑-

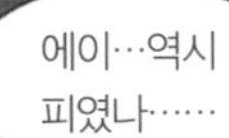

에이…역시
피였나……

으히익끄!

쿵-

78,670,000

장-

크ㅇㅇㅇㅇ……

까무룩 잠들어버렸다. 잘 굴러가지도 않는 대가리를
하루종일 굴려대느라 MP가 오링(all-in)난 것 같다.

아으…
머리……

……

ㅅㅂ……
재밌음?
이 게임에서도
이전 게임에서도
몇 번이나 반복해 던졌던 질문.
먹고 자고 싸고
이딴 거 구경하는 게…
재밌나?
재밌어?! 사람들이
망가져 가는 걸 보는 게
재밌냐고!
니들은 재밌겠지!
안전한 데 숨어서 서로
때리고 차고 쑤시는 거
구경하면!!!!!

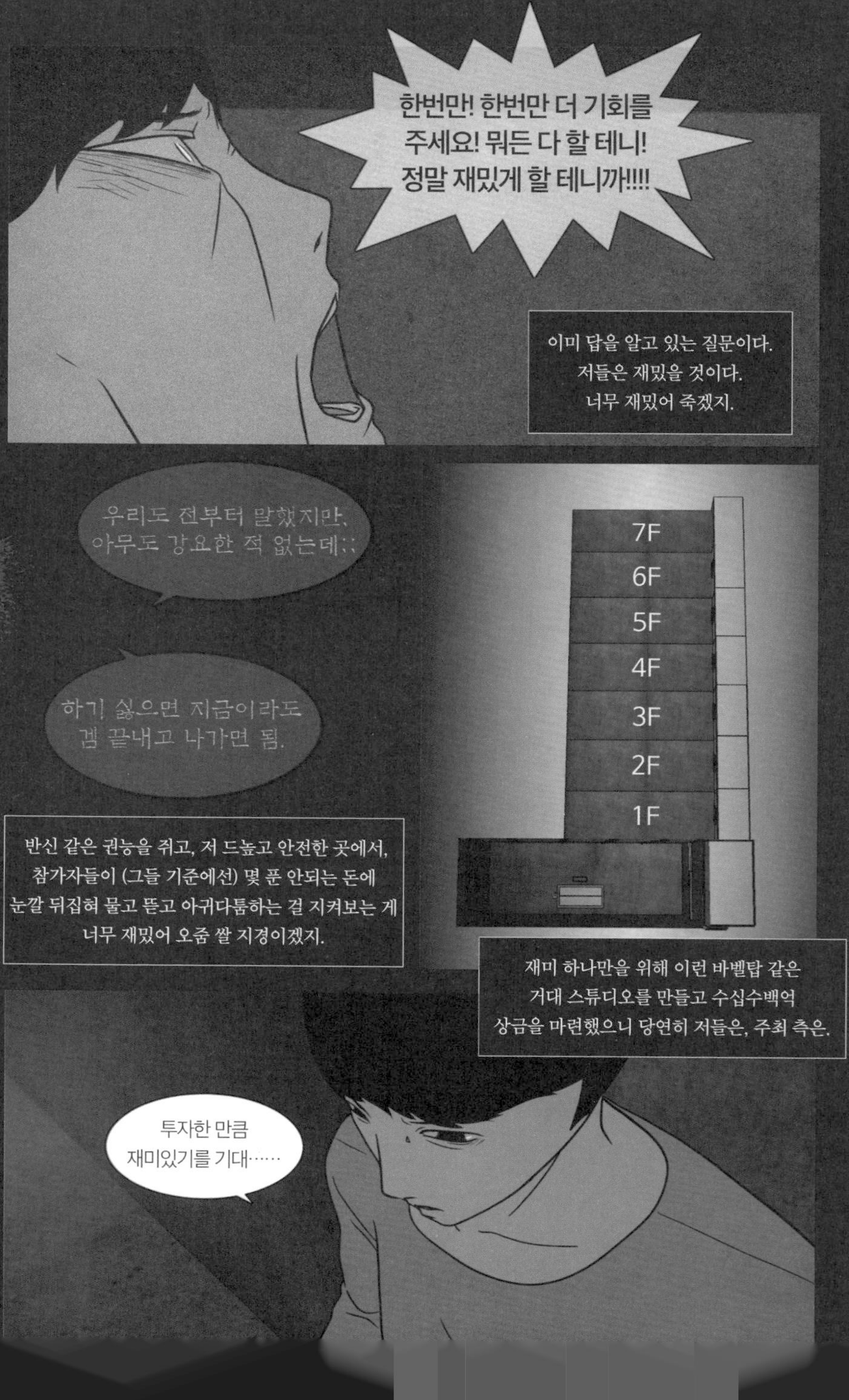

한번만! 한번만 더 기회를
주세요! 뭐든 다 할 테니!
정말 재밌게 할 테니까!!!!

이미 답을 알고 있는 질문이다.
저들은 재밌을 것이다.
너무 재밌어 죽겠지.

우리도 전부터 말했지만,
아무도 강요한 적 없는데;;

하기 싫으면 지금이라도
겜 끝내고 나가면 됨.

7F
6F
5F
4F
3F
2F
1F

반신 같은 권능을 쥐고, 저 드높고 안전한 곳에서,
참가자들이 (그들 기준에선) 몇 푼 안되는 돈에
눈깔 뒤집혀 물고 뜯고 아귀다툼하는 걸 지켜보는 게
너무 재밌어 오줌 쌀 지경이겠지.

재미 하나만을 위해 이런 바벨탑 같은
거대 스튜디오를 만들고 수십수백억
상금을 마련했으니 당연히 저들은, 주최 측은.

투자한 만큼
재미있기를 기대……

어.
그리고 마침내
'그' 단어를
내 입으로 입 밖으로 내뱉은 순간
어………
불현듯 깨달았다.
깨닫는 순간, 모든 게 이해되었다.
이해된 순간, 모든 게 명료해졌다.
이 게임의 진짜 룰이
무엇인지.

78,680,000

왜…눈치채지
못했지……

처음부터… 게임
시작 첫날부터……

모든 사인들이

한 곳만을 가리키고
있었는데……

게임이 계속될 수 있게 하는 룰은.
주최 측의 시간을 받아낼 수 있는 절대 룰은.

재미

당신들이 우리에게 재미를 준다면.

우리는 당신들에게 돈을 주겠습니다.

우린 여태껏 이 간결하고 명료한
바람을 눈치채지 못한 채

본질을 감싼 포장지의 어지러운 겉무늬에만 눈이 팔려
거듭 헛다리만 되짚었다.

과거의 일들을 플래시백 한다. 인과의 조각들이 하나둘 짝을 맞춰 나간다.

아무것도 안했는데
왜 시간이 늘어나 있지?

32:47

땀…즉, 노동력으로 시간을
사는 게 아닐까요?

아니었잖아!
왜 모르면서 입을 놀려!

이대로 끝낼 거면
차라리 죽여!!!

이 모든 것들이……

모든 짓거리들이 다.
헛짓거리였을 뿐.
이 게임은, 이 공간은,
예전에도 또 지금도

생방송 〈파이게임〉에 참가해
주셔서 진심으로 감사드립니다.

24시간 라이브로 돌아가는
컨텐츠 생성 스튜디오.

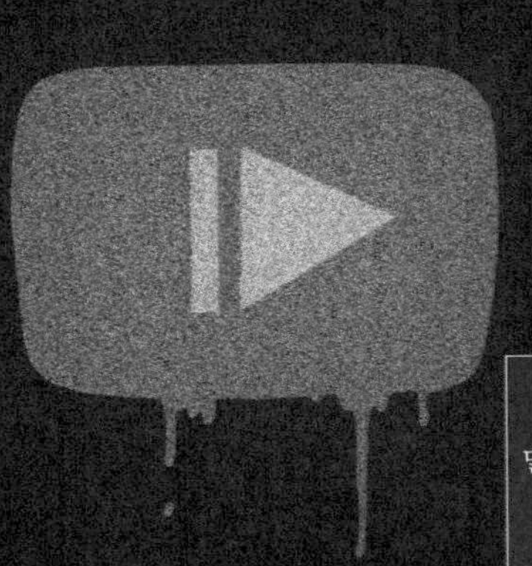

재미만 있다면 말도 안 되는,
말문 막히는 규모의 도네를 쏴주는,
라이브 쇼.

도네 감사합니다 행님들!
바로 리액션 들어갑니다!!

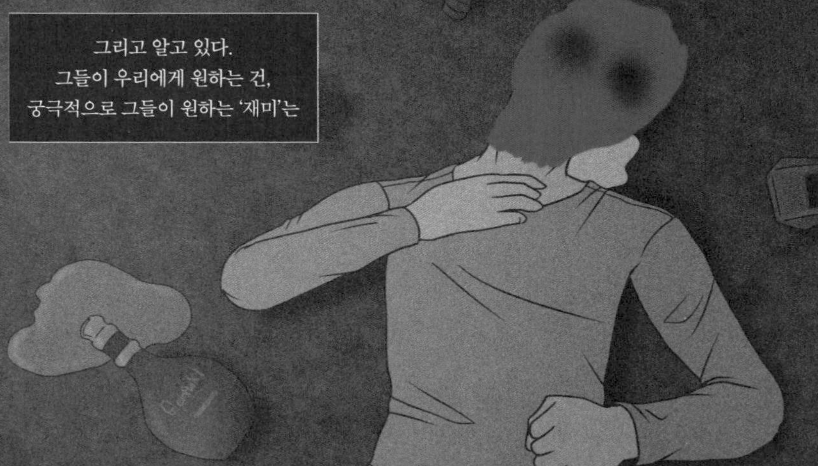
그리고 알고 있다.
그들이 우리에게 원하는 건,
궁극적으로 그들이 원하는 '재미'는

말했듯, 일반인의 그것과는
종류도 역치도 다르다는 것을.
리액션 들어갑니다!!
시간을 주세요!

리액션 들어갑니다!!
돈을 주세요!
리액션 들어갑니다!!
미래를 주세요오오옷!
그들이 추구하는 재미는
인간이라면 할 수도, 해서도 안 될
'그 어떤 것'이라는 것을.
우리는 모두
알고 있다.

# 파이게임
# PIE GAME

## #12

"당분간은 비밀로 합시다"

저 역시 3층 님과 같은 생각입니다.
6F
197,125,000
시간. 즉 상금은 즐거움을 제공하는 대가로 주어진다.
이 결론에 맞춰 복기 해보니 그간의 의문들이 모두 해소되더군요.
가설에 대한 확신이 필요했기에 우리중 가장 똑똑한 6층을 찾아갔다.
예상은 틀리지 않았다. 그도 이미 나와 같은 결론에 도달해 있었다.
룰에 대한 갈피를 잃은 건 첫날부터였죠. '아무것도' 하지 않았는데 시간이 늘어났다고 착각했으니.

197,125,000
네. 하지만 아니었죠. 우리는 기획자들…아, 죄송합니다.
주최 측에게 분명 무언가를 주었고, 그 대가로 시간을 내려받은 것이었습니다.

우리가 주최 측에게 준건 '기대감'이었다. 곧 쇼가 시작된다는,
곧 축제가 벌어질 거라는, 두근두근 기대감으로 그들은 도네를 했던 것.

32:47
응? 왜 시간이 늘어나 있지??
그리고 그 후 며칠에 걸쳐 시간이 추가됐던 이유 역시

83:29
시작한 지 한참 지났는데도 시간 계속 늘어나네요.

시간만 문제없이 늘어나 주면……
다들 부자되는 건 시간문제 아닙니까?!

…안 터지네요.
펀치라인 오졌는데.

닥쳐올 미래에 대해 감도 못 잡은 채
실실거리는 멍청이들을 내려다보는 즐거움.
초반 며칠간 하사된 시간은 그에 대한 대가였다.

하지만 기대감만으로 보상을 내리는 건 한계가 있었죠. 본격적인 '즐거움'을 제공하지 못한다면 우리에게 돈을 줄 더이상의 이유는 없으니.

네. 동의합니다. 실제로 그 즈음 시간 추가 속도가 현저히 느려졌죠, 그래서 우리는……

노동으로 시간을 벌 수 있는 게 아닐까요?

라고 착각해

이런.

이딴.

헛짓거리를 거듭했고

가짜뉴스에 휘둘려 밑도 끝도 없이 병X짓거릴 거듭하는 꼴이 만족스러워 게임 시간을 좀 더 연장해준 것뿐.

같은 맥락으로. 피와 시간 추가의 인과 역시……

네, 웃겼겠죠. 다들 놀라 얼어 붙었으니. 저들 입장에선 시트콤 구경하는 기분 아니었을까요.

54:17

그 회상과 대화를 끝으로

긴 정적이 흘렀다.
각자 생각에 잠겼다.

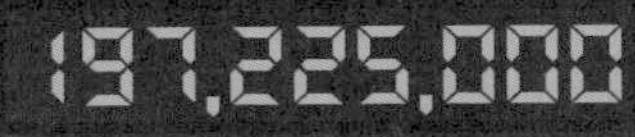


서로가 무슨 생각에 잠겨 있는지는
이미 서로 알고 있다.

핏빛 해프닝으로 시간이 늘어난 건
어쨌든 다행스런 일이지만 여기 담긴
그들의 메시지는 분명하단 것.

아. 피 흘리는
거에 빵터졌네.

웃겨서 시간 많이
추가드렸어요!

노골적인 시간의 대량 추가는
원하는 방향성에 대해 주최 측이 보낸.
노골적인 사인.

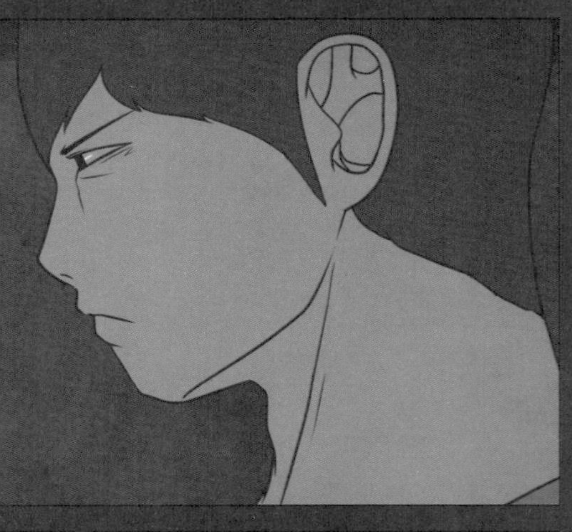

3층 님. 제안 하나
드려도 괜찮을까요?

아, 네.
말씀하세요.
말씀드리기 전에,
부탁 먼저 하겠습니다.
지금 드리는 이 제안,
당분간 우리 둘만 알고
있었으면 합니다.

즐거움.

이라구요?

네, 저들에게 즐거움을
제공할 때 시간은 늘어납니다.

룰은 게임 시작부터 지금까지
변한 적 없습니다. 다만 우리가
알아채지 못했을 뿐.

6층의 브리핑을

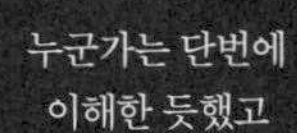

누군가는 그럭저럭 이해한 듯했고
예?
또 누군가는 그닥 이해하지 못한것 같지만
그러니, 여러분들께 부탁드리고 싶은 건.
42:20
이해 여부는 상관 없다. 그의 말에 수긍하고 따라만 와주면 된다. 그런 계획이다.
모두, 각자의 컨텐츠를 개발해 주세요.
저들에게 즐거움. 즉 '웃음'을 줄 수 있는 컨텐츠를!

컨텐츠가
뭐예여?
교란의 키워드는
'웃음'

6층의 계획은 이러했다.

저도, 그리고
3층 님 또한

"주최 측이 최종적으로 원하는 모습이
어떤 건지는 알고 있을 거라 생각합니다.
이전 게임에서 경험한바 있으니까요."

"빠르든 늦든, 이 게임은 가학과 잔혹함을
제공하도록 강요받을 것입니다.
그렇게 하도록 설계된 게임입니다."

"핵심은 '빠르든 늦든' 입니다. 분명 최종 국면은 정해져 있을지 몰라도, 거기 도달하는 시간은 늦을수록 좋으니까요."

"물론 제 말을 모든 참가자가 믿으리라곤 생각하지 않습니다. 하지만 진실을 눈치챘다 해도, 제 의도를 이해한다면 동조해줄 것입니다.

"그렇다. 단 며칠 파국의 시침을 붙잡아놓는 것 만으로도 수천의 상금을 획득할 수 있으니."

"앗. 헛소리해서 죄송합니다! 맘속으로 한다는 걸 그만 입 밖으로……"

그러니, 제가 드리고 싶은 제안은.

진실을 전하되, 뉘앙스만 바꾸자고 했다. 여러 수많은 즐거움의 카테고리 중 '웃음'을 강조하자 했다.

아, 그렇게 하면……
근시안적 해법이지만 당장으로선 묘안.
이 방법이 먹힌다면 참가자들 간 충돌을 늦출 수 있다.
이렇게 번 시간은 짧게는 상금이 되고
길게는 다음 스텝을 고민할 여유가 되어줄 것이다.

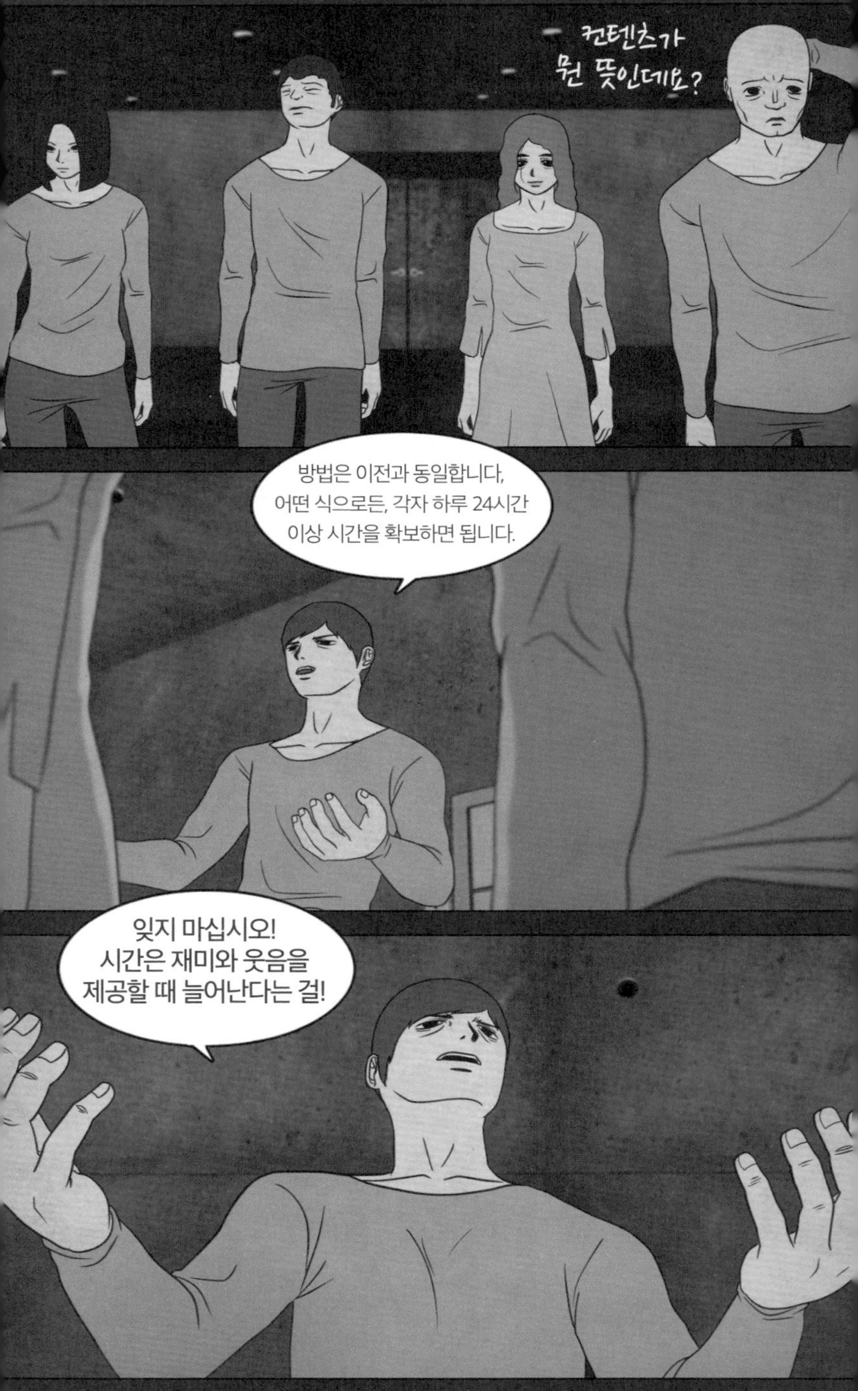

컨텐츠가 뭔 뜻인데요?

방법은 이전과 동일합니다, 어떤 식으로든, 각자 하루 24시간 이상 시간을 확보하면 됩니다.

잊지 마십시오! 시간은 재미와 웃음을 제공할 때 늘어난다는 걸!

다시 순번이 정해졌다. 이번엔 노동이 아닌 즐거움 제공을 목표로

day 1
day 2
day 3
day 4
day 5
day 6
day 7
'Player got talent' 쇼의
대망의 첫 참가자는.
어떻게든 먹고살 거리 찾느라 연습했던 건데… 이런 데서 쓰이게 될 줄은 몰랐네요.
간단한 마술을 준비 했습니다. 미숙하지만 잘 부탁드릴게요.
1층의 재주는 마술. 의외의 재주이자 어울리기도 하는.
트럼ㅍ 왕국에(미국 아님ㅎ) 하트퀸과 크로버2가 살고 있었습니다.
크로버2는 하트퀸을 사랑했지만, 신분의 차이 때문에 그저 주변을 맴돌며 바라만 볼 수밖에 없었죠.

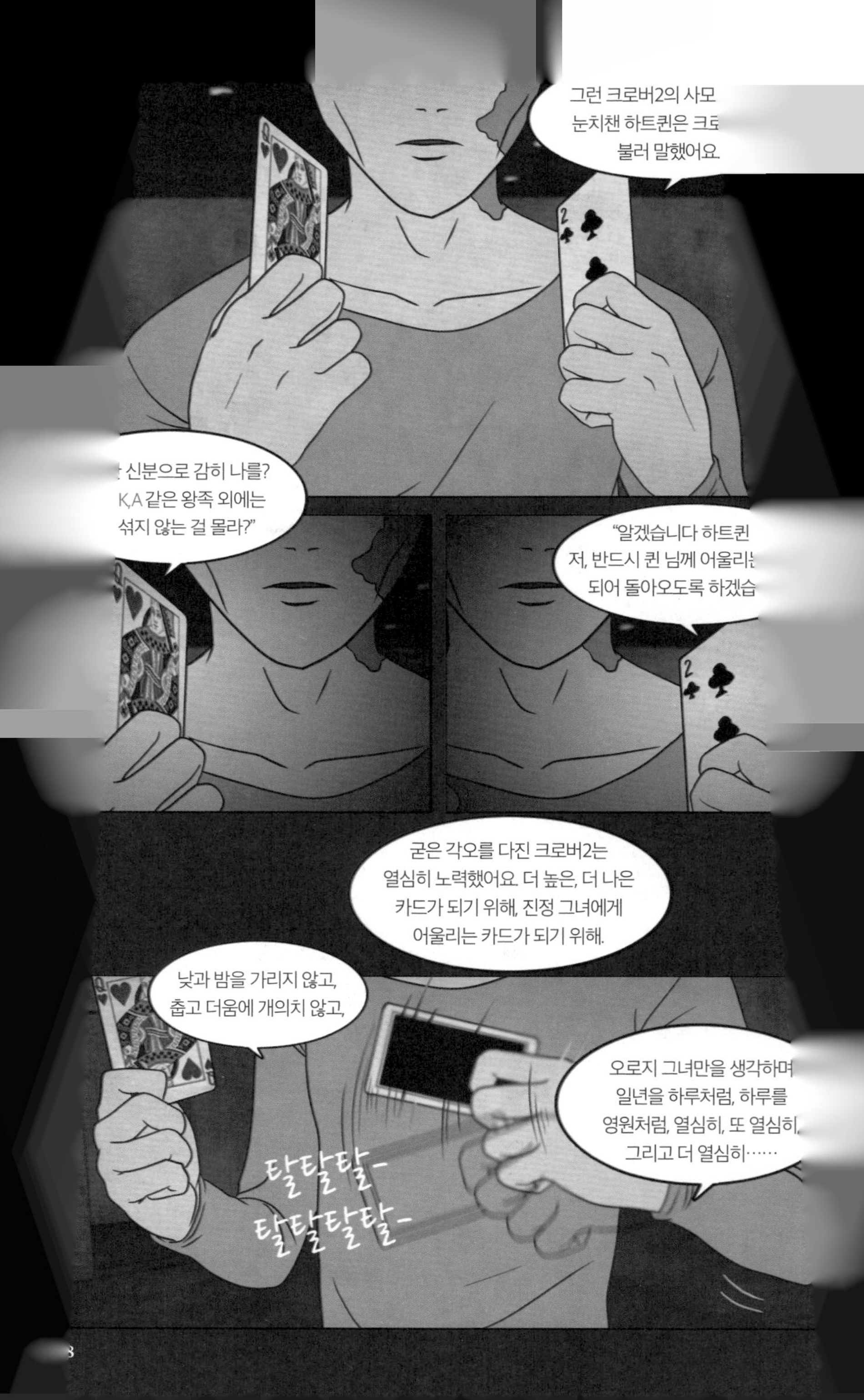

그런 크로버2의 사모
눈치챈 하트퀸은 크로
불러 말했어요.
신분으로 감히 나를?
K,A 같은 왕족 외에는
섞지 않는 걸 몰라?"
"알겠습니다 하트퀸
저, 반드시 퀸 님께 어울리
되어 돌아오도록 하겠습
굳은 각오를 다진 크로버2는
열심히 노력했어요. 더 높은, 더 나은
카드가 되기 위해, 진정 그녀에게
어울리는 카드가 되기 위해.
낮과 밤을 가리지 않고,
춥고 더움에 개의치 않고,
오로지 그녀만을 생각하며
일년을 하루처럼, 하루를
영원처럼, 열심히, 또 열심히,
그리고 더 열심히……
탈탈탈-
탈탈탈탈탈-

저러다 짠 하고 크로버 2가
크로버 잭이나 킹 같은 걸로 바뀌겠지.
예측 가능하지만 훌륭한 재주 인정.
탈탈탈탈-
탈탈탈탈탈-
탈탈탈탈-

그렇게 열열열열
심심심심심히!
탈탈탈탈탈딸탈탈-
노력한 결과……

슬프게도, 바뀐건
아무것도 없었습니다.
노력만으로 하층민이
상류층이 될 수 없단 건 누구나
아는 현실이니까요.

뭰?!
뭐야. 저게 끝이라고?
허무개그 같은 건가?
아니면 다큐멘터리?
대체 의도가 뭐……

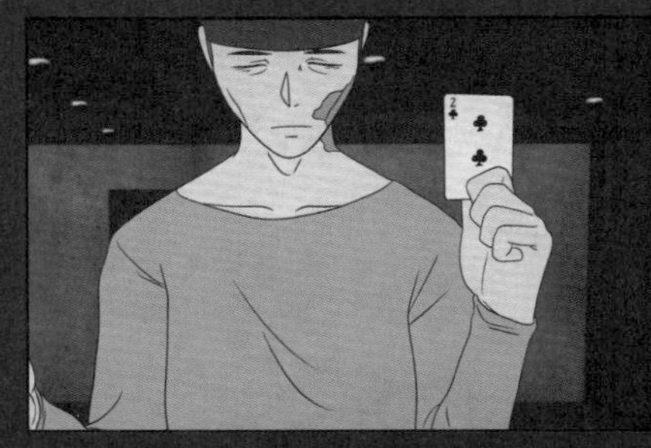

뭬에에에에에엥?!
언제?????

크로버2의 노력에 감동한 하트퀸은 본인의 신분을 버리고 하트2가 되어 둘은 행복하게 잘 살았다는 동화 같은 이야기로 이 이야긴 끝입니다.

우왓! 쩔어!!!
뭐야? 언제? 분명 하트퀸은 계속 가만히 들고만 있었는데? 뭐야! 시X! 개쩔잖아!

우오오오오오~~!!
짝짝짝짝짝–
1F magic show를
( 본식에 앞서 에피타이저 먹는 기분으로 )
재밌게 즐긴 건 우리 뿐만이 아니었다.

41:38
삐빅–

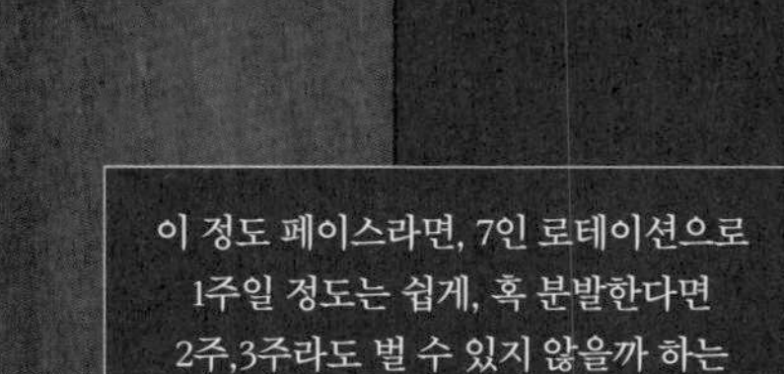
삐리립–
49:38
이 정도 페이스라면, 7인 로테이션으로
1주일 정도는 쉽게, 혹 분발한다면
2주,3주라도 벌 수 있지 않을까 하는
기대가 차올랐다.

〈 3층 〉
1주일 수익 = 20,160,000
2주일 수익 = 40,320,000
3주일 수익 = 60,480,000
재밌으셨다니 다행입니다.
보여드릴 게 더 많이 남았으니
기대해주세요.

다음날. 2층이 선보인 개인기는

콰작

히익
트라우마_

어쩐지. 그래.
기억났다. 그래.

정권지르기 폼이 예사롭지 않았다.
보통 쿨민트가 아니었다.
파워 쿨민트였다.

적벽돌 세 장
손날깨기였습니다.

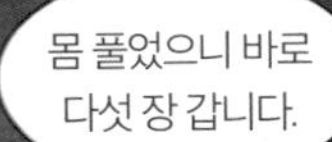
몸 풀었으니 바로
다섯 장 갑니다.

윗분들, 생각했던 것 보다도 더 관대하군요.

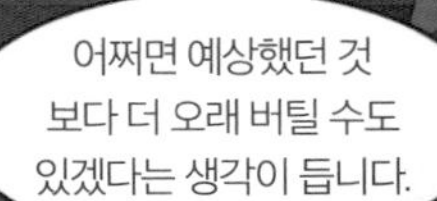

어쩌면 예상했던 것 보다 더 오래 버틸 수도 있겠다는 생각이 듭니다.

〈6층〉

1주일 수익 = 50,400,000

2주일 수익 = 100,800,000

3주일 수익 = 151,200,000

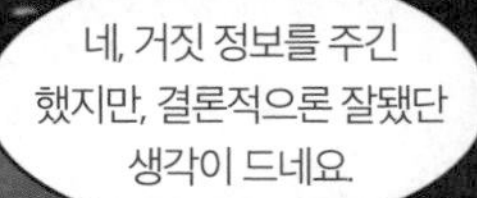

네, 거짓 정보를 주긴 했지만, 결론적으로 잘됐단 생각이 드네요.

…저는 진실을 다른 방향으로 해석해줬을 뿐이라 생각합니다. 우리 모두를 위해.
그의 대사에, 조금 위화감이 들었다. 실은 한참 전부터 느끼고 있던 감정이었다.

처음엔 내 순번이 다가오는 데 대한 압박감 때문이라 생각했다.

하 미치겠네. 개인기 1도 없는데 뭐 해야 하지?

환상의 똥꼬쇼 밖에 답이 없나?

하지만 그 때문만은 아니었다. 그보다 더 근원적인 위화감이 분명, 마음 한켠에 있었다.

충격! 시간연장 비결은
웃음^^에 있었다?!
TIME
구독과 좋아요 눌러주세요!

혹은 우리가 퍼트린
가짜뉴스 때문일까 고민했다.
착한 거짓말이라 주장하기엔,
본인의 이익과 직결된 거짓말에
'착하다'란 수식을 붙이는 건 기만일 뿐이니.

하지만 이 또한, 일부 맞지만 전부는 아니었다. 분명 더 근본적인 무언가가 있다.
마음 한켠에 기름찌꺼기처럼 끈덕지게 달라붙어 있는
뭔가 음습하고…… 불길한……

빠각-
아 시x…
실수했어……

어.
2층 님!
괜찮아요? 손 봐요! 손!
괜찮으세요?!
으어…
아프다……
벌써 부상자가……
이러면 계획에
차질이 생기겠군요.
그리고 마침내 그의 한마디로,
마음속 깊은 곳 자리 잡고 있던
위화감의 정체를 확인할 수 있었다.

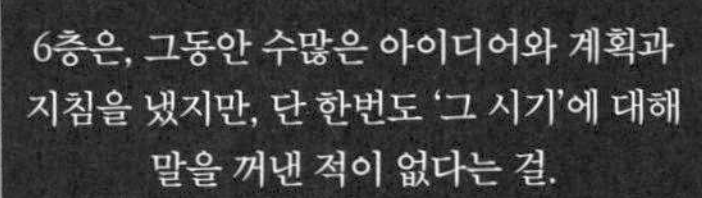
6층은, 그동안 수많은 아이디어와 계획과
지침을 냈지만, 단 한번도 '그 시기'에 대해
말을 꺼낸 적이 없다는 걸.

이 게임의 말로는 가학과 잔혹을 제공하는
모양새가 될 것이라 본인 입으로 말했지만,
그럼에도 '그 시기'를 언급한 적 없다는 걸.

그는

단 한 번도

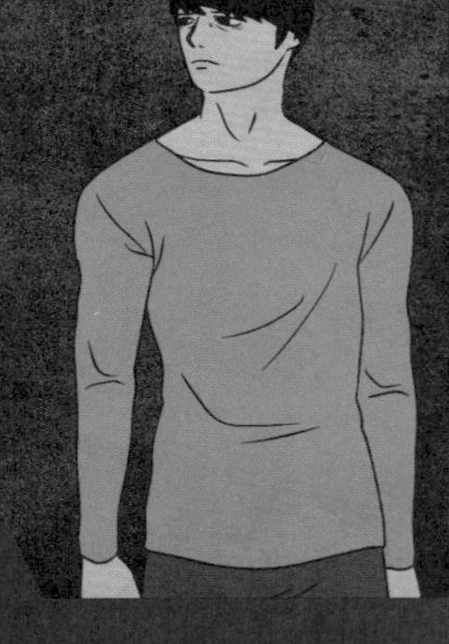

게임 종료 시점에 대한 이야기를
꺼낸 적 없다는 걸 비로소

깨달았다.

# 파이게임
# PIE GAME

## #13

"어떤 개인가"

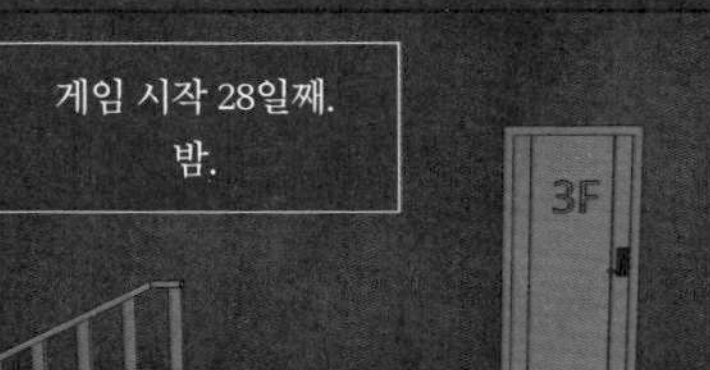
게임 시작 28일째.
밤.
3F

83,370,000

처음엔 이 룰이
너무도 든든했다.

나를 지켜줄 단단한
안전장치라 생각했다.
서로 해하지 않을
강력한 유인이라 생각했다.

참가자가 사망하였을 경우
게임은 종료됩니다.

하지만 거꾸로 보자면 이 룰은
강제 종료의 버튼으로 활용될 수 있단 말과 동일.

결국 이렇게 될 줄
알았어… 여긴…
여기는 도살장이야……

서로를 도축하라고
부추기는… 멱이 따여야
비로소 끝나는……

그럼…
어쩔 수 없이……

내가 당하기 전에…
누, 누군가를……

이 루트가 상징할 수 있는 최악의 루트.
이자 주최 측이 고대하는 최상의 루트.

그러니까…

그러니 이를 방지하기 위해서는,
미리 정해놓아야 한다.
적정 종료 시점을
논하고 합의해야 한다.

기준점인 4층 님의 상금이
10억에 도달했을 때 잔여 시간을 소진,
게임을 강제종료 하겠습니다.
이견은 받지 않습니다!
이것만이 모두가 무사
귀환할 유일한 방법입니다!
상정할 수 있는 가장 현명한 퇴장.
이자 주최 측이 가장 실망할 작별.
인 걸 내가
안다는 건……
6층도 당연히 알고 있을 것이다.
그 똑똑한 사람이 이를
놓치고 있을 리 만무하다.
게임 종료 시점은
언제가 좋겠냐구요?
글쎄요……

적절한 시점에 아무나
한 마리 도축할까요?
아니, 아직은……
그래. 아직은 아니다.
속내를 모른다 해서
속단할 수 있다는 말은 아니다.

꽈악-

우리중 그 누구에 대해서도 속단도
단정도 할 필요 없다. 전 게임에서 배운
교훈 하나만 기억하면 된다.

사람은, 다른 사람에게,
자신의 껍데기 외에는 아무것도
보여주지 않는다는 것을.

그러니 이 게임에서 내가 믿어야 할 건,
믿을 수 있는 건,
오직 숫자뿐.

다음 날.
딱- 딱-
딱- 딱-

어젯밤 나의 불안과 초조는
더 큰 불안과 초조로 대체되었다.

딱딱딱-

딱따닥딱-

안녕하세요 나는 host다. 너희들의
작은 show에 money를 주는 걸 항상
감사하십시오.

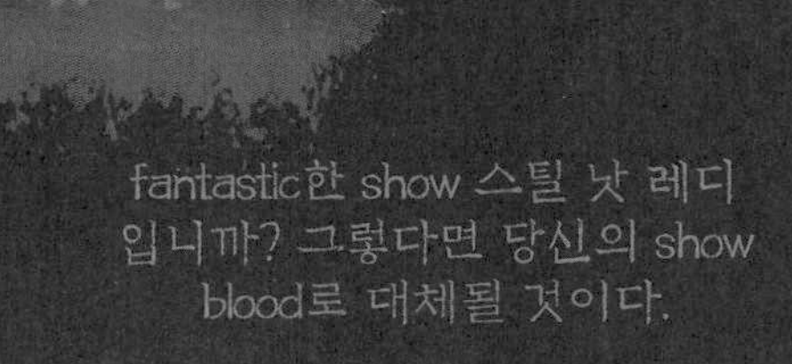
fantastic한 show 스틸 낫 레디
입니까? 그렇다면 당신의 show
blood로 대체될 것이다.

and I also 파이 좋아.

어제의 불안은 아직 오지 않은 미래에 대한
선제적 걱정. 하지만 오늘의 이 불안은.
곧. 바로. 들이닥칠.
딱딱딱딱-
딱딱딱딱딱-

나갈것 같아. 정신 나갈것 같아. 정신 나갈것 같아. 정신 나갈것 같
나갈것 같아 정신 나갈것 같아 정신 나갈것 같아 정신 나갈것 같
나갈것 같아. 정신 나갈것 같아. 정신 나갈것 같아. 정신 나갈것 같
나갈것 같아 정신 나갈것 같아 아 나 갈것 같아. 정신 나갈것 같
나갈것 같아. 정신 나갈것 같아. 정신 나갈것 같아. 정신 나갈것 같아

학급 발표회 직전의 오줌 쌀 것만 같은 긴장

100m 달리기 출발선에 섰을 때의
똥 쌀 것만 같은 긴장.

겪어본 그 어떤 긴장보다 더욱 압도적으로 긴장되는 이유는,
발표회나 달리기는 망쳤다 해도 망신 좀 당하는 정도의 패널티가 있을 뿐이지만

하루 평균 530만원

아니다. 오늘은. 내 손에 우리의 24시간,
수백 수천만 원의 상금이 달려 있다.
하지만, 아니다. 나는.

Cafe Eden
누구인가?
지금 누가 기침
소리를 내었쉬?
짐이 지금 관심법을 하고 있는데
어찌 기침을 할 수 있느냐?!

금부장은 저놈을 똥막대기로
찔러 죽여라아아~~~

아하하하. 오빠,
너무 웃겨.
아하하하하하
아니다 나는.
개인기도 재주도
예능감도 없는 사람이다.
아하하하하하
나서지 않는 삶,
군중 가운데 숨는 삶이
내 평생의 모토였고
가만
신변안전의 비결이었다.
그런 내게 개인기나 예능감은
필요 없는 능력이었다.

게임 초반에 3번 카드를
뽑은 이유도 똑같은 이유.

아마 가운데 번호인 4층이 남아 있었다면
당연히 그 카드를 뽑았을 것이다. 그저,
가운데가 안전무난해 보인다는 이유 하나로.

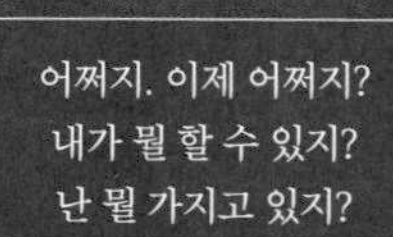

어쩌지. 이제 어쩌지?
내가 뭘 할 수 있지?
난 뭘 가지고 있지?

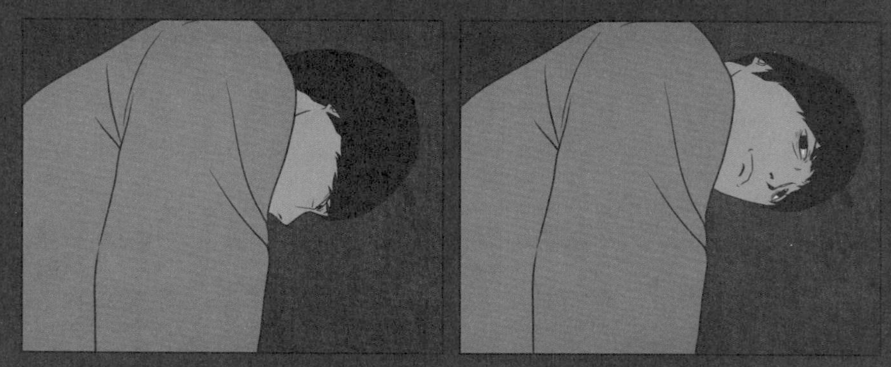

저거라도 마셔야 하나? 또?
그럼 웃기다며 시간 추가해 주려나?
진짜
이 방법밖에 없나?

안녕하세요!!
4층 거주민 입니다!
오늘은 제가 주최 측 님들께 즐거움을
선사해 드리려 이 자리에 섰습니다.
크나큰 영광이 아닐수 없습니다!
벌써 설레고 두근거리네요!
네? 오늘 3층 님 순서인데
왜 제가 먼저 튀어나왔냐구요?
아! 3층 님이 우리에게 순서 좀
미뤄달라 부탁하시더라구!

까짓 거! 안 될 거 없죠! 더 오래 준비한 만큼
더 완성도 있는 쇼를 준비해 오실 테니!
기대하셔도 좋지 않을까 합니다!

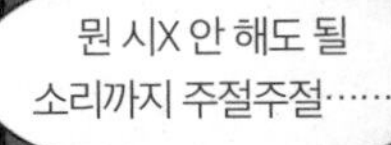
뭔 시X 안 해도 될
소리까지 주절주절……

그의 말대로, 마지막 순번으로 서게 해달라 부탁했다.
첫 번째 이유는 당연히, 당장 준비된 재주도 개그도 없기 때문이고

두 번째 이유는

이 쇼는 지금 선보이기엔
너무 가학적이기 때문.



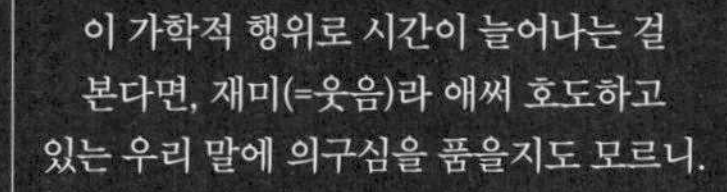

이 가학적 행위로 시간이 늘어나는 걸
본다면, 재미(=웃음)라 애써 호도하고
있는 우리 말에 의구심을 품을지도 모르니.

오늘 제가 선보일 쇼는,
스탠딩 코미디입니다!
기대하셔도 좋다구요?
저 이래봬도 (자칭)개그맨/MC
기대주였거든요!
그리고 아무에게도 말하지 않았지만
최후의 카드 하나를 더 준비해놓긴 했.
지만……
이 카드는 분명, 7일마다 돌아오는
쇼 지옥의 면죄부를 받아낼 수 있는 카드.
지만……….
시X……
이 방법을 쓰긴 죽을 만큼 싫다.
아니, 죽기보다 싫다.

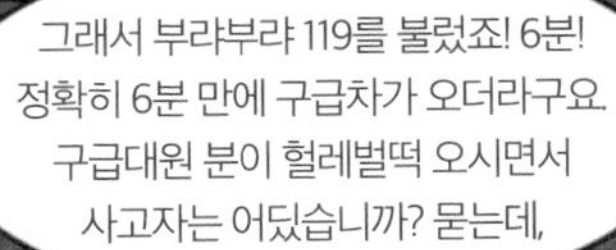

그래서 부랴부랴 119를 불렀죠! 6분! 정확히 6분 만에 구급차가 오더라구요. 구급대원 분이 헐레벌떡 오시면서 사고자는 어딨습니까? 묻는데,
와 하필 딱 이 타이밍에 발작이 오네?
이 카드는 마지막의 마지막, 최후의 최후까지 버텨도 마땅한 수가 떠오르지 않는다면…… 그때……

정신 차려 보니 제가 부른 구급차에 제가 실려가고 있더라구요. 심지어 원래 사고났던 분이 제 보호자로 동행해서ㅋ
얼마나 좋으신 분인지, 제 손 꼭 잡고, 힘내라고, 살 수 있다고…본인도 쌍코피 뚝뚝 흘리면서 말예요ㅋㅋㅋ

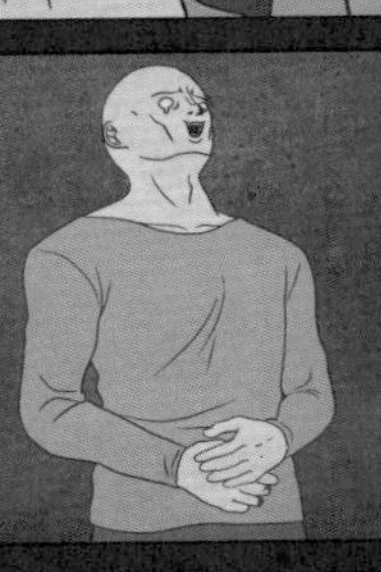

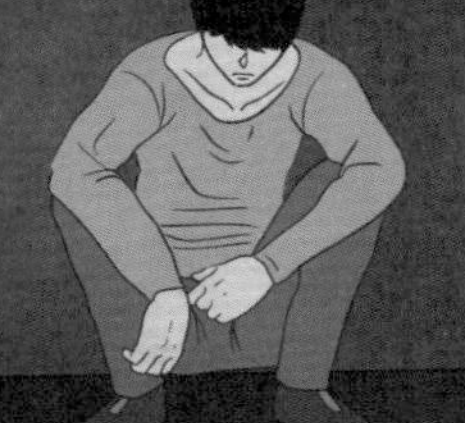

그다음 이틀.
5층과 6층이 선보인 쇼는
너무나 그들다운 유흥이었다.

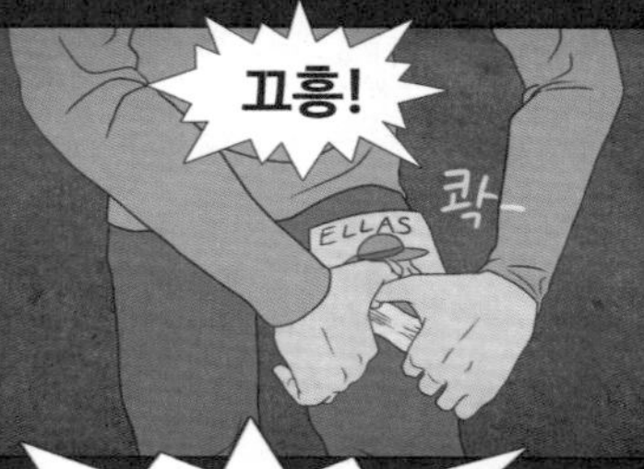


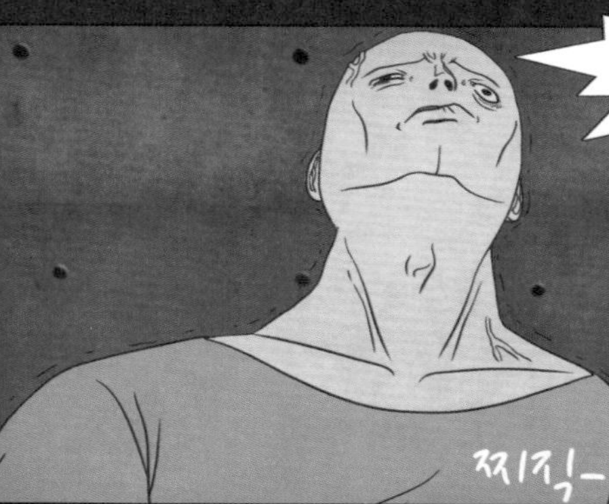

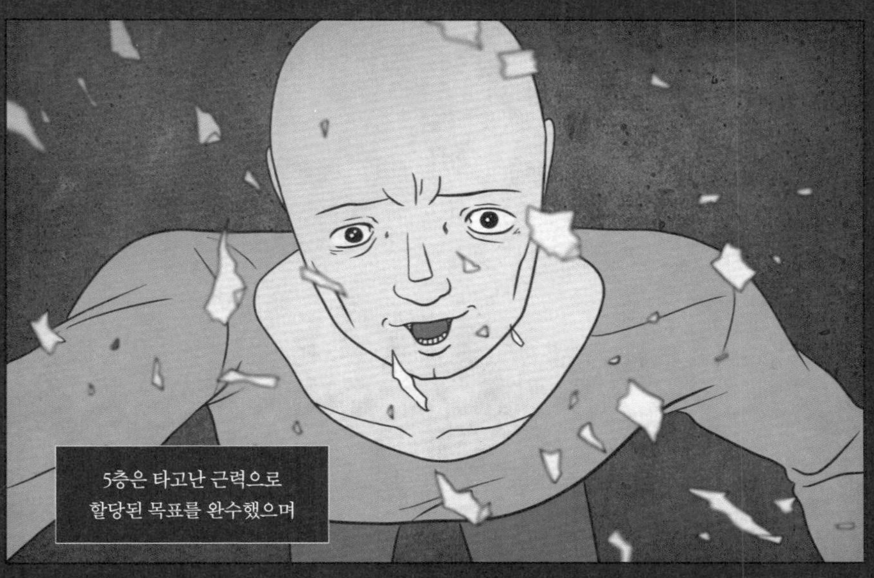
5층은 타고난 근력으로
할당된 목표를 완수했으며

연습용 바이올린
(쌈)
6층은 부잣집 도련님답게
그보다는 좀 더 우아한 장기를 선보였다.

끼잉~
까아앙~~~

후와~~

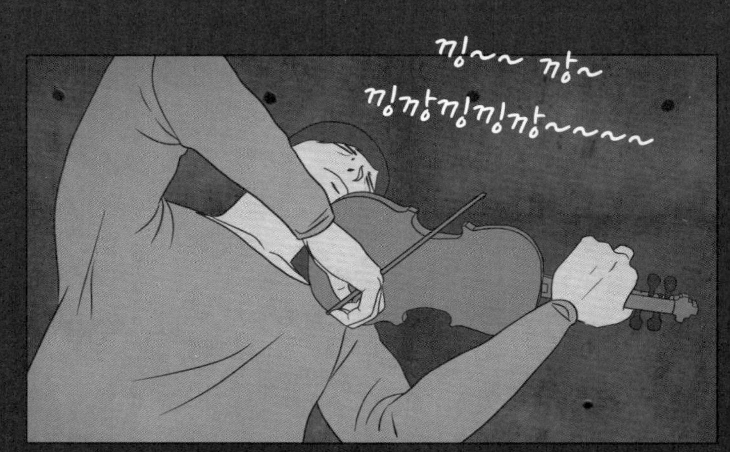
낑~~ 깡~
낑깡낑낑깡~~~~

흐음~~~

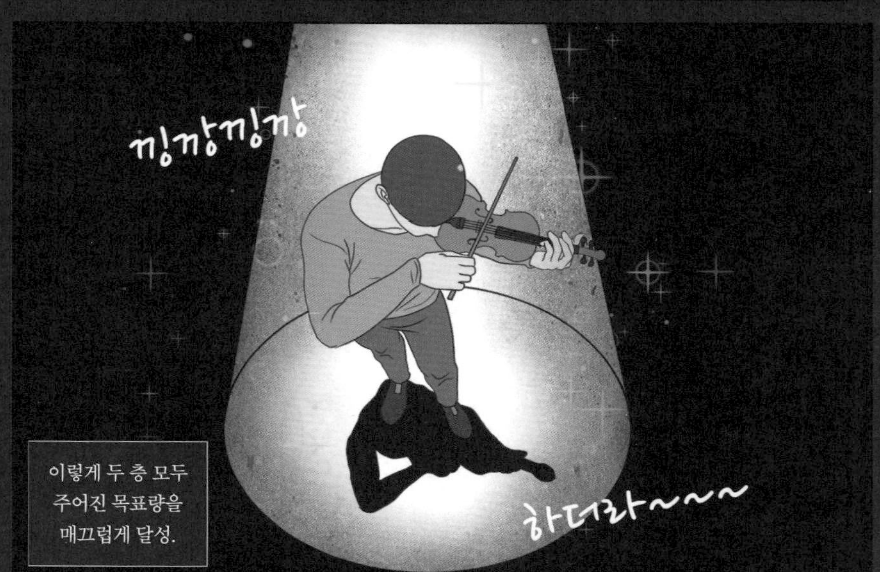
낑깡낑깡
이렇게 두 층 모두
주어진 목표량을
매끄럽게 달성.
하더라~~~

91,850,000
3F
이건 좀 불공평한 거 아닌가?
라는 생각이 들었다.
누군가는 타고난
완력으로 시간을 벌고
누군가는 물려받은
재력으로 시간을 버는데
내가 타고나거나 물려받은 재주라곤
오줌을 먹네마네 하는 비위생에 강한 비위뿐.
이건 태생부터 너무 불공평한 게임 아니냐고.
라고 억울함을 토해봤자.
실은 알고 있다. 당연한 거다.
세상은. 삶은.
"원래 공평하지 않은거니까
걍 인정하고 받아들여."

(Thteve Zobs | 1955. 2. 24 - 2011. 10. 5)

게임 시작 32일째.

7층은, 오후 느즈막이. 왜 안 나오지? 자기 차례인 거 잊은 거 아냐?
하기 싫어서 잠수탔나? 누가 부르러 가야 하는 게……

수군거림이 웅성거림으로
바뀔 때쯤 나타나, 그 후로도 저렇게
한없이 말 없이 서서 멍 때리고 있다.
훗.

어느 정도 예상은 했었다. 저 공주 같은 7층이
남을 즐겁게 해줄 재주 따위 가지고 있을 리 없지.

38:30
라며 한껏 비웃을 예정이었지만,
한참을 오도카니 서 있는
7층의 등을 보고 있자니.
서서히, 조금씩, 묘한 감정이
피어올랐다. 동정심? 혹은 측은지심?
뭐라 콕 짚어지진 않지만.
그 비슷한 모양새의.
하긴, 유일한 사람이지.
이 스튜디오 안에서 나와 같은 처지에 있는.
재주도 재능도 예능감도 없는.
흐음……
누구로 할까……

그렇게 생각하니 내 감정의 형태가 이해됐다. 동질감이었다.
그래, 7층도 나름 고뇌와 고충이 있겠지. 이 X같은 게임에 참여해서……

뭐야 갑자기. 6층 앞에 딱 붙어서 뭐하는……

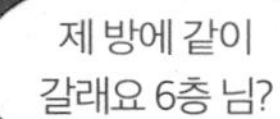

같이 즐기고 시간도 벌고,
아무도 손해보는 거 없잖아요?

# 파이게임
# PIE GAME

## #14

"할 수 있는 일이라곤"

다른 참가자들의 심경 역시, 같은 한 음절로 표현.

아………
주최 측에게 '즐거움'을 제공하는 대가로
시간을 받는다는 룰에 미루어 본다면,
7층의 전략은.

통할 것이다.
틀림없이 통한다.

성(性)적 유희는 자손의 번식, DNA의 계승이라는
생물의 존재 이유에 맞닿아 있는지라,

결합해야해!

개선해야해!

진화해야해!

이것만큼 무조전적인 즐거움을 주는 행위는 없으니,
그러니 통한다. 무조건.

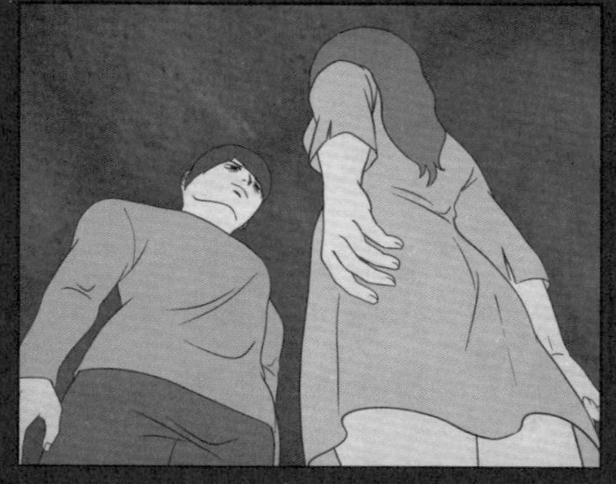

말해봐요.
다 들어줄게요.

거침없이 의사를 표현하는 저 언(言)이 그녀의 평소 행(行)에 덧씌워져,
7층의 언행(言行)은 외설스럽다기보단 오히려 외경스러워 보일……

아뇨.
사양하겠습니다.
아내가 있습니다.
거부하겠습니다.

어?
그래요?
아쉽네.

그럼. 유부남이니까 그래선 안되지라고 납득하기엔

여긴 세상 어느곳 보다 개개인의 정체와
비밀이 (죽어나가도 모를 정도로) 보장되는 곳.

결혼했습니다. 아내와 딸이 있죠.
그들을 위해서라도 이번 게임, 실패해선 안 됩니다.

6층은 철저한 원리원칙 주의자이자
가족에 대한 책임감 또한 철저한 사람.

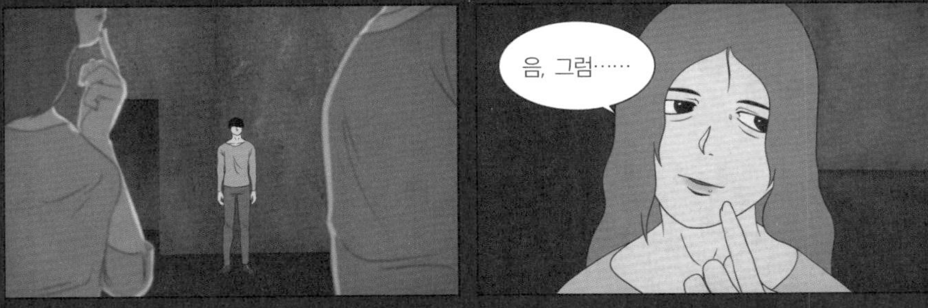

음, 그럼……

누구랑 가지……?

푸
흥
이놈들아. 뭘 괜히 기대하고 있어.
님과 나 사이엔 이미 니들이 모르는
찐득한 교감이……
와 3층 님!
잘생기셨네요!
*망상으로 각색된 회상입니다.
이런! 눈치채셨네요!
나 혼자 몰래 알고 있을랬는데ㅎ
*망상으로 미쳐버린 회상입니다.

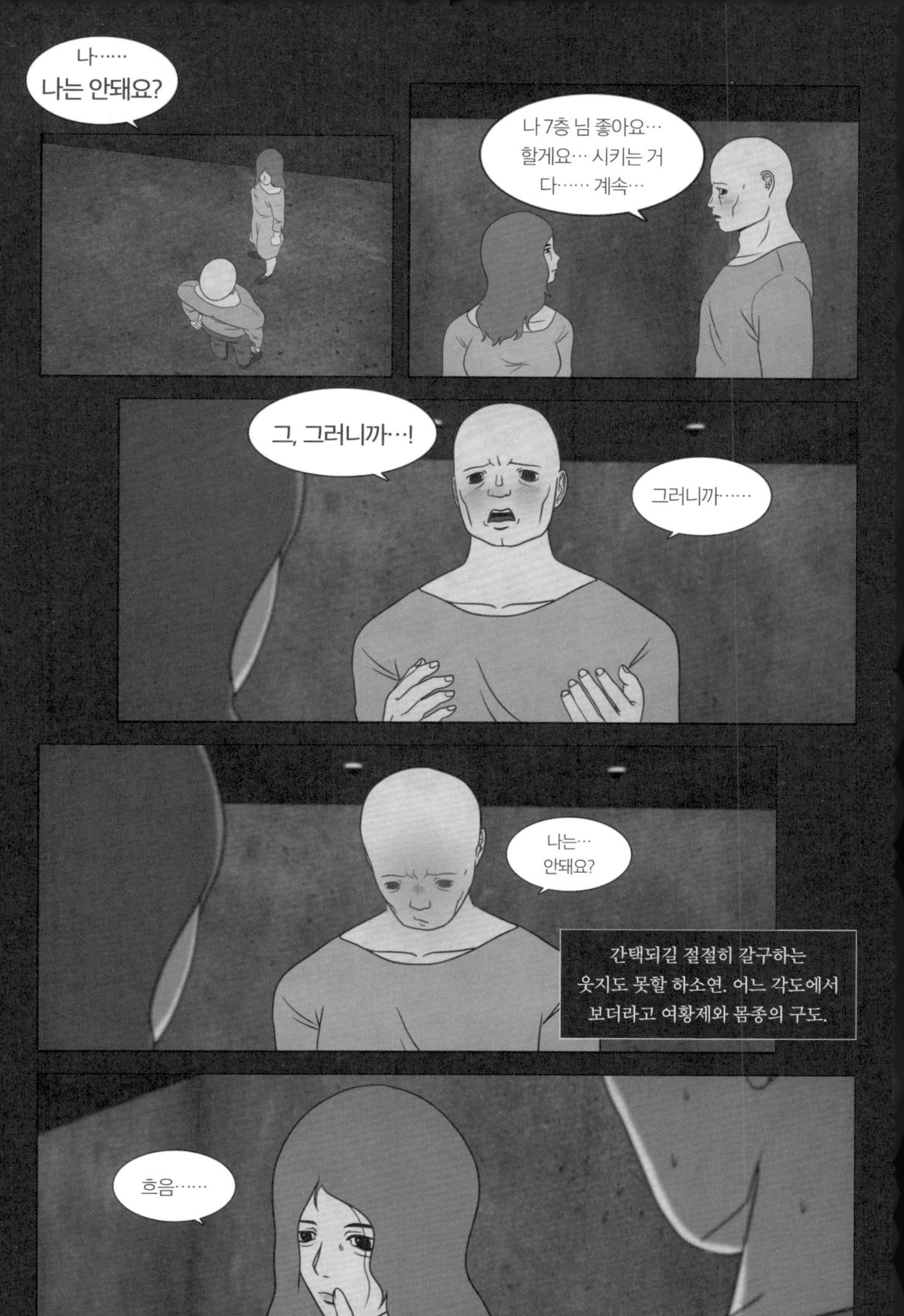
나……
나는 안돼요?
나 7층 님 좋아요…
할게요… 시키는 거
다…… 계속…
그, 그러니까…!
그러니까……
나는…
안돼요?
간택되길 절절히 갈구하는
웃지도 못할 하소연. 어느 각도에서
보더라고 여황제와 몸종의 구도.
흐음……

흐으으음흠~흐음흠~

그래요 그럼!

로맨스 영화의 엔딩을 가장한 스릴러 영화의 오프닝.

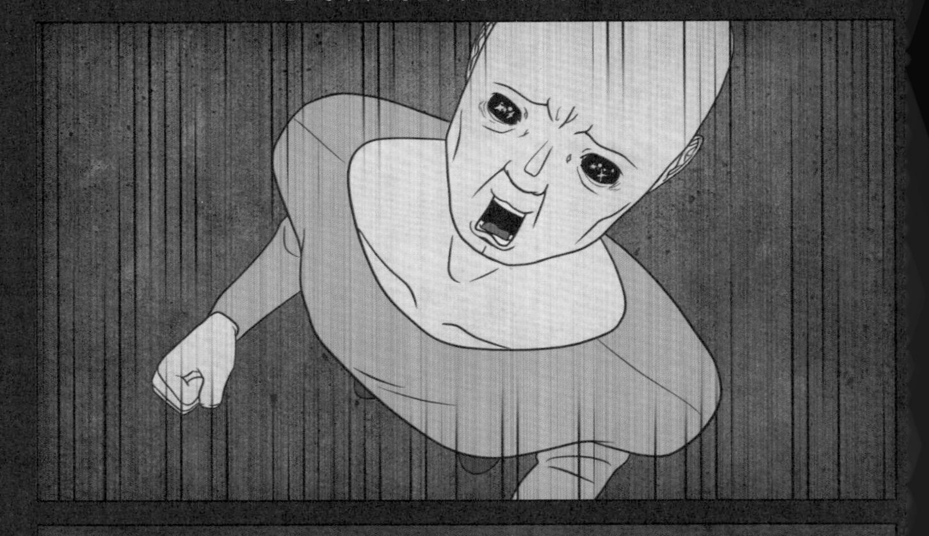

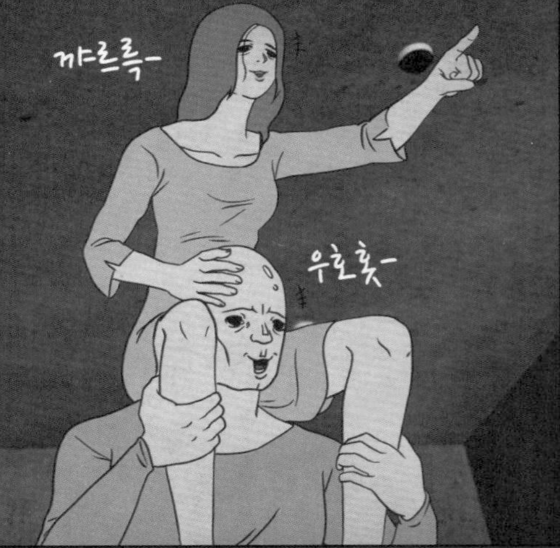
꺄르륵-
우호홋-

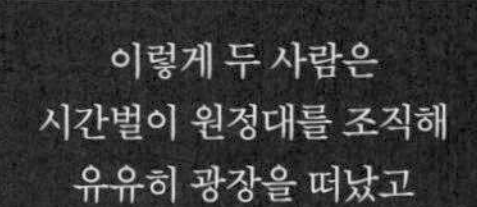
이렇게 두 사람은
시간벌이 원정대를 조직해
유유히 광장을 떠났고

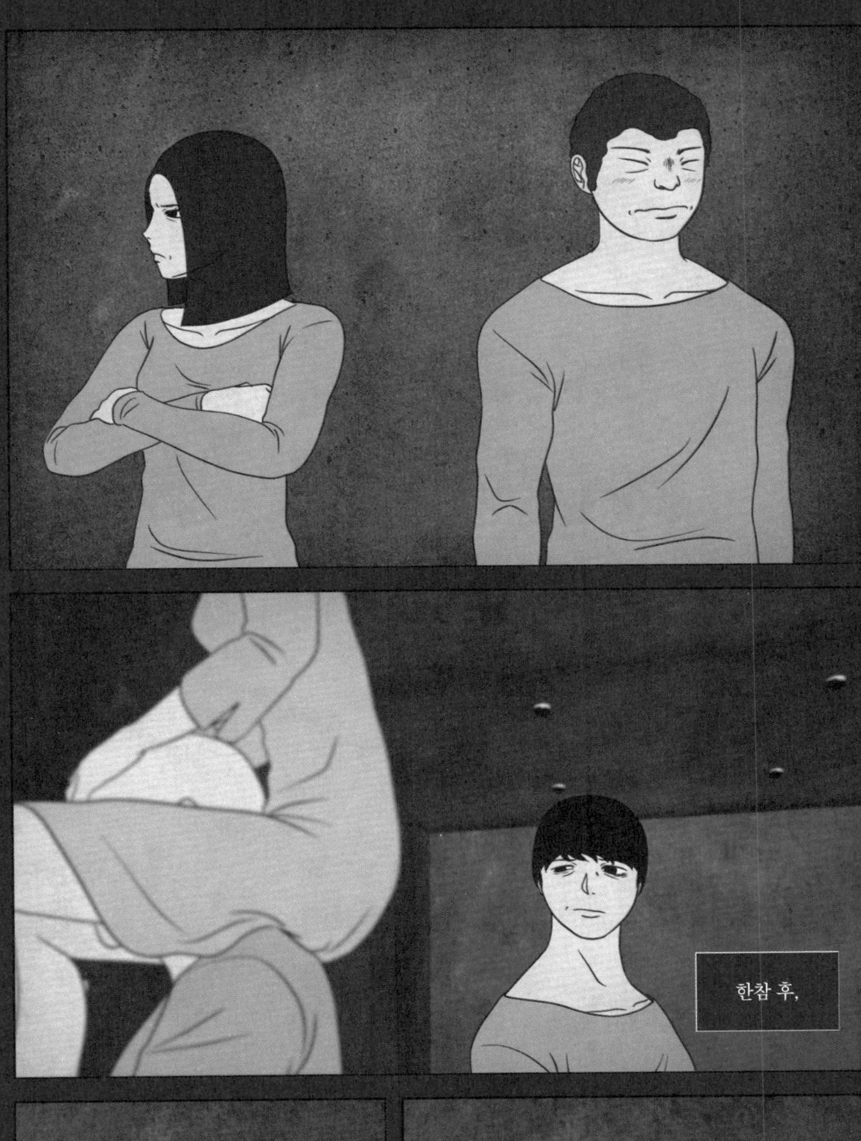

매우 씽나는 쇼타임이 되었음을
모두가 알 수 있었다.

하아아아……

하아아아아아아아……

앞길이 막막하다
눈앞이 캄캄하다.
가슴이 먹먹하다.
병X……

7층과 난 같은 처지라고, 무능 동지라고, 잠시나마 (내 멋대로) 연대하고
위로받고 있었지만, 응 아니었다. 씨도 안 먹힐 소리였다.

7F
제 발 아래랍니다.
3F
그녀는 이 스튜디오 내에서
압도적 권력과 치명적 매력을
지닌 사람이고,

이……

나는.
그저.
한송이.

병X!!!!!!

끝장이다.
당장 내일이 내 차례지만
준비한 것도 준비할 수 있는 것도 없다.
미룰 명분도 변명할 염치 또한 없다.

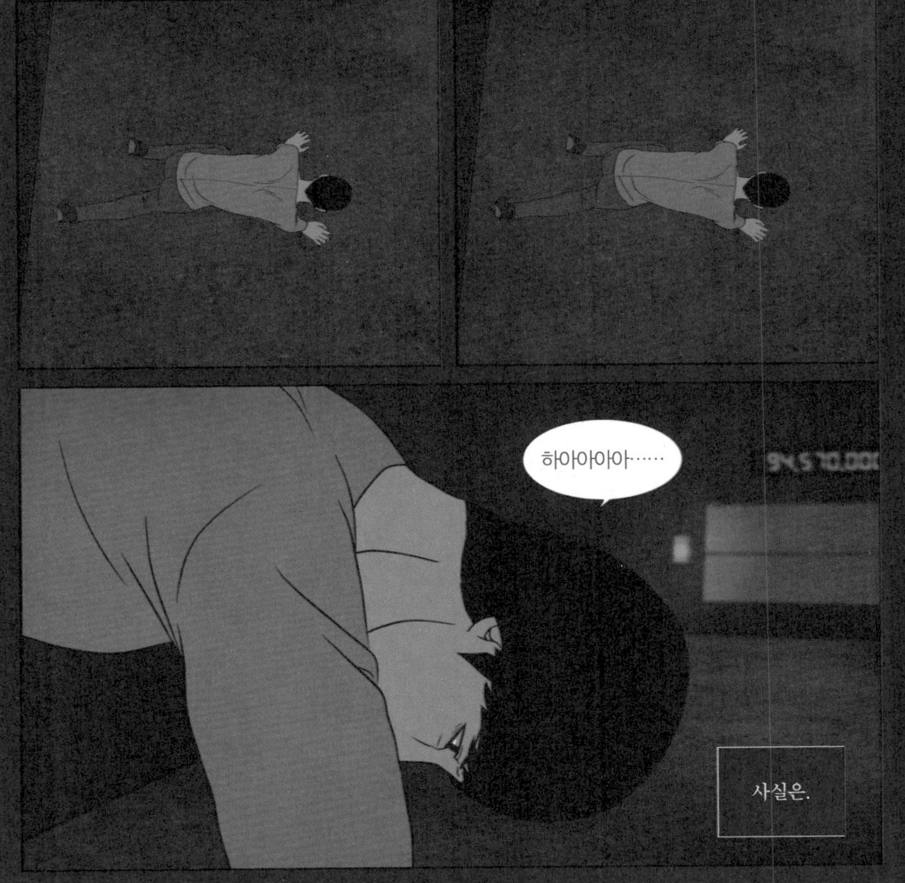

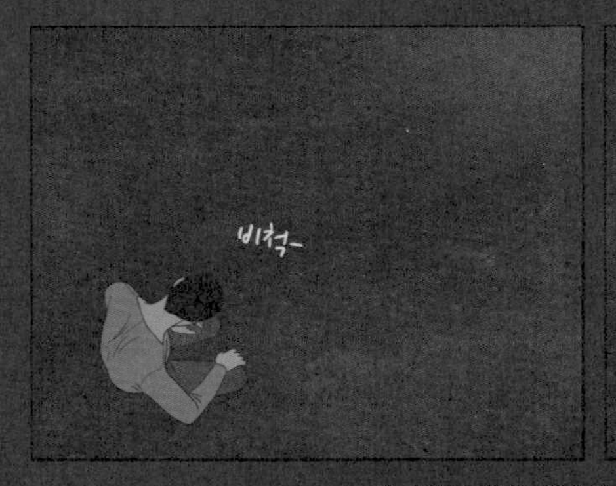
비척-

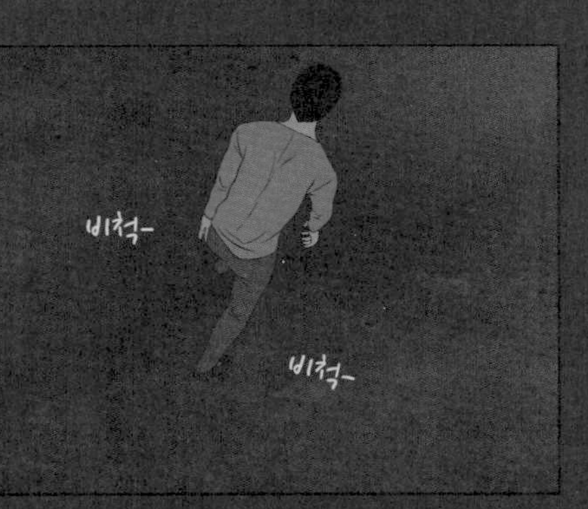
비척-
비척-

이미 알고 있다. 내가 줄 수 있는 게 있단 걸.

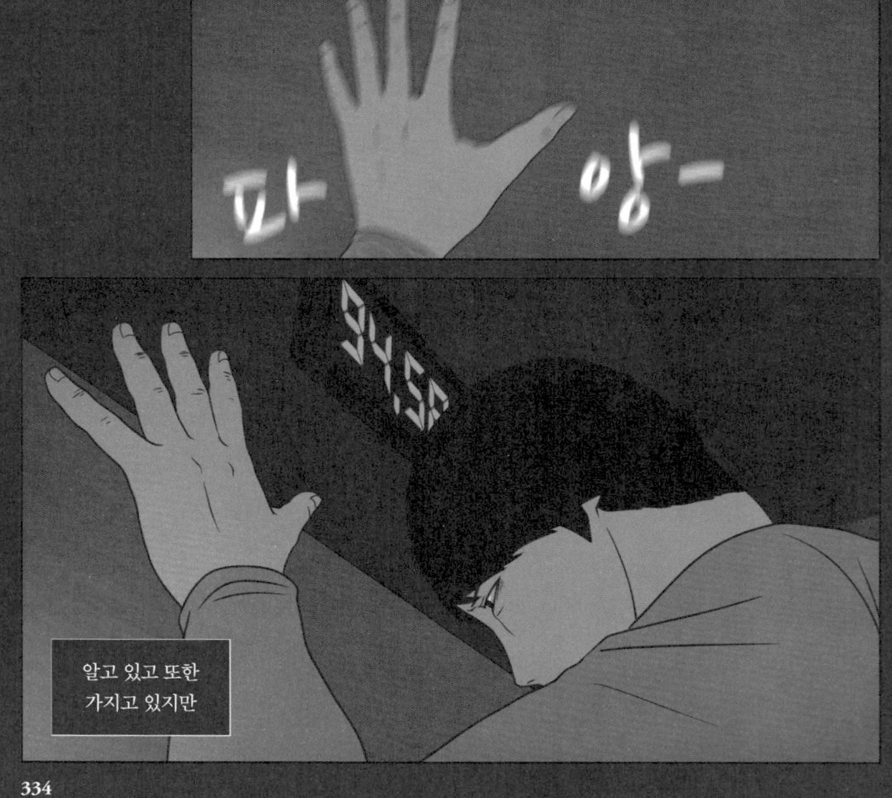
파앙-
알고 있고 또한
가지고 있지만

이 방법만은 피하고 싶었다.
여태껏 피해왔고 운 좋게도 그렇게 되어 왔지만, 그렇지만.

이제 그만 받아들여야 한다.
삶이란 원래, 즐겁고 하고싶은 일이 아니라
괴롭고 하기 싫은 일을 함으로 유지되는 거란 걸.

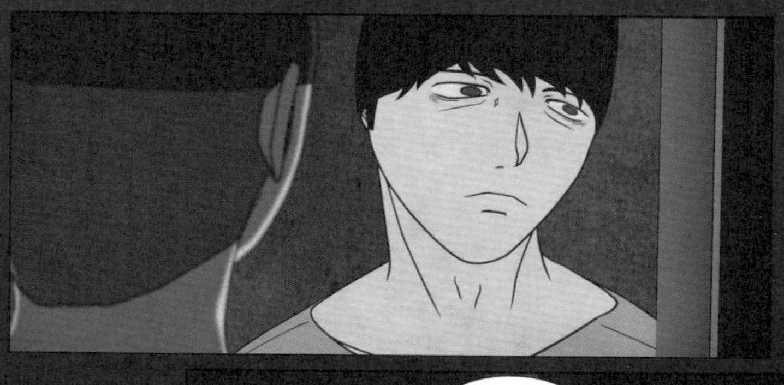

………할게요.

네??
뭘 하신다구요??
한다구요…
내가………
1층 님 대신……


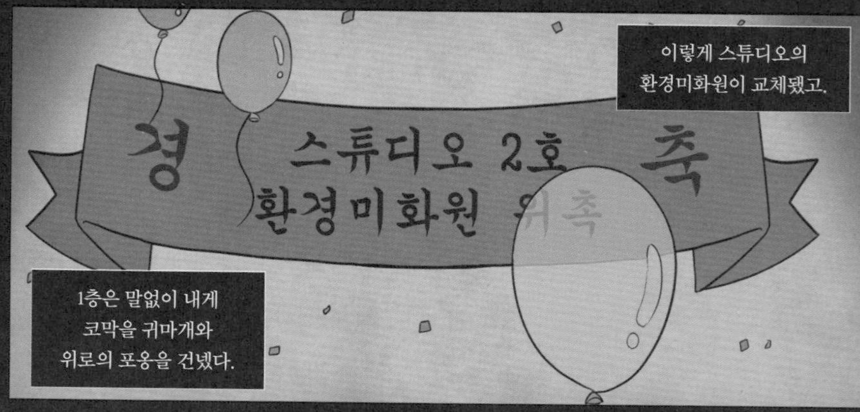

이렇게 스튜디오의
환경미화원이 교체됐고.
경 스튜디오 2호 축
환경미화원 위촉
1층은 말없이 내게
코막을 귀마개와
위로의 포옹을 건넸다.

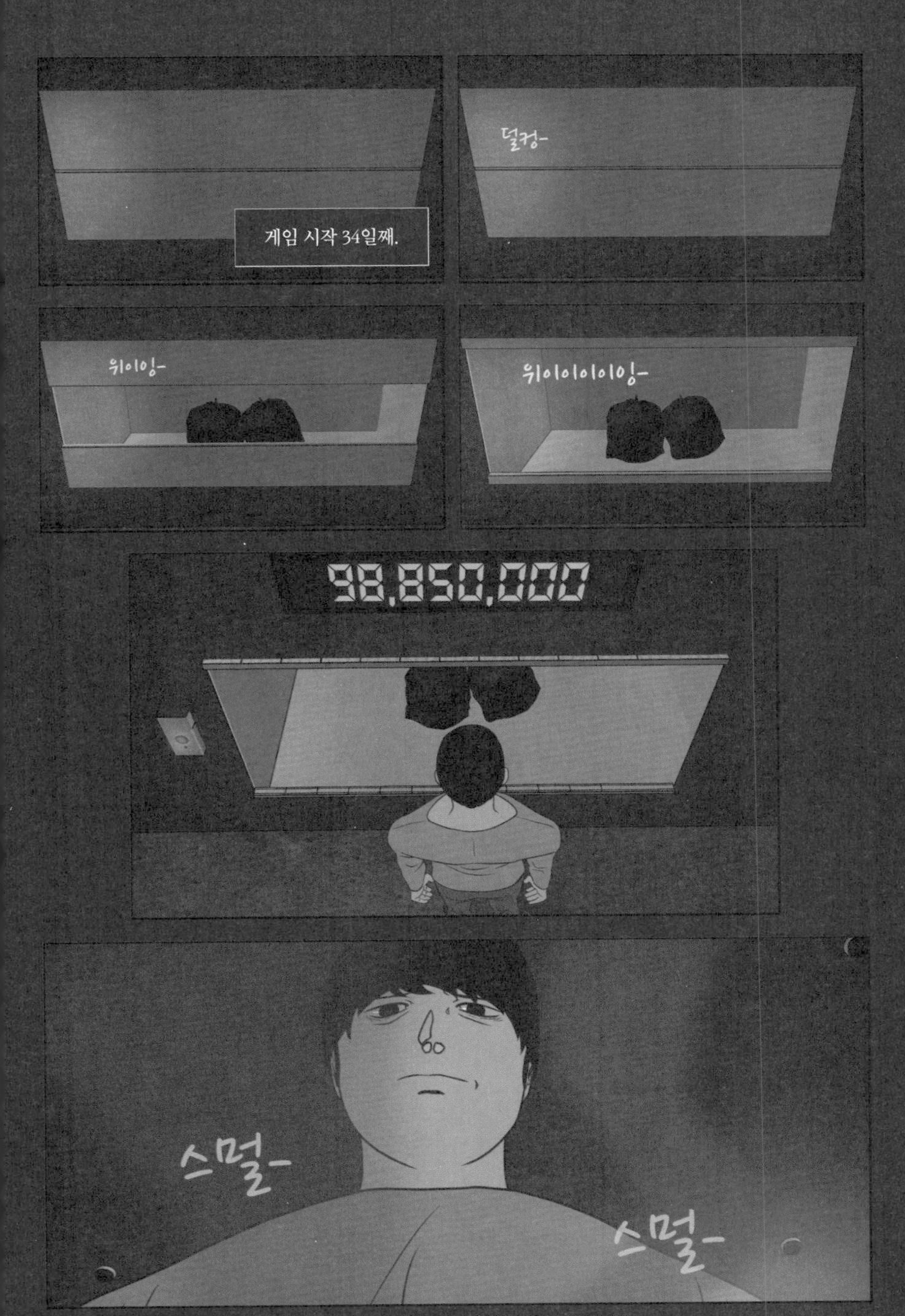


새 환경미화원 선출 소식에 사람들은 반색했다.
1층이 한 사람 몫을 해내게 되자 더이상 그에게 쓰레기를 보낼 수 없어 곤란했던 차에

개돼지도 먹는 곳과 싸는 곳은 분간하지만,
이 스튜디오 내에서 시간벌이를 못하는 인간은, 그저 짐승 이하의 처우.

됐어. 내 방은
신경 쓰지 마!

전에 내가 빚 갚는다 했지?
이걸로 갚은 거다?

그나마 다행인 건 아래층 사람들이 양해를 해준
음식도 쓰레기도 위에서 아래로의 일방통행만
가능하기에, 그들의 동의는 큰 힘이 되었지만

이로써 또 한 번 체감하는
주최 측의 악의적이고 악마적인 설계.

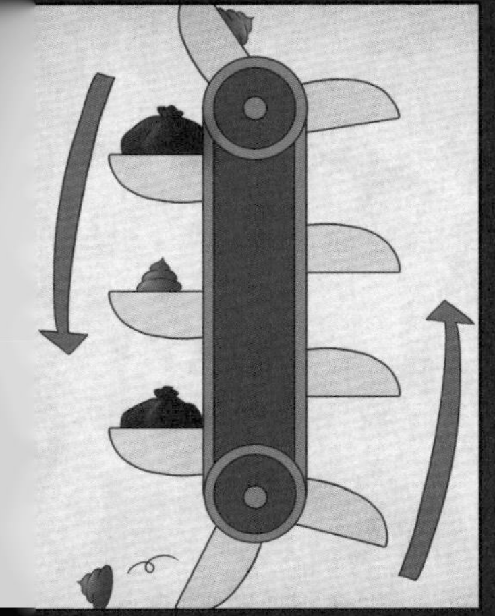

이 배송구는,
스튜디오의 권력 구조가 오로지
한 방향으로만 정렬됨을 상기시키는 물리적 시스템.

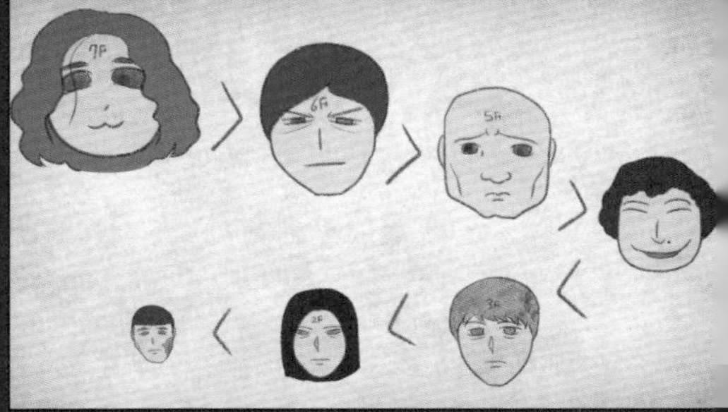

그리고 이 시스템의 기대 효과는.

기이이이잉-

……또?

그 득-

5층……

이 X돼지같은
새X가 진짜!!!

뿌득-

다시, 이 시스템의 기대 효과는
증오의 생산과 축적.

이 개XXXXX는
하루종일 처먹고
싸기만 하나……

기대 효과의 기대 효과로는, 증오의 생산과 축적으로 인한
분열.

증오와, 악취와, 분노와, 분뇨에
찌들어 처돌아버리기 직전
3F
삐리릭-
철컥-

콰앙
마침내 오전 8시
전 층 출입문 개방.

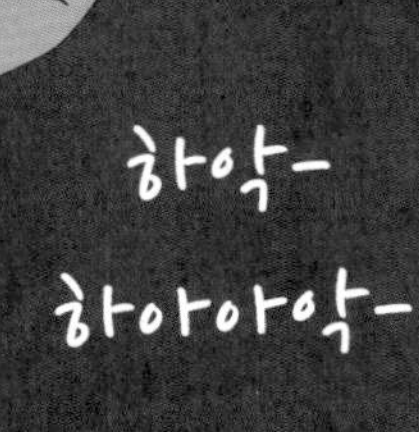
허억- 허억- 하악-
하악-
하아아악-

쓰으으으읍-

하아아아아-

맑고 쾌적한. 아니 적어도 괴춰나는 공기를 마시지 않아도 되는 시간.

환기를 위해 문은 하루종일 열어놓는다.
프라이버시? 나만의 공간?
아니 그딴 거 X도 필요 없다.

일단 살아남고 봐야지.
살아남는 게 벅차고 힘에 겨우면

와~ 여도 사람 사는 데가?
먹고 싸고 자는 거, 누가 보든 말든 그딴 건 1도 상관없어진다.

후우우-

후아아아-

지금은 그저,
맑고 고운 공기가 소중할……

철컥-

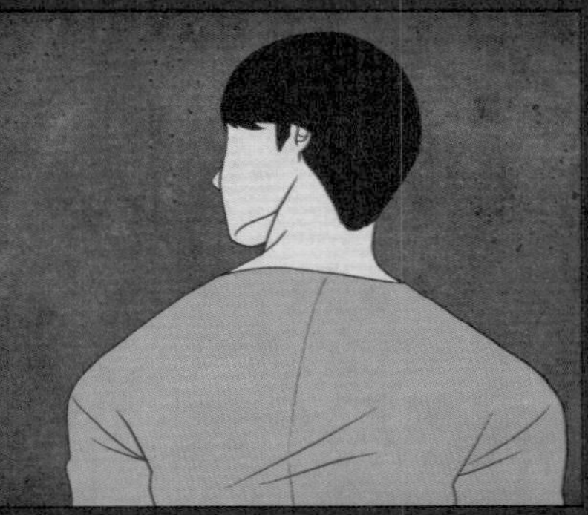

문, 좀 닫아
놨으면 좋겠어요.

여기 냄새.
윗층까지
올라와서요.
일방적 권력구조
의 기대효과는 증오의 생산
의 기대효과는 내부의 분열
의 효과는

건드리지 마.

지기 싫으면.

# 파이게임
PIE GAME

## #15

"도발"

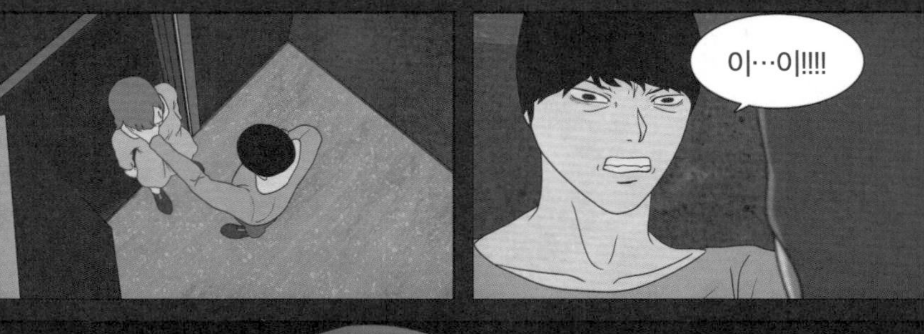
이…이!!!!

……

이……
한순간 이성을 잃어 잡아챘지만
다음 순간 이성이 돌아오자

e……
왈칵 겁이 났다.

계속 잘 대해 줬더니…

도시락, 오늘부터는 4층까지만 먹습니다.

GAME OVER

HP

그럴 수 있다. 이 여자라면 충분히 그럴 수 있을 것 같다.

미…미안요.

냄새 때문에 그만
감정이 격해ㅈ……

으아아아아아!!!

응?

트럭이 날아들었다.

이 충격량으로 봐선 8톤은 너끈하다.
8톤 트럭이 날아들었다.

손대지 마!!!!
7층 님! 손대지 말라고!!

씨익-
씨익-

왜 때려? 응?

때려? 응?
너도 때린다?!

됐어요 이제.

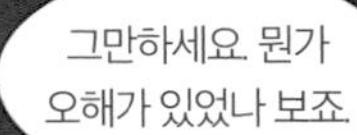

이……
개같은 새X가!!!!!
콰앙-
제 도시락 나눠드릴게요.
저도 드립 치겠습니다.
제것도 드릴게요.
우리가 나눠준 도시락이 몇 갠데!
내가 양보한 도시락이 몇 갠데!!!

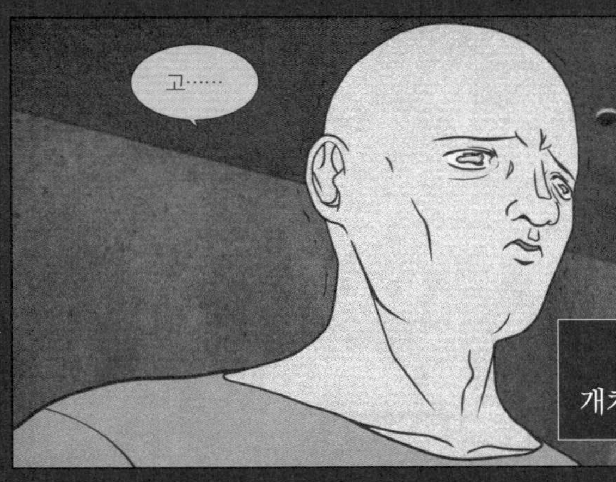
고……
고맙습니다……
이 개같은 새X가!!!!
개처럼 발정나서 7층 개가 돼?!!!

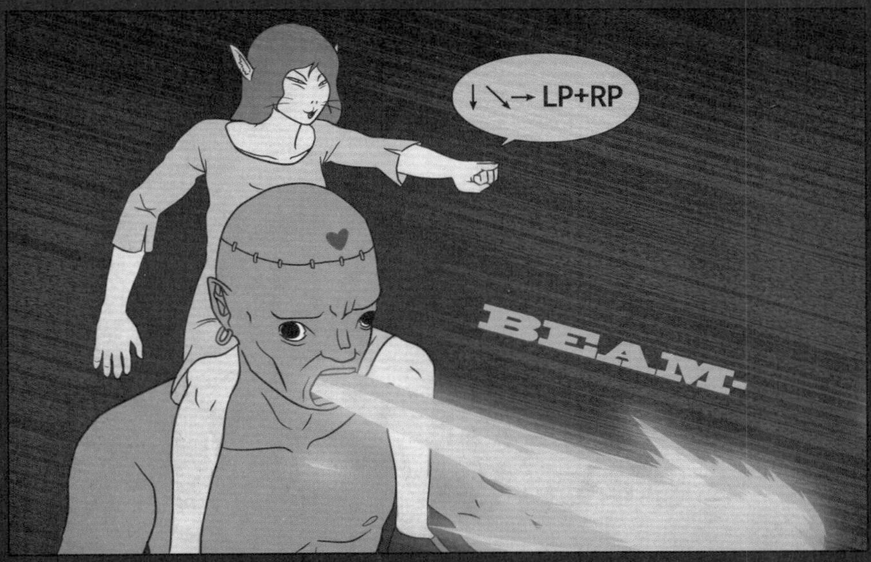
↓↘→ LP+RP
BEAM-

분하고 억울해서
눈물이 날 지경이다.

아득까득-
하지만 더 억울한 건.
되갚아줄 방법이 없다는 것이다.

이곳은
음식도, 쓰레기도, 권력도, 모든 것이
위에서 아래로만 하달되는 곳.

아래가 위에게 대항할 수 있는 길은
여전히 보이지 않는다.

1층은 마술쇼를 하고

2층은 무예쇼를 하고

4층은 만담쇼를 하며

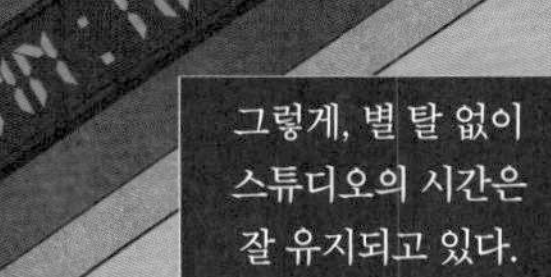
그렇게, 별 탈 없이
스튜디오의 시간은
잘 유지되고 있다.

시간이 잘 유지되니 각자의 상금도 별 탈 없이 차곡차곡 쌓여간다.
그리고

내 방의 쓰레기도, 냄새도,
각종 화학물질도, 차곡차곡, 차곡차곡.
시X. 잘도 차곡차곡.

밤이 오는 게 두렵다. 이 X같은 스튜디오에서
유일하게 안전하고 평온한 시간을 보장해주던, 내 방, 내 개인실이.

지옥이 되었다. 매일 밤이 극한의 화생방 훈련.
숨거나 쉬거나 숨쉴 수 있는 곳은 사라진 지 오래.

재미니 웃음 제공이니 하는 이 기만이 차라리 끝났으면 좋겠단 생각이 들었다.

다른 방식이라면,
적어도 내가 할 수 있는
역할이 있지 않을까.

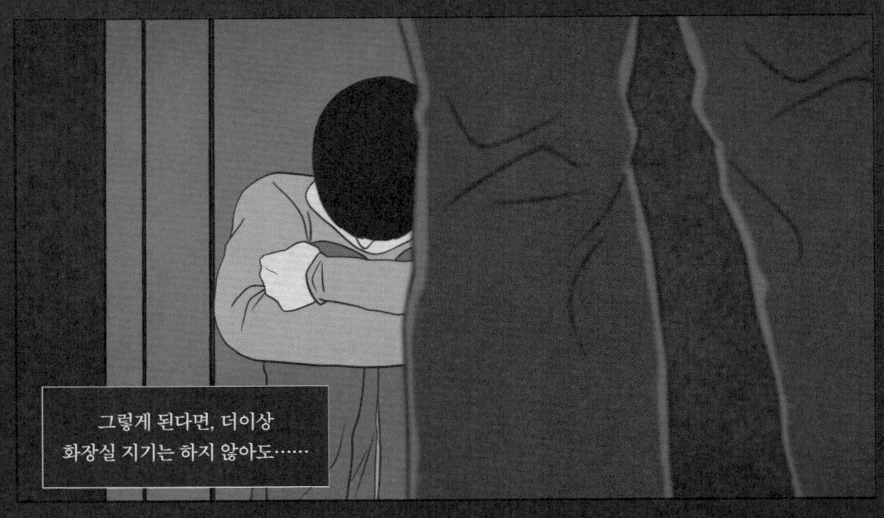
그렇게 된다면, 더이상
화장실 지기는 하지 않아도……

힘들지?
한대 피자.

그렇잖아도
벼르고 있었는데.

하. 얘기 들으니까
또 빡치네.

그래서 가만 뒀어?
그 ㄴㄴ들을?

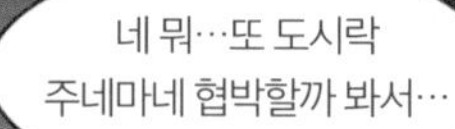
네 뭐…또 도시락
주네마네 협박할까 봐서…

맞는 말이지만, 힘이 없어서가
더 맞는 말이다. 8톤 트럭을 막아설
힘도 용기도 없어서다.

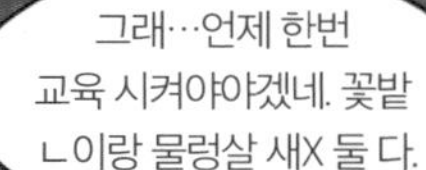
그래…언제 한번
교육 시켜야겠네. 꽃밭
ㄴ이랑 물렁살 새X 둘 다.

말만이라도 고마웠다.
좋은 사람이다.
의리 충만한 사람이며.

심지어 본인 방 쓰레기는 받아주지도
못하는데 기꺼이 내 편이 되어주는
너무나도 존경스런 사람이다.

보답해야 한다.
안 그러면 그 배은망덕한 개층…
아니, 5층과 다를 바 없다.

쓰십쇼 누님!

전 괜찮습니다!

뭔 소리야 갑자기.
뭘 써?

쓰레기는 못 받아주지만!
내 방에 와서 싸는 건 괜찮잖아요!

TOILET

전 괜찮아요! 맘껏 싸세요!
해피해피타임!!!

오버 좀 하지마
멍청아.

이런 사람이 7층을 잡았어야 한다. 그랬다면, 만약 그랬다면,
공정하고 무사하게 이 게임, 잘 끝냈을지도.

그건 지금 당장이라도
할 수 있다니까☆

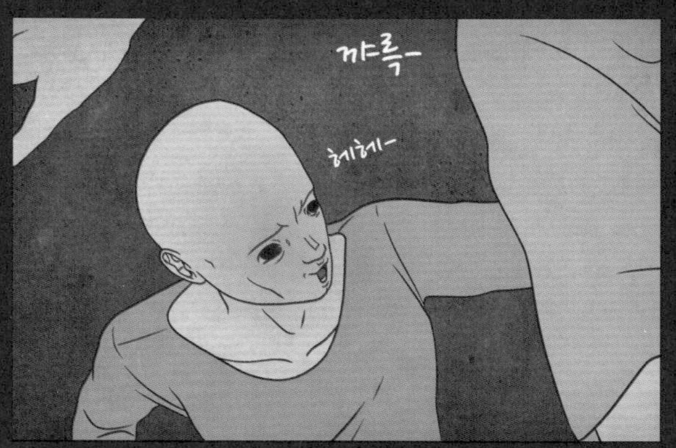


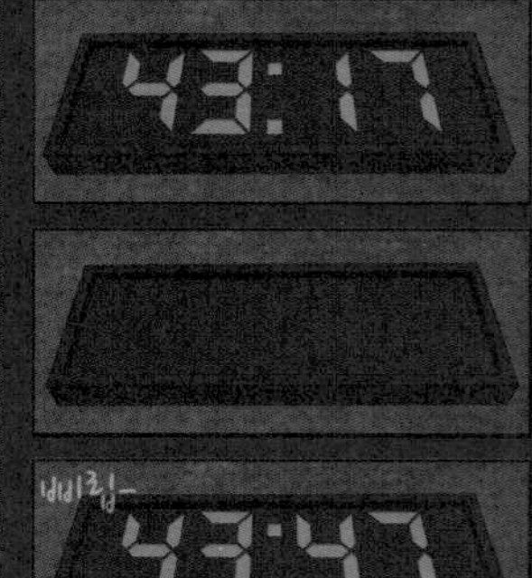


시간이 말해주고 있다. 에피타이저에 대한 팁은 섭하지 않게
줬으니 이제 슬슬 메인디쉬를 내라고.

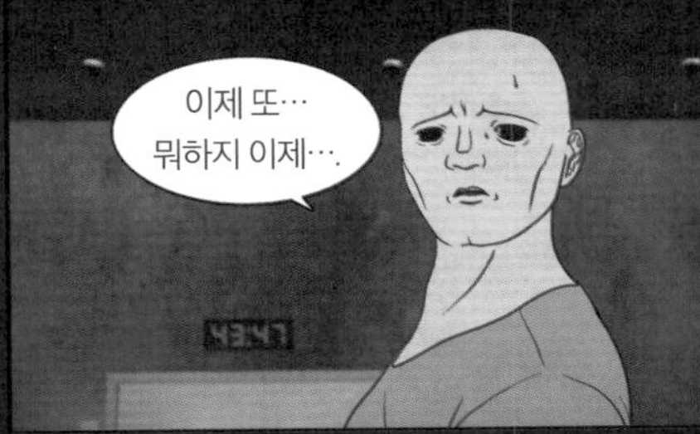


재밌는 유머도 듣기 좋은 노래도 한두 번이 정량, 그 이상은 뇌절.

어쩌지? 그만 진실을 알릴 때인가? 아니면, 준비한 다음 스탭이라도 있는 건가?

기술 하나 없이 그냥
힘쓰는 거 보고 싶었으면 고릴라를
데려와서 구경했겠지.

할 줄 아는 게
무식하게 근육 자랑
하는 것밖에 없냐고.

갑작스럽고 노골적인 적대감.
한편으론 고맙지만
또 한편으로는 위태한.

미, 미안해요……

근데 저 돼지는 또 뭐야. 빡치게 여자한테만 매너모드냐.

응? 머리 좀
쓰면 안돼?!

머리털 빠질 때 IQ도
같이 빠진 거냐고.

앗, 그 공격은 좀…
고맙긴 한데 너무 좀……

그럼, 2층 님이
보여주시면 되겠네요.
뭐?
보여주세요 기술.
한 번 싸워보는 건 어때요?
힘이 이기나 기술이 이기나.
이 사람들이 보고 싶어
하는 거, 사실 그런 거잖아요.
그렇지 않나요?

# 파이게임 1

초판 1쇄 발행 2024년 9월 27일

글・그림 | 배진수

펴낸이 | 김윤정
펴낸곳 | 글의온도
출판등록 | 2021년 1월 26일(제2021-000050호)
주소 | 서울시 종로구 삼봉로 81, 442호
전화 | 02-739-8950
팩스 | 02-739-8951
메일 | ondopubl@naver.com
인스타그램 | @ondopubl


Based on NAVER WEBTOON "파이게임"
ISBN 979-11-92005-53-9 (04810)
979-11-92005-52-2 세트 (04810)